MEIN SOMMER FAST OHNE JUNGS

Dagmar Hoßfeld lebt in einem Dorf zwischen Ostsee und Schlei. Sie hat ihren Traum vom Schreiben verwirklicht – zum Glück, denn sonst könnten wir nicht so viele gute Bücher von ihr lesen. Seit 2007 schreibt sie für die erfolgreiche Serie „Conni & Co".
Der erste Band der Reihe („Mein Leben, die Liebe und der ganze Rest") wurde begeistert aufgenommen und in kürzester Zeit zum Bestseller.

„Mark Twain hat einmal gesagt: ‚Sommer ist die Zeit, in der es zu heiß ist, um das zu tun, wozu es im Winter zu kalt war.' Ich finde ja, der Sommer ist die perfekte Jahreszeit, um zu flirten. Und um Eis zu essen natürlich. Am besten zu zweit."
(Dagmar Hoßfeld)

Conni

Dagmar Hoßfeld

MEIN SOMMER FAST OHNE JUNGS

CARLSEN

Mehr aus der Serie *Conni 15*:
Mein Sommer fast ohne Jungs (Band 2)
Meine beste Freundin, der Catwalk und ich (Band 3)
Mein Freund, der Eiffelturm und ich (Band 4)

Connis Soundtrack: Peter Fox, Bosse, Aura Dione, TobyMac, Dionne Bromfield, Cyndi Lauper, Selig, Olly Murs, Amy Winehouse, Pohlmann, Die Toten Hosen, Söhne Mannheims, Cro, Marteria

MIX
Papier aus verantwortungsvollen Quellen
FSC® C083411
FSC www.fsc.org

Veröffentlicht im Carlsen Verlag
Juni 2019

Umschlaggestaltung: formlabor unter Verwendung eines Entwurfs von Gunta Lauck
Innengestaltung: Gunta Lauck
Corporate Design Taschenbuch: bell étage
ISBN 978-3-551-31624-0

Mehr über Conni findest du unter: www.conni.de

KAPITEL 1

Wozu gibt es Zeitzonen und wieso stecke ich in einer?

Boom boom bang, gimme boom boom bang …

Du lieber Himmel, was ist das? Ich versuche, meine Augen zu öffnen. Sie weigern sich. *Versuch's später noch mal*, signalisieren sie mir. *Wenn wir ausgeschlafen haben.*

Ich ignoriere den Vorschlag und reiße die Augenlider auf. Das dröhnende Geräusch kommt näher. Haben meine Eltern vergessen, mir mitzuteilen, dass unser Haus heute abgerissen wird? Dabei hab ich gerade so schön geträumt. Von Phillip und seinen weichen Locken. Wir lagen an einem einsamen Strand, haben uns geküsst und dann –

Boom boom bang, gimme boom boom bang …

Ich springe aus dem Bett, tapse ans Fenster und werfe einen Blick hinaus. Nichts zu sehen. Inzwischen bin ich allerdings wach genug, um das Geräusch zu analysieren, das mich so unsanft aus dem Tiefschlaf gerissen hat. Irgendein Idiot hat die Anlage in seinem Auto voll aufgedreht und fährt mit der rollenden Disco durch unsere Wohnstraße, um friedlich schlummernde Menschen wie mich zu ärgern.

Als das Wummern leiser wird und sich schließlich entfernt,

krabbele ich wieder in mein Bett. Es ist eindeutig zu früh, um aufzustehen. Es sind Sommerferien. Ich will weiterschlafen. Mau klettert aus seinem Korb und springt neben mich. Er kuschelt sich ganz eng in meine Armbeuge und schnurrt mir ins Ohr.

Ich klappe die Augen zu und versuche mich auf meinen Traum von vorhin zu konzentrieren. Wo war ich stehengeblieben?

Phillip und ich.

Einsamer Strand.

Wellen rollen ans Ufer.

Palmen rascheln im Wind.

Zärtlicher Kuss.

Pustekuchen. Es funktioniert nicht. Ich bin viel zu wach.

Ich angele meinen himbeerfarbenen Laptop vom Fußboden und stopfe mir das Kopfkissen in den Rücken. Irgendwo hab ich neulich gelesen, dass mit sechzehn ein besonderer Lebensabschnitt beginnen soll. *Aufregende Geheimnisse warten auf dich*, hieß es da. *Du wirst deine einzig wahre Liebe finden. Ein Leben voller Verheißungen liegt vor dir!*

Ha, ha, wer's glaubt. Außerdem: Warum erst mit sechzehn? Das wahre Leben fängt eindeutig früher an, das weiß ich genau. Und zwar aus eigener Erfahrung.

Ich bin fünfzehn, seit exakt zweieinhalb Monaten und vier Tagen, und kurz nach meinem 15. Geburtstag hat ein *sehr* besonderer Abschnitt meines Lebens begonnen. Ich nenne ihn den *Wie überlebe ich ohne meinen Freund*-Abschnitt.

Nicht nur, dass ich entdeckt habe, dass mein Freund sich um ein Haar nach San Francisco verkrümelt hätte, ohne mir Bescheid zu sagen, nein, auch meine wahre und einzige Liebe habe ich längst gefunden.

Vergesst also die Sache mit dem 16. Geburtstag. Das Leben fängt tatsächlich schon früher an. Es wartet jeden Tag auf dich, auf mich, auf alle Mädchen. Und DAS finde ich ziemlich cool!

Ob es dazugehört, dass man sich hin und wieder ein bisschen orientierungslos fühlt, wenn man erwachsen wird, weiß ich nicht so genau. Ich vermute mal, eher nicht. Ich möchte mir echt nicht vorstellen, dass auf einen Schlag sämtliche Fünfzehnjährigen unter einer Zeitzonen-Phobie leiden und nicht wissen, in welcher Zonenzeit der Welt sie selbst und ihr Freund gerade stecken. (Es sei denn, sie sind Zeitreiseexperten. Dann kennen sie sich natürlich mit so was aus.)

Nein, alle Mädchen leiden bestimmt nicht darunter.

Nur ich.

Seit Phillip nicht mehr da ist (ihr wisst schon: meine wahre Liebe; der Junge, der sich heimlich verkrümeln wollte), leide ich darunter und bin daher manchmal etwas durcheinander – speziell was die Zeit angeht, in der ich mich gerade befinde. Das fängt schon morgens beim Aufwachen an.

Bei uns herrscht momentan Sommer, weshalb für mich die Mitteleuropäische Sommerzeit, kurz MESZ, gilt. Phillips aktuelle Zeitzone ist die *Pacific Daylight Time*. Übersetzt steht das für Pazifische Sommerzeit und bedeutet im Klartext, dass wir uns längengradmäßig in zwei komplett verschiedenen Zonen befinden.

Er in Berkeley, Kalifornien, USA.

Ich hier. Irgendwo in Deutschland.

Zwischen uns der Atlantik, jede Menge Flugmeilen und neun Stunden Zeitunterschied.

Neun Stunden!

Ja, es ist kompliziert. Besonders, wenn wir spontan miteinander reden wollen. Zum Beispiel, um uns zu sagen, dass wir uns lieben (immer noch und trotz der Entfernung), uns vermissen (ganz schrecklich!) oder uns nacheinander sehnen (immer mehr!!).

Um uns das mitzuteilen, müssen wir zuerst mal nachrechnen, ob der andere nicht vielleicht gerade schläft oder im Unterricht sitzt. Auf Dauer killt das garantiert jede Romantik.

Aber zum Glück ist Phillip nicht auf Dauer weg, sondern nur für ein halbes Jahr. Wir haben jetzt schon zwei ganze Wochen ohneeinander überlebt. Die restlichen fünfeinhalb Monate schaffen wir auch noch. Das haben wir uns jedenfalls fest vorgenommen.

Bleibt uns was anderes übrig?

Nein, seufz …

Blöder Schüleraustausch!

Wenn ich daran denke, dass tatsächlich schon zwei Wochen vergangen sind, seit Phillip und ich uns zum Abschied geküsst haben, wird mir ganz anders. Zwei Wochen kein Blick, kein Kuss, keine Berührung, keine Zärtlichkeit …

Harte Zeiten, Conni Klawitter. Echt harte Zeiten.

Ich balanciere meinen Laptop auf den Knien und lausche. Im Haus ist es ruhig. Meine fleißigen Eltern sind wahrscheinlich längst bei der Arbeit. Jakob, mein kleiner Bruder, ist für eine Woche mit seinem Sportverein in einem Zeltlager an der Nordsee.

Es ist ungewohnt, ganz allein zu sein, aber auch irgendwie schön.

Träge blinzele ich in einen Sonnenstrahl, der durchs Fenster fällt. Ein leichter Windhauch pustet in den Vorhangstoff und lässt ihn wie ein Segel flattern. Goldene Staubkörnchen tanzen durchs Zimmer. Es sieht hübsch aus. Wie ein Miniatur-Feenballett.

Die Uhr meines Laptops zeigt kurz nach neun. Dann ist es in Berkeley kurz nach Mitternacht.

Ob ich Phillip mal anstupsen soll? Vielleicht ist er noch wach. Vielleicht kann er nicht schlafen. Oder er schläft und träumt von mir.

Vielleicht spürt er in dieser Sekunde, dass ich an ihn denke, schlägt genau *jetzt* seine Augen auf und hat ein kuscheliges Gefühl im Bauch, von dem er nicht weiß, woher es kommt.

Von mir und meinen Gedanken nämlich.

Ich schließe meinen Tagebuch-Ordner und logge mich bei Skype ein. Phillips Account ist im Schlafmodus. Genau wie er selbst vermutlich. Hätte ich mir eigentlich denken können. Er ist Sportler und geht normalerweise früh ins Bett.

Seufzend schiebe ich den Laptop auf die Seite und stoße dabei gegen meinen schlafenden Tigerkater, der wie üblich zwei Drittel des Bettes für sich beansprucht. Wie kann ein so kleines Tier sich so breitmachen? Es ist unglaublich!

Mau hebt den Kopf und schaut mich an, als müsste er erst mal sortieren, wer ich bin und was ich in seinem Bett zu suchen habe. Dann gähnt er löwenmäßig und fängt an, sich zu putzen.

Lächelnd streichele ich sein weiches Fell. Er fährt mit seiner

Morgenwäsche fort, ohne mich eines weiteren Blickes zu würdigen.

Dann eben nicht, Mister Mau-Cat.

Mein Handy liegt auf dem Nachttisch. Ich strecke mich danach und checke den Posteingang. Phillip hat mir eine SMS geschickt; wie jeden Abend, bevor er ins Bett geht. Wegen der blöden Zeitzonen bin ich dann meistens leider schon im Tiefschlafmodus und lese sie daher immer erst morgens.

MISS U steht auf dem Display.

Mit einem Finger streife ich über die Nachricht und fahre die Buchstaben einzeln nach, als könnte ich sie dadurch zum Leben erwecken.

„Ich vermiss dich auch", sage ich leise. „Und wie."

Ich tippe *XOXO* und drücke auf Senden.

Billi hat mir auch eine SMS geschickt. Leider auf Italienisch, weshalb ich nur die Hälfte verstehe. Aber es geht ihr gut, so viel kann ich entziffern, und die Sonne scheint offenbar auch in Italien den ganzen Tag.

Il sole splende tutto il giorno, hat sie gesimst. Dafür reicht mein Italienisch aus.

Ich schreibe ihr zurück, dass sie wegen des Sonnenscheins nicht extra nach Italien hätte fahren müssen, und wünsche ihr schöne Restferien. Dann wühle ich mich endlich aus dem Bett.

Eine halbe Stunde später bin ich frisch geduscht und angezogen. Es ist ein herrlicher Sommermorgen, sonnig und warm; wie in einem schwedischen Kinderbuch.

Shorts, Top und Flipflops genügen. Meine nassen Haare lasse

ich an der Luft trocknen. Wie jeder neue Tag kommt mir auch dieser wie eine leere Tagebuchseite vor, die nur darauf wartet, von mir gefüllt zu werden. Ich bin gespannt.

In der Küche singt Peter Fox von seinem Haus am See. Ich drehe das Radio lauter und trällere mit, während ich Cornflakes in eine Schüssel schütte, eiskalte Milch aus dem Kühlschrank darübergieße und mit meinem Frühstück durch den Flur ins Wohnzimmer tanze, um die Tür zum Garten sperrangelweit zu öffnen.

Mau ist mir gefolgt und springt sofort ins Freie. Eine Hummel summt um ihn herum. Er schlägt halbherzig mit der Pfote nach ihr, erwischt sie aber nicht. Dann verschwindet er im dichten Urwald unseres Gartens.

Ich setze mich im Schatten der Markise auf die Terrasse und löffele die schon leicht matschigen Cornflakes. So mag ich sie am liebsten: schön eingeweicht und mit Milch vollgesogen. Im Gegensatz zu Phillip, der sie am liebsten crunchy knabbert.

Phillip – schon wieder!

Ist es normal, dass ich ständig an ihn denke? Morgens, mittags, abends, nachts und sogar, während ich weiche Cornflakes in mich hineinschaufele?

Hm, vermutlich schon. Vielleicht wäre es anders, wenn Schule wäre. Dann hätte ich etwas um die Ohren und wäre abgelenkt. Aber so …

Ich wüsste zu gerne, ob er genauso oft an mich denkt wie ich an ihn.

Wir skypen in jeder freien Minute. Manchmal telefonieren wir auch übers Handy, aber leider ist die Verbindung ziemlich mies. Und es kostet ein Vermögen. Simsen funktioniert besser.

Endlos lange Mails schreiben wir auch zwischendurch. Wir hören und sehen uns also jeden Tag. Trotzdem vermissen wir uns wie verrückt. Und es wird nicht weniger, im Gegenteil. Aber das ist eigentlich kein Wunder, wo doch ganze Lichtjahre zwischen uns liegen.

Am liebsten würde ich meinen Rucksack packen und zu ihm fliegen. Heute noch. Schließlich sind Ferien und ich bin zeitlich flexibel. Aber meine Eltern haben etwas dagegen.

Wieso eigentlich? Ein Last-Minute-Flugticket nach San Francisco kostet echt nicht die Welt, das hab ich im Internet gecheckt. Wenn sie mir das Geld für die Reise vorschießen würden, können sie es von mir aus mit allen noch zu erwartenden Taschen-, Weihnachts-, Geburtstags-, Kindergeld- und sonstigen Zahlungen bis zu meiner Volljährigkeit verrechnen, kein Problem.

Aber nein, sie stellen sich quer. Kompromisslos, stur und zu keiner weiteren Diskussion bereit. Wie Eltern in dem Alter nun mal sind. Hoffentlich werde ich später anders.

Mein Handy meldet sich. Seit kurzem hab ich *Die schönste Zeit* als Klingelton. Ich mag Bosse. Die Musik passt einfach perfekt zu meiner Stimmung, seit Phillip weg ist.

Melodisch-melancholisch, sagt meine Freundin Lena dazu. Sie hat Recht.

Witzigerweise ist Lena dran.

„Hi, Strohwitwe!“ Sie kichert mir ins Ohr wie eine kleine Hexe. Im Hintergrund dröhnen Motorengeräusche. „Wollte nur mal kurz die Lage peilen. Was machst du so?“

„Frühstücken“, antworte ich wahrheitsgemäß. „Und mit dir telefonieren.“

„Cool! Und später?“

„Weiß ich noch nicht.“ Ich schlürfe den Rest meiner ertränkten Cornflakes direkt aus der Schüssel. „Vielleicht geh ich in die Stadt, ein bisschen bummeln.“

„In die Stadt? Bei dem genialen Wetter?“

Lena ruft etwas. Ich kann es nicht verstehen, aber ich bin auch gar nicht gemeint.

„Wo bist du?“, frage ich sie.

„Wie hört es sich an?“, fragt sie keck zurück.

„Als würdest du auf einem Trecker sitzen“, wage ich eine Vermutung.

„Bingo!“

Ich hätte es mir ja denken können! Lena, das verrückte Huhn, verbringt seit einigen Wochen erstaunlich viel Zeit auf den diversen Sitzen landwirtschaftlicher Nutzfahrzeuge. Genauer gesagt, auf den Sitzen von Nutzfahrzeugen, die ihrem Freund Krischan gehören. Das Liebesglück der beiden hat in der Küche von Lenas Müttern seinen Anfang genommen, als Krischan eine Ladung frisches Biogemüse auf die dortige Anrichte gewuchtet hat. Zufällig war ich damals dabei und konnte mit eigenen Augen verfolgen, wie die Funken zwischen den beiden hin und her geschossen sind. Ihre Herzen standen innerhalb von Millisekunden füreinander in Flammen. Sie passen aber auch wirklich gut zusammen. Mindestens so gut wie Phillip und ich. Nur mit dem feinen Unterschied, dass Krischan hier ist und Phillip nicht.

„Macht's Spaß mit dem Biobauern?“, frage ich.

Lenas Antwort geht in einem undefinierbaren Mix aus Rauschen, Rumpeln und Brummen unter.

„Sorry!“, schreit sie ins Handy. „Ich glaub, ich muss Schluss machen. Die Ballenpresse ist zu laut!“

Ballenpresse, aha.

„Ist gut!“, rufe ich zurück, in der Hoffnung, dass sie mich versteht. „Wir können ja später noch mal telefonieren!“

Ich drücke auf die rote Taste, um das Gespräch zu beenden, und muss grinsen. In meiner Fantasie baut sich ein wunderschönes Bild auf: Lena und Krischan in Latzhosen, selig Händchen haltend auf einem Traktor, der ein Strohballen pressendes Ungetüm hinter sich herzieht und dabei eine fette Staubwolke produziert. So rollen sie glücklich durch den Sommertag bis an ihr Lebensende.

Kichernd trage ich mein Geschirr in die Küche und spüle es ab. Dann schnappe ich mir Handy, Hausschlüssel und Geldbeutel, stopfe alles in meine Lieblingsumhängetasche, schiebe mir die Sonnenbrille in die Haare und ziehe zum Schluss noch die Terrassentür zu. Ein Stadtbummel ist jetzt genau das Richtige für mein Summerfeeling. Vielleicht irgendwo ein Eis essen oder mich im Park unter einen Baum setzen. Ein bisschen träumen und dabei an Phillip denken …

Die Katzenklappe lasse ich vorsichtshalber offen, falls Mau den Wunsch haben sollte, in den nächsten Stunden von seinem Streifzug zurückzukehren, was ich eigentlich nicht glaube. Aber bei ihm weiß man nie.

Kaum hab ich das Haus verlassen, bleibe ich wie vom Blitz getroffen stehen.

Ich schnappe nach Luft. Oder besser: Ich versuche es. Die Luft ist nicht nur warm, sie ist heiß. So heiß, dass ich das Gefühl habe, der Asphalt unter meinen Füßen wäre ein glühender Lavastrom, der die Gummisohlen meiner Flipflops augenblicklich zum Schmelzen bringt.

In unserem schattigen Garten habe ich die Hitze gar nicht als so extrem empfunden, aber hier, in der absoluten Windstille zwischen den Häusern und parkenden Autos, scheint sie sich regelrecht aufgestaut zu haben.

Weil Atmen nahezu unmöglich ist, halte ich die Luft an und hüpfe in den Halbschatten eines Gebüschs, wo es allerdings auch nicht viel kühler ist.

Ich verspüre den dringenden Wunsch, kopfüber in einen Kübel mit Eiswasser zu springen und so lange nicht wieder aufzutauchen, bis die Sonne in irgendeinem Meer versinkt. Nur leider habe ich weder einen Kübel, der groß genug wäre, noch Eiswasser. Aber ich könnte schwimmen gehen. Ja, warum eigentlich nicht? Der Tag ist so herrlich, und in unseren Breitengraden weiß man schließlich nie, wie lange sich das Wetter hält. In die Stadt kann ich auch später noch gehen. Vielleicht morgen. Heute wird geschwommen und gechillt!

Ich will gerade umkehren, um meine Badesachen zu holen, als sich ein überfülltes und bis zum Anschlag gechlortes Freibad vor meinem geistigen Auge manifestiert. Die Vorstellung ist echt abtörnend, aber leider auch relativ alternativlos. Der nächste Strand ist Hunderte Kilometer entfernt. Bleibt nur noch der Waldsee, aber der ähnelt in den Ferien und bei Sonnenschein einer baumumstandenen Badewanne, die sich die Bewohner unserer Kleinstadt teilen müssen. Auch nicht wirklich verlockend.

Der Swimmingpool in Phillips Garten fällt mir ein. Ja, das

wäre eine Alternative! Nur fürchte ich, dass Phillips Vater komisch gucken würde, wenn ich mit Bikini und Handtuch bewaffnet plötzlich an seiner Tür klingeln und ihn fragen würde, ob ich ein paar Runden schwimmen dürfte. Nee, das trau ich mich nicht. So gut kenne ich Herrn Graf schließlich nicht. Ich weiß auch gar nicht, ob er überhaupt zu Hause ist. Er ist zusammen mit Phillip nach San Francisco geflogen, um ihm die Westküste zu zeigen, bevor er ihn bei seiner Gastfamilie abgeliefert hat. Vielleicht hat er noch ein paar Urlaubstage drangehängt und kurvt jetzt alleine durch die Staaten. Oder seine Freundin ist nachgekommen und begleitet ihn. Keine Ahnung. Jedenfalls fällt der Privatpool flach.

„Außerdem bist du aus deinem Bikini rausgewachsen", murmele ich vor mich hin. „Schon vergessen?"

Hm, stimmt leider. Mein alter Bikini geht nur noch für den Hausgebrauch. Erstens ist er mir inzwischen eine bis zwei Nummern zu klein – besonders obenrum –, zweitens ist der Stoff schon ganz ausgeblichen, und dann ist auch noch der Schnitt total kleinmädchenhaft. Kein Wunder, ich hab das Teil bekommen, als ich dreizehn war. Von den aufgedruckten niedlichen Schmetterlingen will ich lieber gar nicht erst anfangen!

Kurz: Ich habe nichts Passendes anzuziehen. Es sei denn, ich will an den FKK-Strand, was ich nicht ernsthaft in Erwägung ziehe und was außerdem daran scheitern würde, dass es so etwas hier in der Gegend zum Glück nicht gibt. Ich meine, es wäre doch echt peinlich, wenn man da zum Beispiel seinen Mathelehrer treffen würde, oder?

Also muss ich doch zuerst in die Stadt. Bikini-Shopping – und das bei dieser Affenhitze!

Nach wenigen Metern fühle ich mich wie die letzte Überlebende einer ökologischen Katastrophe. Von meiner erfrischenden Morgendusche ist nicht mehr viel zu spüren. Auf meiner Stirn folgen die Schweißperlen dem Gesetz der Schwerkraft und sammeln sich in meinen Augen, wo sie höllisch brennen. Mein Top klebt eklig zwischen den Schulterblättern. Und das, obwohl ich mir die allergrößte Mühe gebe, mein Energielevel niedrig zu halten, und mich nur schleichend fortbewege. Ich gehe jede Wette ein, dass die Polkappen geschmolzen sind. Die Versteppung der Landschaft hat schon eingesetzt. Oder war das Gras neben der Bushaltestelle gestern auch schon so verdorrt und es ist mir nur nicht aufgefallen? Und hat der Sprecher im Frühstücksradio vorhin nicht etwas vom bisher heißesten Tag des Jahres gefaselt? Warum hab ich nicht besser zugehört? Jetzt ist es zu spät. Ich werde an einem Hitzschlag sterben. So viel steht fest.

Sämtliche Straßen und Parkplätze in der Innenstadt sind wie leer gefegt. Das Thermometer an der alten Apotheke zeigt knapp unter dreißig Grad. Und ich hab nichts Besseres zu tun, als in dieser Gluthitze durch die Gegend zu latschen.

Geht's noch?, zischt mir eine mäkelige Stimme ins Ohr.

Was bleibt mir denn anderes übrig?, fauche ich in Gedanken zurück. Schon vergessen? Es sind Sommerferien! Das ist die Zeit des Jahres, in der man normalerweise jede Menge Spaß hat. Aber meine große Liebe ist leider nicht da, und meine besten Freundinnen sind entweder verreist oder haben was Lustigeres vor, als mit mir als fünftem Rad am Wagen durch die Gegend zu ziehen. Die haben nämlich Freunde. Und zwar hier. Nicht Abertausende von Flugmeilen entfernt in Kalifornien. Noch Fragen?

Die Stimme antwortet nicht. Vermutlich ist sie beleidigt. Oder es ist ihr zu heiß zum Streiten. Vielleicht hat sie aber auch einen Sonnenstich. Es würde mich nicht wundern.

Vielleicht wäre sie nicht ganz so mäkelig, wenn sie mit mir und meiner Familie verreist wäre. Aber das ist in diesen Ferien nicht drin. Mein Vater hat ein wichtiges Projekt, das sich nicht aufschieben lässt, und meine Mutter ist den Sommer über allein in der Praxis. Der Familienurlaub ist ersatzlos gestrichen, leider.

Mit letzter Kraft schleppe ich mich zu einer Boutique – sie liegt auf der Schattenseite der Einkaufszone – und hadere mit meinem Schicksal. Dabei streift mein Blick zufällig einen Bikini. Er ist aus schwarzem, leicht glänzendem Stoff und liegt im Schaufenster, als hätte er dort auf mich gewartet. Eigentlich besteht er nur aus ein paar dreieckigen Stoffstücken und Bändern. Aus erstaunlich kleinen Stoffstücken und sehr dünnen Bändern, wie ich feststelle, während ich das Teil genauer unter die Lupe nehme. Trotzdem wirkt er sehr edel und schick.

Vergiss es!, meldet sich die Mäkelstimme ungefragt zu Wort. *Schwarz ist nicht deine Farbe!*

Hm, stimmt leider. Schwarz lässt mich krank und blass aussehen. Wie eine Trauerweide mit Brechdurchfall. Trotzdem gefällt mir der Bikini. Und das, obwohl er eindeutig die falsche Farbe hat und außerdem winzig und viel zu teuer ist. Über fünfzig Euro für die paar Quadratmillimeter? Frechheit!

Ehe ich mich bremsen kann, drücke ich die Ladentür auf. Über meinem Kopf bimmelt ein Glöckchen. Ich bleibe stehen und schaue mich um.

Üblicherweise kaufe ich meine Klamotten in stinknormalen Jeans-Shops und nicht in solchen Edelboutiquen. Ich fühle mich unwohl und ein bisschen fehl am Platz – was aber auch an den unverschämt hohen Preisen liegen kann, die mir von den Schildern entgegenleuchten. Aber wenigstens ist es hier drinnen kühler als draußen.

Aus einem verborgenen Lautsprecher kommt chillige Musik. Ich entspanne mich.

Ob man sich in so einer schicken Boutique einfach selbst bedienen darf? Im Fernsehen kommen immer gleich zwei bis drei stylische Verkäuferinnen auf einen zugeschossen. Hier bin ich anscheinend nicht nur die einzige Kundin, sondern auch sonst ziemlich allein. Ob ich mal Hallo rufen soll? Oder doch lieber unauffällig verschwinden?

Als ich mich gerade entschlossen habe, zu gehen und vielleicht später wiederzukommen, taucht wie aus dem Nichts eine Verkäuferin auf. Unmöglich, zu sagen, wie alt sie ist. Sie hat rotbraune Locken und eine Figur, als würde sie alle vier Wochen nur kurz an einem Salatblatt knabbern. Sie könnte Ende zwanzig sein, aber genauso gut Anfang vierzig. Ihre Haut ist so glatt und straff, dass sie kaum lächeln kann.

Trotzdem versucht sie es.

„Hi“, begrüßt sie mich. „Kann ich helfen?“

Fasziniert betrachte ich ihre langen, seidig schimmernden Wimpern, die unmöglich echt sein können, und nicke.

„Der Bikini im Schaufenster … Welche Größe hat der?“

„Der schwarze?“ Sie dreht sich um und stöckelt auf schwindelerregend hohen Absätzen in Richtung Auslage.

Ich frage mich, wie sie in diesen Schuhen laufen kann, ohne mit verstauchten Knöcheln in der Unfallambulanz zu landen, aber vermutlich hat sie lange trainiert. Sie erreicht ihr Ziel unfallfrei und zeigt auf den Bikini.

„Das ist ein Einzelstück. Reduziert."

Danke, aber das beantwortet meine Frage nicht wirklich.

Das Schaufenster ist zum Laden hin offen. Mit zwei Fingern schnappt sie sich das Bikinihöschen, zieht es heraus und lässt den Stoff über ihre Hand gleiten. Alles in einer einzigen, sehr graziösen Bewegung.

„Sechsunddreißig", sagt sie und schüttelt ihre Mähne.

Mist, zu klein. Ich hab's geahnt.

„Ich hab ihn hinten noch in 38." Sie mustert meine Hüften und scannt anschließend meinen Brustumfang. „Und in 40."

„Ähm …", mache ich. „Okay."

Die Verkäuferin entschwebt. Ich traue mich, wieder zu atmen. Hab ich wirklich die ganze Zeit die Luft angehalten?

Ich wünschte, Lena wäre hier, um mir beizustehen. Oder Anna, Billi, Dina. Egal wer. Hauptsache, eine von meinen Freundinnen. Am liebsten alle zusammen. Die Verkäuferin jagt mir irgendwie Angst ein. Sie wirkt auf mich wie eine Schaufensterpuppe. Total perfekt.

Was, wenn sie gleich mit den anderen Größen wiederkommt und ich die Teile anprobieren soll? Ein Wunder, dass die hier überhaupt so große Größen haben! Wo doch jeder weiß, dass alles, was größer als Größe null ist, für Elefanten und Trampeltiere reserviert ist. Ob ich nicht doch lieber abhauen soll?

Zu spät.

„Sodele“, flötet die Brünette und reicht mir zwei identisch aussehende Bikinis auf Plastikbügeln.

Sodele?

„Die Kabinen wären dahinten.“ Ihre matt lackierten Schaufensterpuppenfingernägel wedeln in eine vage Richtung.

„Danke“, krächze ich und stolpere fast über meine Flipflops.

Eigentlich hab ich gar keine Lust mehr aufs Anprobieren, stelle ich fest, als ich den Vorhang hinter mir zuziehe, der die Kabine vom Laden trennt.

Ich pose halbherzig vor dem Spiegel, schneide blöde Grimassen und halte mir die Bikinis nacheinander vor Brust, Bauch und Po. Mit bloßem Auge ist überhaupt kein Größenunterschied zu erkennen. Die eingenähten Schildchen behaupten das Gegenteil. Aber soll ich mich deswegen jetzt echt aus meinen verschwitzten Klamotten schälen? Mein Geld reicht sowieso nicht. Heute nicht und morgen auch nicht.

Ich ziehe den Vorhang wieder auf und halte der Verkäuferin die beiden Bügel hin.

„Ich überleg's mir noch mal“, sage ich freundlich.

Sie nickt. Wahrscheinlich hat sie schon damit gerechnet.

Draußen unterdrücke ich ein Kichern. Was für eine Zeitverschwendung!

Apropos Zeit …

Ich werfe einen Blick auf mein Handy und seufze. Es ist immer noch viel zu früh, um Phillip anzurufen.

Wie ich diese Zeitzonen hasse!

KAPITEL 2

Wenn der Sommer
dir zu langweilig ist,
gib ihm den richtigen Kick!

Ich steuere die Eisdiele an und setze mich unter einen Sonnenschirm mit Blick auf die Fußgängerzone. Bis auf eine Handvoll Rentner, die ihre Einkäufe im Schildkrötentempo erledigen, ist die Stadt immer noch leer. Man könnte auch sagen, klinisch tot.

Aus dem Eisladen kommt leise Musik. Irgendein südländischer Schmachtfetzen.

Angelo begrüßt mich mit seinem typischen Zahnpastalächeln. Nur Eisverkäufer, die ihren Beruf wirklich lieben, haben das drauf. Charmant, charmant.

Ich bestelle eine Eisschokolade und werde plötzlich sentimental. Warum nur?

Warum? Weil heute ein strahlender Sommertag ist und ich ganz alleine hier sitze, zum Beispiel. Und dazu noch diese italienischen Liebeslieder!

Ich fühle mich einsam. Nicht nur einsam, sondern deprimiert.

Alle anderen haben Spaß. Nur ich nicht.

Phillip hat Spaß in Kalifornien.

Billi in Italien.

Dina in Dänemark.

Lena auf irgendeinem bescheuerten Trecker.

Und Anna –

Ja, wo ist Anna eigentlich?

Verreist ist sie nicht, da bin ich mir sicher. Wir haben gestern noch miteinander telefoniert und uns vage für einen der nächsten Tage verabredet. Bestimmt hängt sie mit Lukas ab. Klar, würde ich schließlich auch machen, wenn mir mein Freund zufällig zur Verfügung stünde. Ich kann es ihr wirklich nicht verdenken, dass sie ihre Zeit lieber mit Mister Muskel verbringt als mit mir. Schließlich bin ich nur eine ihrer Freundinnen und außerdem ein schwermütiger Trauerkloß. Wer will sich das schon freiwillig antun? Noch dazu in den Ferien, der schönsten Zeit des Jahres, seufz …

Angelo bringt die Eisschokolade und wünscht mir „buon appetito!".

Täusche ich mich, oder ist sein Blick mitleidig?

„Grazie", sage ich und schniefe ein bisschen, bevor ich mit einem langen Löffel zuerst das Sahnehäubchen und die Borkenschokoladeraspeln abtrage und anschließend mit dem Trinkhalm durch den cremigen Kakao stoße, bis ich ganz unten im Vanilleeis lande. Gegen Selbstmitleid sollen süße Sahne und Eiskugeln ja wahre Wunder bewirken.

Ein paar Minuten später geht es mir tatsächlich etwas besser. Ich überlege, was ich mit dem angebrochenen Tag anfangen soll. Vielleicht hat Anna ja doch Zeit? Vielleicht hat sie sogar Lust, in die Stadt zu kommen und mit mir zusammen nach einem passenden Bikini in meiner Preisklasse Ausschau zu halten?

Ich werfe einen unauffälligen Blick in mein Portemonnaie. Wenn ich die Eisschokolade abziehe und mir für den Rest der Ferien jeden weiteren Luxus verkneife, könnte ich mir einen neuen Bikini leisten. Nicht den aus der Boutique natürlich, aber irgendeinen anderen vielleicht. Dann wäre ich zwar für den Rest des Monats pleite, aber daran denke ich jetzt mal nicht. Vielleicht genehmigen mir meine Eltern ja ausnahmsweise einen Taschengeldvorschuss. Ich könnte auch den Rasen mähen, die Kletterrosen entlausen, unser Garagentor frisch anpinseln oder andere niedere Dienste verrichten. Wenn alle Stricke reißen, hab ich auch noch ein paar Euro in meinem Sparschwein. Aber da geh ich nur im äußersten Notfall ran. Schließlich spare ich für eine Reise nach England. Wenn ich meine Sparpläne allerdings weiter so halbherzig verfolge wie bisher, werde ich wohl erst nach London kommen, wenn Kate und William längst im königlichen Altersheim sind. Warum muss aber auch alles so teuer sein?

Ich ziehe mein Handy aus der Tasche und tippe Annas Kurzwahlnummer ein. Es dauert ein bisschen, bis sie sich meldet.

„Halloo?", sagt sie mit einem lang gezogenen Fragezeichen.

„Hi, Anna. Ich bin's." Ich stochere mit dem Trinkhalm im Glas, um Kakao-, Eis- und Sahnereste zu einer leckeren Pampe zu verrühren. „Hast du zufällig Lust auf einen kleinen Stadtbummel? Ich sitze gerade bei Angelo."

„Echt? Ganz allein?"

„Hm-ja", antworte ich.

Was denkt sie denn, mit wem ich hier sitze? Mit Channing Tatum vielleicht? Dann würde ich sie garantiert nicht anrufen und bitten, zu kommen, sondern den Anblick ganz für mich alleine genießen. Aber leider ist das Angebot an Hollywood-Schönlingen in unserer Stadt eher gering. Um nicht zu sagen: nicht vorhanden.

Sie zögert mit ihrer Antwort. Vielleicht muss sie zuerst Lukas fragen. Möglicherweise hockt er neben ihr und hört mit. Was weiß ich.

„Ich muss nur noch mal kurz mit Nicki raus", sagt sie schließlich. „Es geht ihm nicht so gut bei der Hitze. In zwanzig Minuten im Park?"

„Ja, klar." Ich versuche, den Eisschokoladenbrei durch den Halm zu schlürfen, aber es funktioniert nicht. Ich muss ihn löffeln. „Bis dann. Ich freu mich!"

„Ja, ich mich auch. Bis gleich", sagt Anna und legt auf.

Bilde ich es mir nur ein oder klang sie ein bisschen zerstreut? Aber gut, wenn ihr Hund nicht fit ist, kann ich das verstehen. Immerhin ist er nicht mehr der Allerjüngste. Kein Wunder, dass ihm die Hitze zu schaffen macht. Armer Nicki.

Ich zähle das Kleingeld für die Eisschokolade ab, lege noch zwanzig Cent obendrauf und winke Angelo zu. Er winkt zurück. Dann stehe ich auf und mache mich auf den Weg.

Unterwegs fällt mir ein, dass wir gar keinen Treffpunkt vereinbart haben. Macht aber nichts. Wenn man es nicht extra betont, ist die Brücke über dem Ententeich der *Meeting Point* schlechthin. Von ihrem höchsten Punkt aus kann man fast den gesamten Park überblicken. Anna kommt von der anderen Seite der Stadt. Wir können uns gar nicht verfehlen. Und falls doch, gibt's zum Glück ja Handys.

Wie haben die Leute das früher geregelt, wenn sie verabredet waren und sich verspätet oder verpasst haben? Als es noch keine Handys gab, muss das Leben ziemlich kompliziert gewesen sein. Unvorstellbar, echt.

Obwohl ich wegen der Hitze eher schleiche als renne, bin ich vor Anna da und nutze die Gelegenheit, um Phillips und mein Vorhängeschloss zu besuchen. Es war Phillips Idee. Wir haben das Messingschloss kurz vor seiner Abreise an einen Schnörkel des Brückengeländers gehängt. Den dazugehörigen Schlüssel haben wir anschließend im Teich versenkt; als Symbol unserer ewigen Liebe sozusagen.

Unser Schloss war das erste, aber im Laufe der Zeit haben wir ein paar Nachahmer gefunden. Mittlerweile hängen an die dreißig Schlösser an dem Geländer. Kleine, große, dicke, dünne, bunte, runde, eckige, verrostete …

Es gab sogar schon einen Artikel mit einem Foto in unserer Lokalzeitung. Ich hab das Bild nach Berkeley geschickt. Phillip war begeistert. Ich auch. Besonders, weil unser Schloss natürlich das schönste ist und außerdem am hübschesten Schnörkel des ganzen Geländers hängt.

Ich kann es schon von weitem sehen, und wie immer wird mir bei diesem Anblick total warm ums Herz. Ich muss automatisch lächeln. Ich kann gar nichts dagegen machen, es passiert von ganz allein. Vielleicht, weil ich mich genau daran erinnere, wie Phillip und ich uns hier geküsst haben? Vielleicht, weil ich mich ihm hier besonders nahe fühle?

Fast habe ich das Gefühl, er würde neben mir stehen, als ich den höchsten Punkt des Brückenbogens erreiche und stehen bleibe. Ich lege meine Unterarme auf das Geländer, schaue über den Teich und grinse vor mich hin.

Anna kommt ein paar Minuten später. Ihr Gesicht ist knallrot und glänzt. Genau wie ich trägt sie Shorts und Flipflops. Nur statt eines Tops hat sie eine luftige Bluse an.

„Puh", macht sie, als wir uns begrüßen. „Ist diese Hitze nicht total abartig?"

„Aber echt!", bestätige ich. „Wie geht's Nicki?"

Annas Augen werden traurig. „Nicht so gut. Er hat vielleicht Epilepsie."

„Oh …", sage ich. Ich würde sie gern in den Arm nehmen, aber wir müssen zur Seite treten, um einem jungen Vater Platz zu machen, der einen Zwillingsbuggy vor sich herschiebt. „So ein Mist. Ist es sehr schlimm?"

Anna zuckt mit den Achseln. „Er hat manchmal so komische Anfälle. Dann fängt er plötzlich an zu zittern, kippt um und kann sich nicht mehr bewegen."

„Und man kann nichts dagegen machen?", frage ich.

Wir verlassen die Brücke und schlendern in Richtung Pavillon.

„Wenn er einen akuten Anfall hat, nicht", sagt Anna. „Dann kann ich nur aufpassen, dass er sich nicht verletzt, und abwarten, bis es vorbei ist. Der Tierarzt hat uns Tabletten mitgegeben. Vielleicht helfen die ja."

„Ganz bestimmt helfen die", antworte ich optimistisch. Ich stupse sie mit dem Ellbogen an. Sie lächelt.

Vor dem Pavillon bleiben wir stehen.

„Wollen wir uns hinsetzen?", frage ich.

Rings um das Häuschen stehen Tische, Stühle und Sonnenschirme. Der Park ist beliebt und gut besucht, aber wir haben Glück. Es ist noch ein Tisch frei.

Anna nickt nur. Sie ist ungewohnt still und bedrückt. So kenne ich sie gar nicht.

„Setz dich schon mal hin. Ich hol uns was zu trinken", sage ich. Eine Flasche Mineralwasser mit zwei Strohhalmen muss für uns beide reichen, beschließe ich mit Rücksicht auf meine finanzielle Situation.

Als ich vor dem Verkaufstresen stehe und darauf warte, dass das kleine Mädchen vor mir sich entscheidet, welches Eis es gerne hätte – Himbeereis in Prinzessinnenrosa oder doch lieber das froschgrüne Pistazieneis –, weckt ein Schild meine Aufmerksamkeit:

STUNDENWEISE AUSHILFE FÜR DEN
EISVERKAUF GESUCHT.
GUTE BEZAHLUNG.
BITTE AM TRESEN MELDEN.

Drei Wörter nehmen mein Augenmerk ganz besonders in Anspruch: *stundenweise, Eisverkauf* und *Bezahlung*. Dazu noch das wunderschöne Adjektiv *gute* als Sahnehäubchen obendrauf.

Das Ganze klingt wie für mich gemacht, finde ich, und nebenbei wäre es die Lösung all meiner Probleme.

Ich hätte einen Ferienjob, der mich von meinem kummervollen Strohwitwendasein ablenkt, und außerdem ein geregeltes Einkommen. Dafür müsste ich nur ein paar läppische Eiskugeln in Waffelhörnchen drücken und stundenweise über den Tresen reichen. Ha, das ist doch ein Klacks!

Wie viele Tage ich hier wohl stehen müsste, bis ich meine Englandreise gesichert hätte?

Moment mal! Wieso eigentlich England? Wenn ich regelmäßig arbeite und mein eigenes Geld verdiene, kann ich ja wohl hinfliegen, wohin ich möchte, oder? Wie wär's zum Beispiel mit San Francisco?

Ja, ja, ja! Ich balle meine Hand zur Faust und grinse wie blöd. Vor lauter Euphorie bekomme ich gar nicht mit, dass das kleine Mädchen sich inzwischen für eine rosa Himbeerkugel entschieden hat und ich an der Reihe bin.

„Was darf's denn sein, Frollein?", fragt der rundliche Typ hinter der Süßigkeitenauslage.

„Ein Mineralwasser mit zwei Strohhalmen, bitte. Sind Sie zufällig hier der Chef?"

Der Typ dreht sich langsam um, holt eine Seltersflasche aus dem Kühlschrank, öffnet sie, steckt zwei Halme in den Flaschenhals und schiebt die Flasche anschließend über den Tresen, als wäre er der Barkeeper in einem Italo-Western und ich Django persönlich. Fehlt nur noch, dass er fragt: „Wer will das wissen, Fremde?"

„Macht eins fuffzig", brummt er.

Hat er mich nicht verstanden? Ich reiche ihm das abgezählte Geld und tippe mit der anderen Hand auf das Schild. „Ich interessiere mich für den Job!"

„Die Chefin ist außer Haus. Da musst du morgen noch mal wiederkommen."

„Ah, okay … danke schön“, sage ich und habe Mühe, nicht loszuprusten. *Außer Haus …* Wie sich das anhört!

Ich schnappe mir das Wasser und nicke ihm freundlich zu. Er nickt wortlos und ein bisschen griesgrämig zurück.

Anna scheint kurz vor dem Verdursten zu sein. Sie entreißt mir das Getränk, zieht die Trinkhalme heraus und setzt die Flasche an ihre Lippen. Als sie sie mir zurückgibt, ist nicht mehr viel drin.

„Musstest du erst nach einer Quelle bohren oder warum hat das so lange gedauert?“, nörgelt sie.

„Nächstes Mal bist du dran mit Holen. Vielleicht geht’s dann schneller.“ Beleidigt schiebe ich die Strohhalme in die fast leere Flasche und nuckele daran herum.

Anna und ich gucken uns an und kichern gleichzeitig los.

„Blöde Kuh“, sage ich.

„Selber!“, grinst Anna.

„Wo steckt Lukas eigentlich?“

Anna blinzelt in die Sonne. „Der ist beim Sport. Ich hole ihn nachher ab.“

Ich frage mich, wie man bei diesem Wetter freiwillig in ein Fitnessstudio gehen kann. Gesund ist das bestimmt nicht. Aber ich verkneife mir meinen Kommentar. Lukas ist ein wunder Punkt in meiner Beziehung zu Anna. Ich mag ihren Freund nicht besonders. Wir hatten wegen ihm schon mal einen heftigen Streit. Also vermeiden wir es, mehr als das Nötigste über ihn zu reden. Dass ich mich nach ihm erkundigt habe, war nicht mehr als eine Höflichkeitsfloskel. Anna weiß das.

Ich wechsele das Thema.

„Siehst du das Schild am Kiosk?“

„Aushilfe gesucht? Ja, klar. Wieso? Suchst du einen Ferienjob?“

Ich berichte ihr von meinen jüngsten Erfahrungen in Sachen Bikinipreise. Sie nickt verständnisvoll.

„Außerdem langweile ich mich“, füge ich hinzu. „Ich brauch irgendwas zur Ablenkung.“

„Wegen Phillip?“

„Ja. Seit er weg ist, hänge ich irgendwie nur noch zu Hause rum und zähle die Tage, bis er wieder da ist. Wenn das so weitergeht, werde ich noch depressiv.“

„Das hört sich gar nicht gut an“, meint Anna.

„Es hört sich nicht nur so an.“ Ich seufze. „Du hast es gut. Du und Lukas, ihr könnt euch sehen, wann immer ihr wollt. Ihr könnt was unternehmen und –“

„Du kannst gerne mitkommen“, unterbricht sie mich. „Ein Anruf genügt. Morgen wollen wir zum Beispiel den ganzen Tag an den Waldsee.“

„Nee, so war das nicht gemeint“, versichere ich schnell. Bei der Vorstellung, den ganzen Tag auf einer Bastmatte neben Anna und Lukas zu liegen und ihnen dabei zuzugucken, wie sie sich gegenseitig anschmachten, wird mir ganz anders. Dann schon lieber die totale Vereinsamung und Depressionen ohne Ende. „Ich bin nur … ein bisschen neidisch. Ja, ich geb's zu. Ich bin neidisch auf jedes Mädchen, das den Sommer nicht allein verbringen muss!“

„Wär ich auch an deiner Stelle“, erwidert Anna und steht auf. „Ich hol uns noch was zu trinken.“

Bei ihr geht es tatsächlich fixer als bei mir. Ehe ich bis drei zählen kann, ist sie schon wieder da und stellt zwei Gläser Spezi auf den Tisch. Ich verkneife mir die Frage, wie sie das angestellt hat.

„Was sagen deine Eltern eigentlich dazu, dass du jobben willst?“, erkundigt sie sich, während sie den Zitronenschnitz aus ihrer Brause fischt.

„Keine Ahnung“, seufze ich. „Die wissen noch gar nichts davon.“

Anna hebt eine Augenbraue.

Als hätte sich plötzlich eine Gewitterwolke vor die Sonne geschoben, verdüstert sich meine Stimmung schlagartig. An meine Eltern hab ich bei meinen Planungen wirklich noch nicht gedacht. Nicht nur, dass sie vermutlich grundsätzliche Bedenken wegen des Ferienjobs äußern werden, nein, auch die Investition meines ersten selbst verdienten Geldes in ein Flugticket nach Amerika werden sie todsicher zu boykottieren versuchen. Aber ich muss ihnen ja nicht gleich die ganze Wahrheit auf die Nase binden. Vielleicht ist häppchenweise besser. Manche Eltern sind in solchen Dingen ziemlich sensibel. Meine vertragen zum Beispiel nicht so viel auf einmal. Andererseits freuen sich Eltern doch immer, wenn das Kind nicht den ganzen Tag vor der Glotze oder dem PC abhängt und sein Zimmer freiwillig verlässt.

Ich grübele, wie ich es am geschicktesten und schonendsten anstellen soll. Mir zuerst den Job zu besorgen und meine Eltern dann einfach vor vollendete Tatsachen zu stellen, ist vermutlich nicht so schlau. Weil ich erst fünfzehn bin, brauche ich garantiert eine Einverständniserklärung von ihnen. Trotzdem –

„Wenn ich einen konkreten Job an der Hand hätte, würde das Ganze nicht so planlos klingen. Oder was meinst du?“

Anna gibt mir Recht.

„Stimmt“, sagt sie. „Das ist ein Argument.“

„Also versuche ich morgen als Erstes, diesen Job zu ergattern, und danach beichte ich es dann meinen Eltern“, beschließe ich. „Absagen kann ich immer noch. Falls sie sich querstellen. Was ich nicht hoffe.“

Anna hebt ihr Glas.

Wir stoßen an.

„Viel Glück!“, wünscht Anna mir.

„Danke“, sage ich und grinse.

KAPITEL 3

Manchmal muss man aufdrehen, sonst macht das Leben keinen Spaß.

Es ist später Nachmittag, als ich wieder zu Hause bin. Meine Eltern sind noch nicht da. Mau liegt auf der Terrasse unter einem Gartenstuhl und schläft. Ich setze mich zu ihm und betrachte ihn lächelnd. Als er aufwacht, streichele ich sein Fell und frage ihn, wie sein Tag war. Er blinzelt mich an und grinst breit. Sieht aus, als hätte er Spaß gehabt.

Anna und ich konnten uns nicht mehr dazu aufraffen, noch mal in die Stadt zu gehen. Stattdessen haben wir uns im Park unter einen Baum gehockt und so lange gequatscht, bis es Zeit war, Lukas vom Fitnessstudio abzuholen. Bevor wir uns voneinander verabschiedet haben, hab ich mir noch schnell die Telefonnummer des Pavillons aufgeschrieben. Sie stand ganz klein unter dem *Aushilfe gesucht*-Schild. Vielleicht erreiche ich die Chefin ja heute Abend am Telefon und kann für morgen gleich einen Termin vereinbaren.

Ein Vorstellungstermin …

Bei dem Gedanken daran wird mir ein bisschen mulmig. Immerhin bewerbe ich mich zum ersten Mal in meinem Leben um einen Job. Ob ich mein letztes Zeugnis mitnehmen soll? Nee, das wäre wohl ein bisschen übertrieben. Trotzdem werde ich lieber mal googeln, was man alles bedenken und erledigen muss, bevor man einen Ferienjob antritt. Vielleicht finde ich dabei auch ein paar nützliche Tipps, wie man seine Eltern am besten davon überzeugt, dass so ein Job eine echt coole Sache ist.

Wie die meisten Erziehungsberechtigten sind meine Eltern leider etwas spießig. Außerdem bin ich ihre einzige Tochter. Gut möglich, dass sie etwas dagegen haben, mich mit einem Häubchen auf dem Kopf Eis verkaufen zu lassen. Das heißt, muss ich überhaupt ein Häubchen tragen? Der Typ im Kiosk hatte keins auf. Allerdings hatte der im Gegensatz zu mir eine Glatze, womit sich die Häubchenfrage für ihn vermutlich nicht stellt.

Inzwischen habe ich mich so in die Sache hineingesteigert, dass ich ein Scheitern überhaupt nicht in Erwägung ziehe. Ich sehe mich schon vor mir, wie ich gut gelaunt hinter den Süßigkeiten stehe und kleinen Kindern Eis und Lutscher verkaufe. Ich sehe sogar schon das Leuchten in den glücklichen Kinderaugen vor mir. Es MUSS einfach klappen!

Ein kurzer Blick auf mein Handydisplay verrät mir, dass es in Berkeley inzwischen Zeit zum Aufstehen ist. An Phillips Highschool sind zwar noch Ferien, aber er besucht zusammen mit einer Gruppe von anderen Austauschschülern einen Vorbereitungskurs, der sie für den amerikanischen Unterricht fit machen soll. Wenn ich Glück habe, erwische ich ihn noch.

Der Computer meiner Mutter steht im Wohnzimmer. Ich gehe hinein und fahre ihn hoch. Es dauert eine halbe Ewigkeit. Dann klicke ich Phillips Skype-Profil an und höre es kurz darauf rauschen. Es rauscht ziemlich lange, bis es irgendwann knackt und er sich schließlich mit einem erwartungsvollen „Hello?" meldet.

Seine Stimme klingt so fern, dass es mir fast das Herz zerreißt. Plötzlich wird mir bewusst, wie weit weg er ist. Viel zu weit weg!

Bevor ich etwas sagen kann, muss ich erst mal den blöden Kloß hinunterwürgen, der nicht nur meine Kehle, sondern auch mein Sprachzentrum blockiert.

„Hi!", krächze ich schließlich. Ich bemühe mich, meiner Stimme einen fröhlichen Klang zu geben.

„Hi, du!", ruft er gut gelaunt zurück. „Ich hab gerade an dich gedacht! Was machst du? Wie geht's dir?"

Ich erzähle ihm in Stichpunkten von meinem Tag, wie heiß es hier ist und dass ich den Nachmittag mit Anna im Park verbracht habe. Von dem Ferienjob erzähle ich noch nichts.

Phillip ist ein bisschen in Eile.

„Ich muss gleich meine Sportsachen packen", sagt er. „Wir wollen nachher Football spielen."

Das *wir* tut mir ein bisschen weh. Es sticht wie ein kleiner, gemeiner Stachel tief in mein Herz. Wir – das bedeutet plötzlich nicht mehr wie früher er und ich. Jetzt steht es für: Phillip und die anderen. Andere Menschen, die ich nicht kenne. Fremde, mit denen er nun seine Zeit verbringt anstatt mit mir.

Reiß dich zusammen!, flüstert meine innere Stimme streng.

Ich zwinge mich zu einem Lächeln.

„Football? Hey, das klingt cool! Richtig amerikanisch."

Phillip stimmt mir zu.

Wir reden noch ein bisschen hin und her und verabreden uns

für später noch einmal auf Skype. Dann legen wir auf und ich zähle bis zehn, bis ich wieder normal atmen kann.

Ehe ich ins Haus gehe, mache ich mit meinem Handy einen Schnappschuss von dem schlafenden Mau und schicke Phillip das Bild per MMS. Wir schicken uns hin und wieder Schnappschüsse, damit wir sehen können, was der andere sieht.

Bis Phillip vor ein paar Tagen bei seiner Gastfamilie eingezogen ist, hat er mir von der Rundreise, die er mit seinem Vater gemacht hat, per Mail eine ganze Bilderserie geschickt. Auf einem Bild macht er einen Handstand vor dem Grand Canyon. Auf einem anderen steht er mit Pokerblick vor einem Casino in Las Vegas. Auf einem dritten zeigt er mit strahlendem Gesicht auf die nebelverhangene Golden Gate Bridge. Total schön. Ich wünschte, ich wäre bei ihm gewesen und wir hätten das alles gemeinsam gesehen.

Ich gehe in die Küche und hole mir etwas zu trinken und einen Apfel. Bevor ich nach oben gehe, versuche ich Mau anzulocken, aber er will lieber draußen bleiben. Auch gut.

In meinem Zimmer ist es angenehm kühl. Ich beiße von dem Apfel ab und schaue nach, welche CD im Player steckt. Aura Dione. Perfekt.

Ich drücke auf Play, setze mich im Schneidersitz auf mein Bett und hieve mir meinen Laptop auf den Schoß. Er ist noch ganz neu. Ich hab ihn von meinen Eltern zu meinem 15. Geburtstag bekommen und liebe ihn so heiß und innig wie am ersten Tag. Ehrlich gesagt hab ich mich so dermaßen an das Ding gewöhnt, dass ich es am liebsten überall mit hinschleppen würde. Dass ich es nicht mache, ist reine Selbstbeherrschung.

But at least I got my friends …, singt Aura Dione.

Während sich der Startbildschirm mit Südseeinsel-Palmenstrand und türkisblauem Wasser aufbaut, summe ich leise mit. *Share a raincoat in the wind …*

Mein Blick fällt auf einen Bücherstapel, der neben meinem Schreibtisch an der Wand lehnt. Die Bücher gehören Phillip. Lauter Bildbände über Amerika. Er hat sie mir vor seiner Abreise in den Arm gedrückt. Eigentlich wollte ich damit die Reiseroute verfolgen, die er und sein Vater zurückgelegt haben, aber Phillips Mails und seine Live-Berichte auf Skype haben mir dann viel besser gefallen. Wenn er mir Orte beschreibt, brauche ich keine Hochglanzbilder. Ich muss nur die Augen schließen und sehe sie vor mir. Phillip kann das unheimlich gut, Sachen beschreiben, Farben. Sogar Gerüche.

Auch die Fotos, die er mir schickt, sind toll. Richtig professionell. Im Gegensatz dazu wirken meine manchmal wie Amateurschnappschüsse. Kein Wunder, Phillip hat eine viel bessere Kamera als ich.

Von seiner Gastfamilie, den Jacksons, hab ich leider noch keine Bilder gesehen. Phillip ist noch nicht dazu gekommen, sie zu fotografieren. Er ist ja auch erst vor ein paar Tagen dort angekommen. Auf jeden Fall sollen alle sehr nett sein. Roger, der Vater, arbeitet an der Uni von Berkeley. Mama Hillary illustriert Kinderbücher. Dann gibt es noch einen Sohn, Jeff, der ebenfalls auf die Highschool geht, und zwei kleine Schwestern, Hester und Hope.

Ich bin echt gespannt, wie Phillip mit so viel geballter Familienpower klarkommt. Schließlich ist er nicht nur ein Scheidungsopfer, sondern auch ein Einzelkind. Er ist überhaupt nicht an so etwas wie Geschwister, zwei Elternteile und dieses ganze *Happy Family*-Ding gewöhnt. Aber er ist ein sozialer Typ und außerdem ziemlich anpassungsfähig. Ich glaube nicht, dass ich mir um ihn Sorgen machen muss.

Die mache ich mir schon eher wegen der *California Girls*.

Gerade neulich lief eine Reportage über San Francisco im Fernsehen. Da hüpften erschreckend viele hübsche Mädchen mit ihren Surfbrettern durchs Bild. Alle braun gebrannt und sportlich. Die reinsten Supermodels waren das.

Als ich Lena davon erzählt hab, hat sie gemeint, ich solle mich bloß nicht von irgendwelchen Klischees verrückt machen lassen. Versuchungen gäbe es überall auf der Welt, nicht nur in Kalifornien. Ich müsse einfach Vertrauen haben.

Hab ich ja.

Aber trotzdem …

Die Mädchen waren wirklich extrem hübsch. Wenn ich mir vorstelle, dass Phillip demnächst mit lauter durchtrainierten Surferinnen und Cheerleaderinnen in einer Klasse sitzt …

Nein. Halt. Themenwechsel.

Was wollte ich noch? Infos über Ferienjobs googeln, klar.

Ich gebe *Ferienjob* in die Suchmaske ein und lasse mich überraschen.

Wow! Ganz schön viel, was mir da vom Bildschirm entgegenspringt.

Ich picke den ersten Artikel heraus und überfliege ihn.

Genial, das ist genau das, was ich brauche! Die Regelung der Arbeitszeiten bei Minderjährigen, rechtliche Bedingungen, Verdienstmöglichkeiten. Noch mehr? Ja, da steht etwas von einem Gesundheitszeugnis, das man braucht, wenn man mit Lebensmitteln zu tun hat.

Gesundheitszeugnis? Ach herrje … Ob das auch auf Eisverkäufer zutrifft? Hm, vermutlich schon.

Ich krame einen USB-Stick aus der Schreibtischschublade, stöpsele ihn ein und speichere die Seite, damit ich sie später wiederfinde und ausdrucken kann. Leider hab ich keinen eigenen Drucker, aber der von meiner Mutter tut's auch. Hauptsache, ich bin gut vorbereitet, wenn ich nachher die Pavillon-Chefin anrufe und anschließend mit meinen Eltern verhandele. Mein Vater hat immer gerne etwas Schriftliches. Wenn ich dem ein paar Zettel in die Hand drücke, hat er was zu tun und ist zufrieden.

Das Einzige, was mir leichte Kopfschmerzen bereitet, ist das Gesundheitszeugnis. Das klingt irgendwie kompliziert. Aber davon abgesehen erfülle ich dank meines Alters wenigstens schon mal die rechtliche Grundvoraussetzung, um überhaupt jobben zu dürfen. Allerdings nur für maximal vier Wochen. Aber das macht nichts. In vier Wochen sind die Ferien sowieso vorbei.

Ob ich die Kiosk-Inhaberin einfach schon mal anrufen soll? Nicht, dass mir jemand den Job vor der Nase wegschnappt!

Bei diesem Gedanken werde ich leicht hektisch. Wo ist der Zettel mit der Telefonnummer? Hatte ich den nicht vorhin in meine Shorts gesteckt? Nein, da ist er nicht. Dann muss er noch in meiner Umhängetasche sein. Und wo ist die? Hilfe!

Panisch springe ich auf und renne nach unten, wo ich im Flur fast mit meinen Eltern zusammenpralle, die gerade aus dem Büro beziehungsweise aus der Praxis nach Hause kommen.

„Hi!“, rufe ich und bremse in letzter Sekunde ab.

„Huch?“, macht meine Mutter erschrocken.

Mein Vater bringt den Karton mit den Einkäufen ins Lot, den er vor seinem Bauch balanciert. Die Sachen scheinen ziemlich schwer zu sein. Mein armer Papa ächzt jedenfalls, und sein Gesicht ist auch schon ganz rot.

„Ich wollte nur schnell meine Tasche holen“, erkläre ich. „Die muss hier irgendwo rumliegen.“

Mein Vater stellt den Karton in der Küche ab, wischt sich den Schweiß von der Stirn und kommt mit meiner bunten Umhängetasche zurück. „Meinst du zufällig die hier? Ich wäre fast darüber gestolpert.“

Die Missbilligung ist unüberhörbar. Ich überhöre sie trotzdem und reiße ihm den Stoffbeutel aus der Hand.

„Ja, cool! Danke!“

Meine Mutter erkundigt sich, wie's mir geht und was ich den Tag über gemacht habe.

„Och, nicht viel“, antworte ich. Stimmt ja auch. „Ich war in der Stadt und anschließend mit Anna im Park. Eigentlich wollte ich schwimmen gehen, aber mein Bikini ist mir leider zu klein.“

Ich glaube, meine Stimme klang ein bisschen vorwurfsvoll. Jedenfalls guckt meine Mutter so und hebt gleichzeitig eine Augenbraue. Wenn sie jetzt damit anfängt, dass mir der Bikini im letzten Sommer doch noch perfekt gepasst hat, beiß ich sie.

Sie sagt es nicht. Stattdessen flötet sie: „Aber du hast doch noch den hübschen gestreiften Badeanzug! Warum ziehst du den nicht an?“

Wie bitte, was? Das kann sie unmöglich ernst meinen! Warum ich meinen ollen Streifenbadeanzug nicht anziehe, wenn ich am heißesten Tag des Jahres ins Freibad will?

Weil ich darin wie ein Kleinkind in Sträflingskleidung aussehe vielleicht?

Weil ich mich darin totschwitze?

Weil ich mich darin ungefähr so sexy fühle wie eine Bockwurst in ihrer Pelle?

Das alles sage ich lieber nicht, sondern: „Weil mein Bauch in dem Ding nicht braun wird natürlich!"

Meine Mutter starrt mich an, als hätte ich sie nicht mehr alle. Mein Vater prustet.

„Das ist ein Argument!", kichert er.

Ich muss grinsen.

Meine Mutter schüttelt den Kopf, aber dann muss sie irgendwie auch lachen.

„Ist doch wahr", sage ich.

„Ähm, ja, klar. Ich seh's ein. Lass uns später darüber reden. Einverstanden?" Sie schlüpft aus ihren Schuhen und geht in die Küche, um sich ein Glas Wasser zu holen. „Wir haben gerade Hausers getroffen. Sie haben uns zum Grillen eingeladen."

„Grillen bei Paulchen? Cool! Wann denn?" Ich werfe einen unauffälligen Blick auf die Küchenuhr.

„Gegen halb acht."

Perfekt! Dann kann ich vorher noch die Pavillon-Chefin anrufen und einen Vorstellungstermin für morgen vereinbaren – vorausgesetzt natürlich, ich finde den Zettel mit der Telefonnummer wieder, fällt mir ein. Hoffentlich hab ich den nicht verloren!

„Ich geh solange nach oben“, sage ich harmlos und schwenke meinen Beutel hin und her.

Meine Eltern nicken.

In meinem Zimmer krempele ich die Tasche um und verteile den Inhalt auf meinem Bett. Ausgeleierte Haargummis, ein Lippenstift ohne Deckel, eine verschrumpelte Papierserviette, zwei alte Kinokarten, eine Packung Kaugummi mit Verfallsdatum vom letzten Jahr, eine Holzbürste ohne Stiel, mein Portemonnaie und – juhu! – ein zusammengefalteter Zettel mit der Telefonnummer des Stadtparkkiosks. Es geht doch nichts über Ordnung und System!

Während ich die Nummer in mein Handy tippe, fällt mir ein, dass ich mir vorher vielleicht einen Text hätte zurechtlegen sollen. Ich meine, was soll ich eigentlich sagen?

Hilfe, zu spät! Die Chefin ist eindeutig von der fixen Sorte. Ehe ich auflegen kann, ist sie schon dran.

„Pavillon im Stadtpark Krüger guten Tag“, meldet sie sich in einem Satz ohne Punkt und ohne Komma.

„Ähm …“, antworte ich und beiße mir in derselben Sekunde auf die Zunge.

Nicht stammeln, Conni. Sei gelassen und professionell!

Ich räuspere mich und nehme einen zweiten Anlauf.

„Hallo, hier ist Conni Klawitter.“

Sehr gut, Conni! Weiter so.

„Ich rufe wegen des Ferienjobs an. Ist der noch frei?“

Ich halte mir die Nase zu. Keine Ahnung, wieso.

„Jaa“, sagt die Chefin gedehnt. „Wie alt sind Sie denn?“

Ist es zu fassen? Sie sagt tatsächlich *Sie* zu mir! Klingt meine Stimme etwa so alt?

Ich höre auf, mir die Nase zuzuhalten, und sage: „Fünfzehn. Ich gehe noch zur Schule. Das heißt, im Moment natürlich nicht, wegen der Ferien. Aber normalerweise schon.“

Oh Mann, wie peinlich ist das denn! Ich sag's doch: Ich hätte mir vorher einen Text zurechtlegen sollen!

„Haben Sie irgendwelche Erfahrungen im Verkauf?“

Was für Erfahrungen denn? Denkt die etwa, ich würde mit meinen fünfzehn Jahren regelmäßig in irgendwelchen Kneipen jobben und Essen servieren?

„Ich hab mal Lose verkauft“, antworte ich so gelassen und professionell wie möglich. „Und auf einem Schulfest war ich im Schichtdienst für die Getränkeausgabe verantwortlich.“

Inzwischen muss ich mir echt große Mühe geben, nicht loszuprusten. Den Job kann ich mir in die Haare kleistern. Das wird nie was. Wetten?

„Das klingt doch prima“, sagt die Chefin freundlich.

Wie bitte?

„Können Sie morgen Nachmittag vorbeikommen? Ich würde Sie gerne eine Stunde zur Probe arbeiten lassen. Dann können wir sehen, ob Ihnen die Arbeit liegt.“

Sie erzählt mir noch etwas von den Aufgaben, die ich zu erledigen hätte, und dass sie den gesetzlichen Mindestlohn zahlt.

Ist das jetzt gut oder schlecht? Viel oder wenig? Was verdienen Schüler im Durchschnitt? Leider hab ich vergessen, das zu googeln.

„Dazu kommt dann natürlich noch das Trinkgeld“, sagt sie.

Ich bekomme Trinkgeld? Wow!

„Tägliche Arbeitszeit ist von 12 bis 18 Uhr. An den Wochenenden hätten Sie frei.“

„Super“, sage ich und meine es auch so. Dieser Job ist wie für mich geschaffen, ich weiß es. Ich könnte gemütlich ausschlafen, verkaufe nachmittags ein paar Stunden lang Eis, und abends und am Wochenende hätte ich frei. Und dafür bekomme ich richtiges Geld. Plus Trinkgeld!

Ich grinse zufrieden vor mich hin.

„Passt es Ihnen morgen um 14 Uhr?“, fragt meine zukünftige Chefin.

„Ja, klar“, sage ich, immer noch grinsend.

„Prima. Ich freu mich.“

„Ich mich auch!“

Ich drücke auf die rote Taste und werfe mein Handy aufs Bett.

Das war cool, Conni Klawitter! Das war echt so was von cool!

Ich springe auf und hüpfe wild durch mein Zimmer. Im Vorbeihüpfen drehe ich den CD-Player voll auf.

„365 days of a year“, gröle ich. *„Running around, running around ...“*

Die Stimme meiner Mutter unterbricht meinen Freudentanz. Sie schallt durch das offene Fenster nach oben und befiehlt mir unmissverständlich, *diesen Krach augenblicklich leiser zu stellen.*

Mann, wieso meckern Eltern eigentlich immer ausgerechnet dann über zu laute Musik, wenn's am schönsten ist? Manchmal muss man einfach aufdrehen, sonst macht das Leben keinen Spaß! Außerdem ist Musik kein Krach. Weiß doch jeder.

Weil meine Laune viel zu gut ist, um sie mir verderben zu lassen, tippe ich den Lautstärkeregler an und reduziere die Lärmbelästigung ein wenig. Ich darf es momentan wirklich nicht riskieren, meine Eltern unnötig zu stressen. Schließlich will ich etwas von ihnen.

Klingt berechnend? Klar, ist es auch. Aber in der Not darf man ausnahmsweise auch mal etwas aus Berechnung tun, ohne sich gleich ein schlechtes Gewissen einzureden. Damit habe ich überhaupt kein Problem. So what?

KAPITEL 4

No more Bockwurst, please!

Eine halbe Stunde später hocke ich im Garten unserer Nachbarn auf einem klapprigen Campingstuhl und schaufele Kartoffelsalat in mich hinein. Vor lauter Aufregung und Hitze hab ich den ganzen Tag noch nichts Richtiges gegessen. Ich bin total ausgehungert.

Paul anscheinend auch. Er sitzt neben mir und mampft mit mir um die Wette. In den Ferien hab ich ihn bisher kaum gesehen. Seine kleine Schwester Marie auch nicht. Sie sitzt auf einer Decke im Gras und spielt mit Mau Picknick. Total süß, die beiden. Ich hoffe nur, dass meinem Pelzling die Wurst bekommt, mit der sie ihn füttert. Ich verspüre keine große Lust, mitten in der Nacht in meinem Zimmer Katzenkotze aufwischen zu müssen. Das ist so eklig!

„Willst du 'n Kotelett oder 'ne Wurst?" Paul steht auf und inspiziert den Grill. Es duftet ziemlich lecker. Ich schüttele den Kopf.

„Einen Maiskolben, bitte."

Pauls Hand, mit der er die Grillzange hält, verharrt in der Luft. Er guckt mich an.

Ich gucke zurück. „Probleme?"

„Bist du jetzt Vegetarierin, oder was?"

„Nicht direkt", grinse ich. „Und wenn: Hättest du was dagegen?"

„Nö", grinst Paul zurück. „Umso mehr krieg ich."

Auf seinem T-Shirt steht in neongrünen Großbuchstaben: ICH BIN NICHT AUF DER WELT, UM ZU SEIN, WIE ANDERE MICH GERNE HÄTTEN!

Ob das auf seine Eltern gemünzt ist? Sie sitzen zusammen mit meinen Eltern auf der Terrasse und tauschen den neuesten Nachbarschaftstratsch aus. Frau Sandulescu ist auch da. Paul, Marie und ich haben einen Extratisch auf dem Rasen. Ein Kindertisch, wie passend!

Paulchen kümmert sich um das Fleisch. Ich leiste ihm Gesellschaft. Die Erwachsenengespräche interessieren mich nicht besonders. Lieber weihe ich Paul später in meine Ferienjobpläne ein. Ich bin gespannt, was er dazu sagt.

Aber um auf den Maiskolben zurückzukommen … Ich hab neulich eine Statistik gesehen, in der es darum ging, wie viele Tiere ein Mensch im Laufe seines Lebens isst. Ich war ziemlich geschockt und der Appetit ist mir auch vergangen. Seitdem versuche ich, ein bisschen weniger Fleisch zu konsumieren. Ich bin also nicht direkt Vegetarierin – noch nicht –, aber meine Freundin Billi wäre trotzdem stolz auf mich. Die isst nämlich schon seit Jahren kein Fleisch mehr und ist dabei fit wie ein Turnschuh.

Lenas Mütter leben sogar vegan. Die verzichten auf alles, was von Tieren kommt, also nicht nur auf Fleisch, Milch und Eier, sondern auch auf Leder, Wolle, Honig und so. Finde ich ziemlich krass. Ganz so strikt bin ich dann doch nicht. Aber wenn ich wenigstens einen kleinen Beitrag dazu leisten kann, dass Tiere besser behandelt werden, will ich das gerne tun. Das ist das Mindeste. Außerdem ist es gut für die Umwelt, und Maiskolben vom Grill schmecken echt lecker. Da kommt kein Kotelett mit – auch wenn es noch so verführerisch duftet.

Paul legt einen leicht angebrannten Maiskolben auf meinen Teller und noch eine Folienkartoffel dazu.

„Hau rein!“, sagt er. „Echt keine Wurst?“

„Vielleicht später, danke.“

Jan, Pauls Vater, kommt über den Rasen geschlendert und häuft sich einen Berg Fleisch und Würstchen auf den Teller.

„Alles klar bei euch? Habt ihr alles, was ihr braucht?“

Paul und ich nicken gleichzeitig.

„Wollt ihr euch nicht zu uns setzen?“

„Nö“, meint Paul. „Vielleicht später.“

Sein Vater nickt und schlappt von dannen.

Marie springt auf und läuft hinter ihm her, gefolgt von meinem verfressenen Kater.

Wenn du dich weiter so vollstopfst, schläfst du heute Nacht draußen, informiere ich ihn kurz per Gedankenübertragung, bevor ich mich meinem Maiskolben widme. Meine Güte, der ist echt heiß!

„Wasch machscht du denn scho in den Ferien?“, frage ich Paul.

Er nagt an seinem Kotelett und hat dabei gewisse Ähnlichkeit mit einem Neandertaler, der zufrieden grunzend am Lagerfeuer abhängt und seine Jagdbeute vertilgt.

„Chillen, Fußball, Party“, schmatzt er und leckt sich die Finger einen nach dem anderen ab.

Moomentchen … Hat er gerade Party gesagt? Bei wem, wo und wieso? Hab ich was verpasst? Und vor allem: Warum bin ich nicht eingeladen?

„Was für eine Party denn?“, hake ich nach. „Bei wem?“

Paul zuckt die Schultern und brummt irgendetwas mehr oder weniger Unverständliches. Ich schnappe trotzdem ein paar bekannte Namen auf und warte auf weitere und vor allem verständlichere Informationen, aber leider denkt Paul nicht daran, mehr auszuspucken. Er gehörte noch nie zu den mitteilsamsten Menschen dieses Planeten, aber dass ich ihm jedes Wort einzeln aus der Nase ziehen muss, ist mir wirklich zu anstrengend. Ich lasse es bleiben und wechsele das Thema, wobei ich vorsichtshalber meine Stimme senke. Wir sitzen zwar weit genug von der Terrasse entfernt, aber meine Mutter hat ein sehr sensibles Gehör, mit dem sie in der Lage ist, ganz besonders das, was sie auf keinen Fall hören soll, störungsfrei und ohne Zeitverzögerung zu empfangen. Ich weiß nicht, wie sie das macht. Vielleicht haben alle Mütter so etwas implantiert. Auf jeden Fall ist es besser, nicht zu laut zu sprechen.

„Ich hab vielleicht einen Ferienjob“, raune ich Paul zu.

„Cool“, meint er. „Obwohl – in den Ferien arbeiten … Ist das nicht total kontraproduktiv? Dann ist doch die ganze schöne Erholung im Eimer, oder nicht?“

„Nicht, wenn man Geld verdienen muss“, erwidere ich.

„Und wozu brauchst du die Kohle?“ Er knabbert seinen Knochen so sauber ab, als würde er einen Preis dafür bekommen.

Ich nuschele etwas von „Reiseplänen, London, San Francisco und so“, wobei ich den Bikini lieber ausklammere.

Ebenso, dass ich den Job als Ablenkungstherapie von meinem chronischen Liebes- und Trennungsschmerz betrachte, unter dem ich seit Phillips Abwesenheit leide.

Paul gibt sich damit zufrieden.

„Cool“, sagt er noch einmal. Dann ist das Thema für ihn erledigt.

Zum ich weiß nicht wievielten Mal in diesen Ferien wünsche ich mir meine besten Freundinnen herbei. Es mag ja sein, dass Jungs perfekt Würstchen wenden können, aber es gibt Dinge, die man mit Mädchen einfach besser und vor allen Dingen ausführlicher besprechen kann als mit Jungs. Wenn es um die aktuelle Bundesligatabelle ginge, wäre Paul mein Gesprächspartner Nummer eins. Aber Liebeskummer, Klamotten, Sehnsucht und Fernweh? Totale Fehlanzeige! Genauso gut könnte ich mich mit einem Gewächshaus unterhalten.

Für den Job als solchen interessiert er sich dann aber doch. Besonders, als ich ihm sage, wo ich ab demnächst zu arbeiten gedenke. Seine Frage nach Gratis-Eis für meinen Freundeskreis kann ich allerdings nicht zufriedenstellend beantworten.

„Keine Ahnung“, sage ich ehrlich. „Darüber hab ich mir noch gar keine Gedanken gemacht.“

Stimmt. Hab ich wirklich nicht. Und außerdem müsste ich den Job dafür erst mal haben.

*

Ich stehe an einer Landstraße. Die Luft ist staubig und trocken. Vor mir breitet sich ein riesiges Maisfeld aus. Meine Kehle kratzt, meine Augen brennen. Weit und breit kein Zeichen menschlicher Zivilisation. Ich bin ganz allein. Über mir brummt etwas. Ich lege meinen Kopf in den Nacken. Ein Flugzeug zieht vorbei. Die Sonne spiegelt sich in seinen Fenstern. Hinter einer der Scheiben entdecke ich Phillips Gesicht. Ich winke und rufe ihm etwas zu, aber er sieht und hört mich nicht. Kein Wunder, das Flugzeug fliegt ziemlich hoch. Plötzlich verschwindet es hinter einer Wolke.

Moment mal, wo kommt die denn her? Gerade eben war der Himmel doch noch total blau und wolkenlos! Wieder rufe ich etwas, aber das Flugzeug ist nicht mehr zu sehen. Aus der Wolke, hinter der es verschwunden ist, schießt ein rosa Blitz hervor. Erst jetzt bemerke ich, dass die Wolke die Form eines gigantischen Waffelhörnchens mit drei Eiskugeln hat. Ich zucke zusammen und schlage die Augen auf.

Meine Güte, was für ein bescheuerter Traum!

In meinem Zimmer ist es heiß und stickig. Ich muss in der Nacht meine Decke weggestrampelt haben. Sie liegt neben dem Bett auf dem Fußboden. Mau hat sich eine Kuhle darin gemacht und schläft tief und fest.

Während ich gähne und mich gleichzeitig strecke, versuche ich, den Traum abzuschütteln. Hab ich gestern Abend zu viel Mais gegessen? Bekommt man davon vielleicht Albträume?

Wir waren noch ziemlich lange bei Hausers. Irgendwann war ich müde und bin vorausgegangen, um mit Phillip zu skypen. Meine Eltern sind eine halbe Stunde später nachgekommen.

Der Abend war ganz lustig, auch wenn Paul nicht besonders gesprächig war.

Ich wüsste zu gern, von welcher Party er gelabert hat. Phillip wusste auch von nichts, als ich ihn danach gefragt habe. Dabei chatten er und Paul regelmäßig miteinander.

„Anscheinend hat Paulchen ein Geheimnis", sage ich zu Mau, der mit einem Auge blinzelt.

Ich wühle mich aus dem Bett. Es ist kurz vor zehn. Die Sonne scheint.

Heute hast du einen Vorstellungstermin, begrüßt mich meine innere Stimme fröhlich. Sie hört sich an wie eine übereifrige Sekretärin.

Himmel, ja! Ob ich deswegen so schlecht geträumt habe?

Zum Glück muss ich erst um 14 Uhr da sein. Bis dahin kann ich noch in Ruhe duschen und vor dem Badezimmerspiegel professionelles Auftreten üben – was immer das ist.

Dabei weiß ich noch nicht mal, was ich anziehen soll.

Was trägt man so als Eisverkäuferin? Weiße Jeans, weißes T-Shirt vielleicht?

Ach, das wird mir die Chefin schon alles erzählen, denke ich. Heute muss ich sowieso erst mal nur einen möglichst guten Eindruck machen. Der Rest kommt später.

Während ich ein paar Klamotten zur Auswahl zurechtlege, wandern meine Gedanken zu Phillip. Wir waren noch ziemlich lange im Video-Chat, und natürlich habe ich ihm dabei ausführlich von meinen Ferienjobplänen erzählt. Er hat sich darüber gewundert, dass ich meinen Eltern noch nichts davon gesagt habe.

Ist doch klar, warum nicht. Bevor ich mit meinen Eltern rede, brauche ich unbedingt eine stabile Gesprächsgrundlage. Und genau die will ich mir heute in Ruhe verschaffen. Immerhin überrumple ich sie mit meinem Vorhaben ziemlich. Ein Ferienjob war bisher noch kein Thema. Vielleicht später irgendwann. Mit 16 oder 17. Oder stundenweise als Babysitter in der Nachbarschaft. Aber das ist eindeutig was anderes als ein offizieller Job im Stadtparkkiosk.

Das hat Phillip dann auch eingesehen und mir versprochen, dass er mir die Daumen drückt. Wie er das machen will, weiß ich zwar nicht – wenn es hier zwei ist, ist es in Berkeley gerade mal fünf Uhr früh –, aber vielleicht stellt er sich ja einen Wecker und schickt mir ein paar original kalifornische *good vibrations*.

Bei dem Gedanken an positive Schwingungen fällt mir der Internet-Radiosender ein, den Phillip mir empfohlen hat. Ich erwecke meinen Himbeerlaptop zum Leben und gebe den Link ein.

Der Sprecher begrüßt mich und die anderen Zuhörer in breitestem Amerikanisch. Ich muss grinsen. Der Song, der der Ansage folgt, ist zwar nicht ganz mein Geschmack, aber die Vorstellung, dass Phillip und ich ab jetzt den gleichen Radiosender hören, gefällt mir ausgesprochen gut.

Kurz darauf stehe ich vor meinem Kleiderschrank und kann mich nicht entscheiden. Ich schwanke zwischen meiner türkisfarbenen Lieblingsbluse und einem schlichten weißen T-Shirt mit Lochstickerei, als mein Handy plötzlich losdudelt.

„Hallihallöchen!“, schallt es froh gelaunt in mein Ohr.

„Hi, Lena", antworte ich. „Geht's dir gut?"

„Ja, klar. Wieso?", fragt sie zurück.

„Ich höre gar keine Motorengeräusche. Ist euer Trecker kaputt? Oder die Ballenpresse?"

„Was? Hihi, nee." Sie kichert. „Ich bin zu Hause. Ich hab heute frei. Krischan ist auf irgend so einer komischen Bauernvollversammlung. Das wollte ich mir nicht antun."

„Wie bitte? Du möchtest keine vollwertigen biologisch-dynamischen Kollegen von ihm kennenlernen?"

„Puh, nö", macht Lena und gähnt. „Was machst'n heute so? Wollen wir uns treffen?"

„Ja, klar. Gerne." Ich berichte ihr im Schnelldurchlauf von den jüngsten Ereignissen der Vergangenheit und von denen, die in Kürze bevorstehen. Sie quietscht begeistert.

„Oh, wie cool! Ich kratz sofort meine Moneten zusammen. Spätestens um fünf nach zwei steh ich am Pavillon und kauf dir die Kühltruhe leer. Die machen den Umsatz ihres Lebens und du wirst Mitarbeiterin des Monats!"

„Nee, lass mal lieber", bremse ich ihren Elan. „Zuerst muss ich den Job mal haben. Wenn du magst, kannst du mich um kurz nach drei abholen. Dann hab ich Feierabend."

„Feierabend", sagt sie andächtig. „Wie sich das anhört!"

Wir prusten gleichzeitig los und reden dann noch ein bisschen über das Leben im Allgemeinen und die Jungs und den Sommer im Speziellen. Zum Schluss verspricht sie, mich pünktlich einzusammeln.

„Um fünf nach drei am Spielplatz", schlägt sie vor. „Wenn du den Job kriegst, gehen wir gleich morgen in die City und kaufen dir einen todschicken Bikini. Damit du endlich wieder gesellschaftsfähig bist und mit uns schwimmen gehen kannst. Ohne dich macht das nämlich echt keinen Spaß. Alle fragen schon nach dir."

„Echt wahr?"

„Ja!"

„Okay, wenn das so ist …"

Lenas Vorschlag, mir einen schicken Bikini zu kaufen, gefällt mir um einiges besser als der meiner Mutter, doch erst mal meinen ausgeleierten alten Bockwurstpellenanzug aufzutragen.

No more Bockwurst, denke ich grimmig. Weder auf meinem Teller noch an meinem Körper!

„Bis später", sage ich zu Lena. „Drück mir die Daumen!"

„Alle, die ich hab, Süße! Tüdelü und Masseltoff!", ruft sie.

Ich kehre zu meinem Kleiderschrank zurück und entscheide mich für eine hellblaue Sommerjeans und das weiße T-Shirt. Nicht besonders spektakulär, aber nett und adrett. Ich könnte mir vorstellen, dass Chefinnen auf so was stehen, noch dazu in der Lebensmittel verarbeitenden Branche.

Me without you, singt jemand im Radio. Ich tanze ein bisschen mit und denke dabei an Phillip.

KAPITEL 5

Probearbeiten für Anfänger.
Also für mich.

Frau Krüger ist jünger, als ich erwartet hatte, und außerdem sehr nett. Sie zeigt mir alles und erklärt mir geduldig, was man als Eisverkäuferin so zu tun hat.

Ich finde es sehr interessant, den Pavillon mal aus einer anderen Perspektive zu sehen – nämlich von innen –, und spitze die Ohren, damit mir ja nichts entgeht.

„Eigentlich musst du nur Eis verkaufen und dafür sorgen, dass die Kühlbehälter und Waffelspender immer gut gefüllt sind", meint sie. Wir haben uns darauf geeinigt, dass sie mich duzt. Klingt sonst so blöd. „Um den ganzen Rest kümmere ich mich, oder mein Bruder."

Aha, denke ich. Dann ist der Muffelkopp, der gestern hier hinter dem Tresen stand, also ihr Bruder. Kaum zu glauben.

Frau Krüger reicht mir eine Schürze und zeigt mir, wie man mit dem Eisportionierer schöne runde Kugeln formt, um sie anschließend in einem Waffelhörnchen zu versenken.

„Nur ganz leicht andrücken", sagt sie. „Sonst gibt's Waffelbruch."

Waffelbruch? Autsch, das hört sich schmerzhaft an!

„Okay, kapiert." Ich antworte mit einem festen Nicken und klinge dabei optimistischer, als ich bin.

Als sie mir den Portionierer reicht – ihr wisst schon, dieses halbkugelförmige Löffeldings, das Eisverkäufer immer benutzen –, sieht die Sache nämlich plötzlich ganz anders aus. Es ist wirklich gar nicht so einfach, aus tiefgefrorenem Eis Kugeln zu formen – Portionierer hin oder her.

Ich schrappe und schiebe und wühle so lange in einem Eimer Vanilleeis herum, bis ich etwas auf dem Löffel habe, das mit viel Wohlwollen einer Kugel ähnelt.

„Im Moment ist es noch ruhig", sagt Frau Krüger, während ich meine motorischen Fähigkeiten ernsthaft in Frage stelle. „Aber zu den Stoßzeiten gibt es ziemlich viel zu tun."

Ich will mich gerade erkundigen, wann denn diese Stoßzeiten ungefähr sind, da schiebt ein rothaariges Mädchen ein Eurostück über den Tresen und piepst: „Einmal Erdbeere, bitte!"

Hilfe, meine erste Kundin … Und ausgerechnet jetzt hab ich Vanille auf dem Löffel!

Frau Krüger reicht mir schnell einen anderen Portionierer.

Ich buddele eine fast runde, fast schöne Kugel aus dem Erdbeereisbehälter und drücke sie sehr sanft und liebevoll in ein Hörnchen. Ganz ohne Waffelbruch, juhu.

„Frag sie, ob sie Streusel möchte", flüstert Frau Krüger mir zu.

Äh, was? Ach so …

„Möchtest du Streusel?"

Das Mädchen nickt.

Mit Hilfe eines Plastiklöffels lasse ich Schokostreusel über das Eis rieseln und reiche der Kleinen das Gesamtkunstwerk.

Mein erstes Eis!

Ich bin so gerührt, dass ich glatt vergesse zu kassieren. Stattdessen grinse ich wie blöd und wünsche dem Mädchen nicht nur guten Appetit, sondern auch einen wunderschönen Tag.

Frau Krüger springt ein. Sie gibt das Wechselgeld raus und lächelt.

„Komm bald wieder!", rufe ich der Kleinen hinterher.

Meine erste Kundin. So ein nettes Kind, hach ...

Dann lässt die Chefin mich allein. Ich werde ein bisschen nervös. Natürlich bleibt Frau Krüger im Hintergrund – ich kann sie jederzeit rufen, wenn was ist –, aber für den Eisverkauf trage ich ab jetzt die Verantwortung. Es fühlt sich komisch an. Aber auch gut, irgendwie.

Zehn Sekunden später fängt die Stoßzeit an. Glaube ich jedenfalls.

Als hätten sie sich verabredet, taucht ein Knirps nach dem anderen vom nahe gelegenen Spielplatz auf, streckt mir mit schmuddeligen Pfoten Münzen entgegen und äußert seine Wünsche. Schokolade, Vanille, Erdbeere, Banane, Nuss, Stracciatella, Pistazie. Mit und ohne Streusel – das volle Programm. Der Pavillon im Park hat bei weitem nicht die große Auswahl der Eisdiele in der Stadt. Aber auch so komme ich ganz schön ins Schwitzen.

In einer kurzen Verschnaufpause bringt Frau Krüger mir ein Mineralwasser. Sie macht einen ganz zufriedenen Eindruck. Ob ich den Job bekomme? Die Arbeit ist ungewohnt und anstrengender, als ich dachte, aber wenn ich erst mal ein bisschen Routine habe, könnte ich es packen. Davon bin ich fest überzeugt.

Sie anscheinend auch.

„Wenn du möchtest, kannst du nächste Woche anfangen", sagt sie zu mir.

„Was? Echt? Das ist ja cool!" Ich haspele ein bisschen rum, was mir peinlich ist, aber sie lächelt elegant darüber hinweg. Wir sind uns schnell einig. Heute ist Donnerstag. Am Wochenende darf ich laut Jugendschutzgesetz sowieso nicht arbeiten. Montagmittag um Punkt 12 Uhr soll ich anfangen. Ich habe also genug Zeit, um mit meinen Eltern zu reden.

Wow! Ich bin total aufgedreht, als ich mich aus meiner Leihschürze schäle, mich von Frau Krüger und ihrem Bruder verabschiede und aus dem Pavillon hinaus in den strahlenden Sonnenschein trete. Fast tanze ich, so leicht und beschwingt fühle ich mich. Es ist unbeschreiblich!

Es gibt nur diese beiden winzigen Häkchen, die mich daran hindern, komplett abzuheben: das Gesundheitszeugnis – eine Formalität, wie Frau Krüger behauptet, die aber leider fünfundzwanzig Euro kostet – und die erwähnte schriftliche Einverständniserklärung meiner Erziehungsberechtigten. Aber davon lass ich mir meine gute Laune nicht vermiesen. Heute wird gefeiert!

Der Rest ist ein Klacks, denke ich, euphorisch, wie ich bin und trabe in Richtung Spielplatz.

Ich rufe Lena schon von weitem zu, dass ich den Job habe.

Sie sitzt auf einer Kinderschaukel und schwingt wie wild hin und her. Als sie mich sieht, stößt sie sich von ihrem Sitzbrett ab, segelt ein ganzes Stück durch die Luft und legt eine butterweiche Landung hin.

„Ich hab den Job!“, rufe ich noch einmal.

„Juhu!“, juchzt sie und läuft mir entgegen.

Ohne auf Spaziergänger, Radfahrer, Hundebesitzer und spielende Kinder zu achten, fallen wir uns in die Arme und veranstalten mitten auf der Wiese einen Freudentanz.

Lena hat ihre Hexenhaare zu einem kunstvollen Etwas aufgebauscht und die Pracht mit einem schrillen Tuch hochgebunden. Es sieht aus wie ein bunter Bienenkorb und passt farblich zu dem Minikleid, das sie anhat. Ihre Füße stecken in Ledersandalen. An beiden Ohrläppchen baumeln selbst gebastelte Ohrhänger aus Holzperlen und Vogelfedern. Sie tanzen fröhlich mit.

„Puh, Mann! Erzähl!“, fordert sie mich schließlich auf.

Wir lassen uns atemlos ins Gras fallen.

„Hättest du deine Eltern nicht vorher fragen können?“, fragt Lena mich, als ich ihr alles haarklein berichtet habe – inklusive Anzahl und Geschmacksrichtungen der Eiskugeln, die ich heute verkauft habe. „Wenn du Pech hast und sie sich querstellen, ist der Job futsch!“

Ich rupfe ein Gänseblümchen aus dem Rasen. „Das darf eben nicht passieren.“

„Hm“, macht Lena. „Und wenn doch?“

Ich werfe ihr einen finsteren Blick zu. „Hey, du bist meine Freundin. Solltest du mich nicht eigentlich motivieren statt runterziehen? Du bist doch sonst immer so positiv!“

„Bin ich ja auch.“ Sie legt sich auf den Rücken und macht eine formvollendete Kerze. „Ich will dich nur vor einer Riesenenttäuschung bewahren.“

Riesenenttäuschung? Na, danke …

Ich spiele mit dem Gänseblümchen eine Runde *Er liebt mich, er liebt mich nicht*. Zum Glück liebt er mich.

„Den Bikini kann ich mir erst mal abschminken", seufze ich, als Lena ihre Beine sinken lässt und sich in den Yogasitz begibt.

„Wieso das denn?", fragt sie. Sie schließt die Augen und macht „Ohmm".

„Ich muss das Gesundheitszeugnis bezahlen", erwidere ich düster. „Dann bin ich endgültig pleite."

„Mist!", meint Lena und hört auf zu meditieren. „Dann gehen wir eben los, sobald du dein erstes selbst verdientes Geld in der Tasche hast. Bis dahin leih ich dir einen von meinen."

„Echt? Das würdest du für mich tun?"

„Klar!" Sie stupst mich an und grinst. „Ich muss dich doch motivieren!"

Mein Gute-Laune-Pegel steigt wieder. Ich kenne Lenas Bikini-Kollektion. Es sind ein paar echt schicke Teile dabei.

„Danke", sage ich und seufze noch einmal. „Eigentlich wollte ich jetzt so richtig mit dir feiern, aber vielleicht sollte ich doch lieber nach Hause gehen und mit meinen Eltern sprechen."

Lena nickt. „Bring's hinter dich, Schwester. Die Feier holen wir irgendwann nach. Soll ich mitkommen und dich moralisch unterstützen?"

„Nein, danke. Das schaff ich schon."

Sie begleitet mich ein Stück und hüpft neben mir her wie ein außer Kontrolle geratenes Aufziehspielzeug.

„Mensch, Lena. Musst du so rumzappeln? Du machst mich ganz nervös!"

„Hey, cool down!" Sie legt mir eine Hand auf die Schulter

„Versuch ich ja", murmele ich.

Um mich abzulenken, erzählt Lena mir ein bisschen von Krischan.

„Er ist voll schnuckelig", sagt sie mit leuchtenden Augen. „Ich könnte ihn den ganzen Tag abknutschen. Und nachts auch. Wenn er nur nicht so fürchterlich schüchtern wäre!"

Krischan und schüchtern? Ich muss lachen. Lenas Freund ist groß, blond und gut aussehend. Seine Schultern sind breit, sein Humor zum Niederknien – und: Er erbt irgendwann einen riesigen Bauernhof und ist schon fast zwanzig. Wenn einer Grund hat, selbstbewusst statt schüchtern zu sein, dann ja wohl er!

Lena scheint anderer Meinung zu sein.

„Du kennst ihn ja nicht so", meint sie, was natürlich stimmt, weil die beiden erst seit ein paar Wochen zusammen sind und die meiste Zeit in trauter Zweisamkeit auf seinen landwirtschaftlichen Nutzfahrzeugen verbringen. „Wenn wir mit Freunden zusammen sind, ist er ganz anders, als wenn ich mit ihm allein bin."

„Phillip ist auch anders, wenn wir allein sind", wende ich ein. „Das ist doch ganz normal. Ich glaub, jeder ist dann anders. Ich bestimmt auch."

„Also ich nicht!", behauptet Lena. Sie balanciert auf der Bordsteinkante. Ein Autofahrer hupt und winkt. Sie zeigt ihm einen Vogel und ruft „Hier gibt's nichts zu gaffen!" hinter ihm her.

Obwohl es nicht besonders nett ist, muss ich über das erschrockene Gesicht des Autofahrers lachen. Lena ist ein Jahr älter als ich, also sechzehn. Trotzdem benimmt sie sich manchmal wie ein hyperaktives Kleinkind. Das ist zwar lustig, aber auch anstrengend. Vielleicht ist Krischan einfach ein bisschen überfordert? Ich meine, wenn mir ihr Gezappel schon manchmal auf den Nerv geht, wie soll das erst für ihn sein?

„Wie ist er denn, wenn ihr alleine seid?", nehme ich den Faden wieder auf.

„Ruhig irgendwie", antwortet Lena. „Total zurückhaltend. Schüchtern eben."

„Wie meinst du das?"

Langsam werde ich neugierig. Schließlich kenne ich mich mit ausgewachsenen Jungs nicht aus. Phillip ist zwar ein Jahr älter als ich, aber das ist nicht so gravierend, finde ich. Krischan ist dagegen schon ein richtiger Mann.

Lena pflanzt sich auf eine Bank. Ich gehe noch ein Stück weiter, mache einen Schlenker und setze mich neben sie.

„Was das Knutschen angeht", sagt sie, „da gibt's nix zu meckern. Wir knutschen ziemlich oft und ziemlich heftig. Es ist echt schön, aber wenn wir dann ein bisschen mehr zur Sache gehen, hab ich das Gefühl, als würde bei ihm irgendwo 'ne Klappe fallen. Von wegen so bis hier und nicht weiter. Keine Ahnung. Es ist total merkwürdig."

„Wie denn?", frage ich.

„Ach, irgendwie eben", seufzt Lena. „Meistens springt er dann auf und wirbelt hektisch rum. Als ob ihm schlagartig tausendfünfhundert Sachen einfallen würden, die er unbedingt noch erledigen muss. Total komisch, echt."

„Hm", mache ich. „Das klingt wirklich seltsam. Und das passiert jedes Mal, wenn ihr alleine seid und euch küsst?"

„Nein, nicht immer. Aber schon ziemlich oft." Lena zieht an

einer Locke, die sich aus ihrer Bienenkorbfrisur gelöst hat, und kringelt sie sich um den Finger. Ihr Gesicht wirkt ratlos.

„Vielleicht ist er ja so ein *straight edge*-Typ“, wage ich eine Vermutung. „Du weißt schon: kein Alkohol, keine Drogen, kein Fleisch, kein Sex. An unserer Schule gibt es ein paar Leute, die so drauf sind.“

„Nee, Blödsinn. Das kann's nicht sein.“ Lena schüttelt sofort den Kopf. „Krischan trinkt Bier, er isst Steak, und Sex hatte er auch schon. Hat er mir selbst erzählt. Schließlich bin ich nicht seine erste Freundin. Aber irgendwann hat er anscheinend ein Keuschheitsgelübde abgelegt. Wenn ich nur wüsste, wieso. Vielleicht liegt's ja an mir?“

Ich pruste. „Hast du ihn schon mal darauf angesprochen?“

„Ja, klar.“ Sie nickt. „Aber so richtig erklären konnte er's mir bisher nicht. Ich glaub, er weiß selbst nicht, warum er sich so verhält. Er ist so süß!“

„Aber dann ist doch alles okay!“

Lena springt auf und geht weiter. Ich laufe hinter ihr her.

„Ja, eigentlich schon“, gibt sie zu. „Aber, Mann, ich bin sechzehn! Ich will langsam mal wissen, was abgeht! Immer nur Händchenhalten und Rumknutschen finde ich ja ganz lustig, aber auf Dauer will ich mehr.“

„Mehr was?“, frage ich begriffsstutzig.

Lena starrt mich an. „Sex natürlich! Was denkst du denn?“

„Öhm …“, antworte ich. Etwas Intelligenteres fällt mir dazu spontan nicht ein.

„Ich hab mir sogar schon die Pille verschreiben lassen und Kondome gekauft“, fährt Lena fort. Sie erwähnt es so nebenbei, als hätte sie sich mal eben ein Schnupfenmittel aus der Apotheke besorgt.

Jetzt starre ich sie an. „Du hast *was*?“

Sie grinst. „Eine kluge Frau sollte auf alle Eventualitäten gefasst sein. Der Meinung sind Sünje und Hannah auch.“

Das muss ich erst mal sacken lassen. Sünje und Hannah sind Lenas Mütter. Sie sind verheiratet. Lena ist ihre gemeinsame Tochter und der einzige Mensch, den ich kenne, der zwei Mütter und keinen Vater hat. Das heißt, sie hat schon einen Vater, aber eben nur einen biologischen. Ansonsten spielt er in ihrem Leben keine große Rolle.

„Aber … aber“, setze ich an.

Lena würgt mich kichernd ab. „Komm mir jetzt bloß nicht mit irgendwelchen komischen Bedenken. Körperlich ist das überhaupt kein Problem, hat die Frauenärztin gesagt.“

„Du … du warst bei einer Gynäkologin?“ Lenas offenes Statement verwirrt mich etwas, was aber kein Wunder ist, wenn man bedenkt, was in letzter Zeit um mich herum so abgeht. Lukas will schon lange mit Anna schlafen, aber Anna fühlt sich noch nicht so weit. Lena will unbedingt mit Krischan ins Bett, aber Krischan ziert sich.

Die Welt ist ganz schön verrückt. Bleibt das so oder ändert sich das, wenn man erwachsen ist? Darauf bin ich echt gespannt!

Jetzt nimmt Lena also die Pille. Ich brauche ein paar Sekunden, um das zu verarbeiten. Nicht, dass ich verklemmt wäre oder so was. Ich finde es nur unglaublich spannend.

„Wie war das denn so bei der Frauenärztin?“, frage ich neugierig.

„Na ja, ganz okay“, meint sie. „Zuerst hat sie mir einen ellenlangen Vortrag über den weiblichen Körper und das Zusammenspiel der Hormone gehalten. Die Untersuchung war dann nicht so prickelnd, aber wehgetan hat's nicht. Nur komisch angefühlt hat es sich halt.“

„Das kann ich mir vorstellen“, murmele ich, obwohl ich es mir überhaupt kein bisschen vorstellen kann. „Und warum hat sie dir die Pille verschrieben? Es gibt doch noch andere Verhütungsmöglichkeiten, oder?“

„Klar. Ich weiß auch, dass das keine Smarties sind, die ich da schlucke. Aber die Pille ist immer noch am sichersten. Glaub mir, ich weiß, was ich tue.“

„Oh ja, davon bin ich überzeugt“, sage ich.

Es stimmt. Lena ist zwar impulsiv, aber nicht doof. Wenn ein Mädchen weiß, was es will, dann sie. Trotzdem …

„Und jetzt?“, frage ich einigermaßen ratlos.

„Jetzt verführe ich Krischi“, antwortet sie wie aus der Pistole geschossen. „Also, nicht gleich sofort. Aber demnächst. Schließlich nehm ich die Hormone nicht, weil sie so lecker schmecken, sondern weil ich Spaß haben will.“

„Spaß“, wiederhole ich.

„Bingo!“ Lena strahlt wie ein Weihnachtsbaum. „Spaß und Sex. Wobei ich mal davon ausgehe, dass sich beides irgendwie miteinander vereinbaren lässt. Ich hoffe es jedenfalls sehr.“

„Ja, ich auch.“ Ich schlucke. „Oh Mann … Und du bist absolut sicher, dass Krischan der Richtige ist? Du weißt schon, von wegen *erstes Mal* und so?“

„Absolut“, nickt Lena. „Er ist groß, stark, hübsch, riecht gut, schmeckt gut und hat Erfahrung. Außerdem liebt er mich und ich ihn. Wenn einer geeignet ist, dann er. Wozu also noch warten? Vielleicht bin ich morgen tot, weil mich ein Auto überfährt oder sonst was passiert, und dann guck ich mir die Radieschen von unten an und modere bis in alle Ewigkeit als Jungfrau vor mich hin. Stell dir das mal vor!"

„Bloß das nicht!", sage ich erschrocken.

Wir bleiben an einer Kreuzung stehen. Lena muss nach links, ich nach rechts.

„Hast du morgen Zeit?", fragt sie.

„Klar. Wenn du mir einen Bikini leihst, können wir ja schwimmen gehen", schlage ich vor.

„Supi!" Lena gibt mir ein Küsschen. „Den Bikini bring ich mit."

„Perfekt", nicke ich.

Wir verabreden uns für zehn Uhr. Dann ist es am See noch schön ruhig und wir haben den ganzen Tag, um ausführlich zu quatschen.

„Vielleicht haben die Mädels ja Lust mitzukommen", ruft sie mir zu. Sie ist schon ein paar Schritte die Straße hinuntergegangen und dreht sich noch einmal um.

„Billi ist immer noch in Italien", rufe ich zurück, „und Dina kommt erst am Wochenende zurück. Aber ich ruf Anna an!"

„Mach das! Tüdelü, bis dann!" Sie wedelt mit beiden Händen und hüpft davon.

Ich muss grinsen. Sie ist so ein ausgeflipptes Huhn! Was für ein Glück, dass das Schicksal uns vor Urzeiten in der Schule nebeneinandergesetzt hat. Ohne Lena Kowalski wäre mein Leben garantiert ein bisschen weniger bunt. Dass sie jetzt die Pille nimmt, ist irgendwie ganz schön mutig, finde ich. Aber sie hat natürlich Recht: Es ist besser, vorbereitet zu sein. Besonders, wenn man wie sie wild entschlossen ist, es unbedingt zu tun.

Ich bin echt froh, dass Phillip und ich noch nicht so weit sind. Das erste Mal Sex zu haben, scheint noch viel komplizierter zu sein, als ich bisher dachte.

KAPITEL 6

Das Diskussionsverhalten von Eltern in vier kurzen Phasen.

„*Was* willst du?“ Mein Vater starrt mich an, als hätte ich taiwanesisch gesprochen. Er sieht aus wie ein Dackel, dem jemand (in diesem Fall ich) versucht hat die binomischen Formeln und den Rest der Welt zu erklären. Nur dass ich nicht versucht habe, ihm irgendwelche Matheformeln beizubringen, sondern lediglich meinen Wunsch geäußert habe, ein selbstbestimmtes Leben zu führen.

Irgendwie hab ich's geahnt …

Mein Vater versteht mich nicht. Meine Mutter auch nicht. Dabei könnten sie es durchaus, wenn sie wollten. Davon bin ich überzeugt.

Habe ich sie vielleicht überfordert, indem ich gleich mit der Tür ins Haus gefallen bin? Sie wirken ehrlich überrascht.

Na gut, okay. Gestern um diese Zeit wusste ich selbst noch nicht, dass ich ab Montag als Eisverkäuferin arbeite. Ich sollte etwas mehr Geduld mit ihnen haben. Schließlich sind sie nicht mehr die Jüngsten.

Eine knappe halbe Stunde nachdem Lena und ich uns voneinander verabschiedet haben, habe ich meine Eltern mit meinen

Ferienjobplänen konfrontiert. So richtig begeistert wirken sie nicht. Vielleicht ist es aber auch nur der Schock. Schließlich bedeutet einen Job zu haben, erwachsen zu sein. Gut möglich, dass ich nach ihrem Empfinden gerade etwas zu schnell erwachsen werde. Im Moment durchlaufen sie folgende Phasen:

- Phase 1: Sie machen ein Gesicht, als hätten sie sich verhört, und fragen „*Was* willst du?“
- Phase 2: Ungläubiges Kopfschütteln.
- Phase 3: Die Suche nach Gegenargumenten.

Es gibt auch noch eine vierte Phase: die totale Verweigerung. Diese Stufe bedeutet, dass sie sich einfach weigern, sich länger mit deinem Ansinnen zu beschäftigen. Im Grunde ziemlich albern und unreif. Klingt ungefähr so: „Kommt überhaupt nicht in Frage. Schluss. Aus. Ende der Diskussion!“

Ganz so schlimm sind meine Eltern zum Glück nicht.

Wir sitzen auf der Terrasse und befinden uns in Phase zwei, dem ungläubigen Kopfschütteln. Wenn möglich möchte ich die Phasen drei und vier unbedingt verhindern.

„Jobben“, sage ich geduldig und voller Sanftmut. „Der Pavillon im Park sucht eine Eisverkäuferin. Ich kann nächsten Montag anfangen. Ich brauche nur noch euer Einverständnis.“

Ich weiß, dass ich unbedingt ruhig bleiben muss, auch wenn's mir schwerfällt. Ich kann das. Wenn ich jetzt die Nerven verliere oder patzig werde, dann war's das mit dem Ferienjob. Garantiert.

Meine Mutter befindet sich gerade in einem fließenden Übergang von Phase eins zu zwei, das kann ich an ihrem Mienenspiel ablesen. Der Ich-muss-mich-wohl-verhört-haben-Blick weicht leichtem Kopfschütteln.

„Du willst *Eis* verkaufen? Im *Stadtpark*?“, fragt sie mich.

Sie scheint mir nicht richtig zugehört zu haben.

„Ja“, erwidere ich freundlich. „Von Montag bis Freitag, jeweils von 12 bis 18 Uhr. Es ist schon alles geregelt. Ihr müsst nur noch kurz hier unterschreiben.“

Ich schiebe ihr den Einverständniserklärungszettel hin, den Frau Krüger mir mitgegeben hat, und einen Kuli.

„Das kommt überhaupt nicht in die Tüte!“, poltert mein Vater los.

Ich glaube, er ist ein bisschen überarbeitet. Er poltert sonst eher selten los.

Obwohl ich Mitleid mit ihm habe, ist es gleich mit meiner schönen Selbstbeherrschung vorbei. Das spüre ich genau. Es kostet mich fast übermenschliche Kraft, mich zusammenzureißen. Leider schaffe ich es nicht ganz.

„Warum denn nicht?“, blaffe ich zurück.

„Weil … weil“, stammelt mein Vater. Er bricht ab, um sich ein seiner Meinung nach geeignetes Mittel auszudenken, mit dem er seine Tochter, also mich, zur Vernunft bringen kann.

Er sieht überfordert aus.

Ich muss mir auf die Zunge beißen, um nicht zu grinsen. Wenn er mir jetzt damit kommt, dass ich wegen des Jobs die Schule vernachlässigen würde, hat er verloren. Schließlich sind Ferien. Da gibt’s nichts zu vernachlässigen. Klar, ich hab meinen Eltern versprochen, in den Ferien was für die Schule zu tun – mein letztes Zeugnis war nicht so berauschend –, aber dafür bleibt immer noch genügend Zeit. Auch neben dem Job.

„Wenn mein Projekt weiterhin so gut läuft, kann ich vielleicht zwischendurch ein paar Tage freinehmen", sagt mein Vater müde. „Dann können wir doch noch alle zusammen irgendwo hinfahren. Ans Meer oder wohin ihr wollt."

„Was? Ausgerechnet jetzt, wo ich den Job hab? Ihr habt doch gesagt, ihr kriegt keinen Urlaub!" Ich nörgele, obwohl ich nicht nörgeln will und obwohl ich mich sehr darüber freuen würde, mit meiner Familie ans Meer zu fahren. Aber der Ferienjob ist mir inzwischen auch wichtig. Am liebsten hätte ich beides. Vielleicht lässt sich das ja irgendwie deichseln?

„Ich habe Ferien und Langeweile", starte ich einen Versuch. „Was ist so schlimm daran, dass ich nicht mehr den ganzen Tag zu Hause abhängen möchte, sondern mich in meiner Freizeit auf mein späteres Berufsleben vorbereiten will?"

„Du willst Eisverkäuferin werden?" Meine Mutter prustet los, was ich ziemlich unsachlich finde. Am liebsten würde ich sie beißen.

„Eher nicht!", zische ich in ihre Richtung. „Aber ich könnte zum Beispiel lernen, Verantwortung zu übernehmen, mit Geld umzugehen und pünktlich zu sein. Außerdem müsstet ihr mir keinen Taschengeldvorschuss mehr geben, wenn ich zwischendurch mal was brauche. Ich hätte mein eigenes Einkommen und wäre finanziell unabhängig."

Klingt wie auswendig gelernt? Ist es auch. Ich hab's im Internet gelesen. Keine Ahnung, ob es wirkt. Meine Eltern wechseln einen Blick. Ich fürchte, Phase drei beginnt.

„Wenn dir langweilig ist, kannst du dich bestimmt anderweitig engagieren“, sagt meine Mutter.

Ich schnappe nach Luft. „Du meinst, ohne Bezahlung? Im Sportverein oder so?“

Sie nickt. „Oder du machst den Babysitterführerschein. Hattest du das nicht sowieso mal vor?“

„Aber das ist doch hundert Jahre her!“ Ich bin kurz davor, mir die Haare zu raufen. Ernsthaft. Ich setze mich schnell auf meine Hände.

„Wozu brauchst du das Geld denn überhaupt?“, mischt mein Vater sich ein.

„Für einen neuen Bikini, weil mir mein alter nicht mehr passt, wie ihr wisst“, sage ich. „Den Rest spare ich.“

Wofür, verrate ich natürlich nicht.

Meine Eltern tauschen Blicke und murmeln sich etwas zu.

Wie sich herausstellt, kennen sie Frau Krüger. Nach einigem Hin und Her einigen wir uns darauf, dass sie sie anrufen und danach eine Entscheidung treffen.

Weil mir nichts mehr einfällt, was ich zu meinen Gunsten vortragen könnte, bin ich einverstanden. Meine Eltern sitzen am längeren Hebel, das ist mir schon klar. Ich kann nur hoffen, dass sie noch zur Vernunft kommen. Ans Meer fahren können wir ja vielleicht trotzdem noch. Schließlich hab ich an den Wochenenden frei. So, wie mein Vater guckt, hat er ein paar Urlaubstage bitter nötig.

„Übermorgen kommt Jakob von seiner Freizeit zurück“, wechselt er das Thema.

„Cool“, sage ich. Mehr nicht. Nicht, weil ich nicht happy bin, dass mein kleiner Bruder endlich nach Hause kommt – im Gegenteil, ich hab ihn schrecklich vermisst und freue mich sehr –, sondern weil meine Gedanken mit ganz anderen Dingen beschäftigt sind.

Ich hab mich so auf diesen Job gefreut, und jetzt können meine Eltern meine Pläne einfach durchkreuzen.

Ich wünschte, Phillip wäre hier. Er würde mich in den Arm nehmen und mir zuflüstern, dass alles gut wird. Aber leider ist er nicht hier.

Ach Phillip ... Warum musst du mir das antun? Warum musst du unbedingt jetzt dieses bescheuerte Austauschhalbjahr machen, wenn ich dich am meisten brauche? Ich glaube, ich werde es nie kapieren.

„Ich geh dann mal rauf", sage ich.

Meine Eltern nicken. Ich wette, sie kauen gleich noch mal alles von vorne bis hinten gründlich durch, sobald sie alleine sind. Sollen sie doch. Mir egal.

In meinem Zimmer werfe ich mich aufs Bett und starre die Decke an. Manchmal ist es echt anstrengend, Eltern zu haben. Dabei sind meine noch nicht mal besonders schlimm. Im Vergleich zu anderen sind sie eigentlich sogar ganz in Ordnung. Meistens jedenfalls. Trotzdem ärgere ich mich darüber, dass ich noch nicht mein eigenes Leben führen und meine eigenen Entscheidungen treffen darf. Schließlich ist es gesetzlich erlaubt, dass Jugendliche in meinem Alter arbeiten dürfen. Wieso haben Eltern dann die Macht, es zu verbieten? Das ist doch total unlogisch!

Ich geb's auf. Mit Logik komme ich hier nicht weiter. Schon

gar nicht, wenn's um meine Eltern geht. Ich fürchte, das Einzige, was mir jetzt noch helfen kann, ist eine Bestellung beim Universum in Kombination mit einer doppelten Portion Glück. Dann klappt es vielleicht sogar mit dem Job *und* dem Familienkurzurlaub am Meer.

KAPITEL 7

Wenn ein Traumtyp Walnusseis von dir will, gib ihm zwei Kugeln.

„Flugzeuge haben was Klaustrophobisches. Findest du nicht?"

Klaustrophobisch? Gibt es das Wort überhaupt?

Ich nehme meinen Blick von dem Kondensstreifen, den ein Flieger an den blauen Sommerhimmel gemalt hat, und starre den Jungen an, der vor der Eistheke steht.

„Du meinst, Klaustrophobie auslösend im Sinne von: Da kriegen mich keine zehn Pferde rein, eher sterbe ich, als mich in so eine fliegende Sardinenbüchse zu quetschen?", frage ich.

Er lächelt. „Ungefähr so, ja. Ich nehme zwei Kugeln Walnuss."

„Ähm, ja … klar."

Reiß dich zusammen, Conni Klawitter! Du wirst nicht dafür bezahlt, Flugzeuge zu beobachten und dir auszumalen, in einem davon zu sitzen und nonstop nach Kalifornien zu düsen. Waffelhörnchen in die linke Hand, Eiskugelportionierer in die rechte. Gut so, geht doch! Jetzt den Portionierer in das Eis tauchen – nein, nicht Vanille! Walnuss!! –, eine wunderschöne Kugel formen und in die Waffel drücken. Eine zweite Kugel obendrauf. Leicht andrücken. Lächeln!

Dem Kunden das Gewünschte reichen.

Geld kassieren.

„Zwei Kugeln, bitte sehr. Macht eins achtzig."

Er reicht mir ein Zwei-Euro-Stück. „Stimmt so."

Für den Bruchteil einer tausendstel Nanosekunde berühren sich unsere Fingerspitzen.

Ich schaue ihn an.

Er mich auch.

Der Typ sieht ziemlich gut aus. Hellbraune, leicht verwuschelte Haare. An den Seiten kurz geschnitten, oben etwas länger. Augenfarbe? Fehlanzeige. So genau guck ich nun wirklich nicht hin. Schließlich hab ich einen Job zu erledigen.

„Danke." *Lächeln, Conni! Der Kunde ist König. Und dieser ganz besonders.*

Er nickt mir zu und schlendert in Richtung Entenbrücke davon. Anscheinend ist er allein. Genau wie ich.

Immer noch lächelnd greife ich nach einem feuchten Tuch, das über der Spüle hängt, und wische den Tresen ab.

Meine Eltern haben mir den Job tatsächlich erlaubt. Meine Bestellung beim Universum und das dazugehörige Portiönchen Glück haben geholfen. Heute ist schon Mittwoch, mein dritter Arbeitstag, und ich merke, wie ich mir langsam eine gewisse Routine zulege. Wie das Tresenabwischen zum Beispiel.

Hygiene ist das A und O, hat der Typ im Gesundheitsamt mir eingeschärft, bevor er mir mein Gesundheitszeugnis ausgehändigt hat. Es war wirklich nur eine Formalie. Eine Art mündliche Belehrung über ansteckende Krankheiten, richtiges Händewaschen und den Umgang mit Lebensmitteln. Nachdem meine Eltern sich mit Frau Krüger unterhalten haben, ging alles ganz schnell. Mit einem Schlag waren sämtliche Bedenken und Hindernisse aus dem Weg geräumt.

Wenn es mir so wichtig ist, dass ich dafür bereit bin, meine Ferien zu opfern, soll ich es halt ausprobieren, hat meine Mutter gesagt. Einfach so, ohne weitere Widerstände. Keinen Schimmer, wieso.

Es kommt mir verdächtig vor, dass meine Eltern plötzlich so geschmeidig sind. Vielleicht haben sie sich heimlich von einem Jugendpsychologen beraten lassen und betrachten das Ganze als eine Art Test? Wer meine Eltern kennt, weiß, dass das gut möglich ist. Jede Wette, dass sie sich einbilden, ich würde sowieso nicht lange durchhalten und nach einer, spätestens zwei Wochen reumütig in mein Kinderzimmer zurückkehren, weil ich die Nase voll hab von dem Job, der ganzen Verantwortung und dem Geldverdienen. Vielleicht sind sie aber auch zu der Erkenntnis gelangt, dass das Scheitern zum Erwachsenwerden dazugehört und ein Misserfolg meinen Charakter festigt?

Aber den Gefallen tu ich ihnen nicht.

Ich werde nicht scheitern.

No way.

Never.

Ich zieh das durch, liebe Eltern.

Und ich genieße es sogar!

Es fühlt sich richtig cool an, unabhängig und ein bisschen erwachsen zu sein. Ich denke gar nicht daran, dieses Gefühl so schnell wieder herzugeben!

Morgens springe ich schon um acht aus dem Bett, weil ich es kaum erwarten kann, anzufangen. Natürlich ist es dann noch viel zu früh für meine Schicht. Deshalb packe ich jeden Tag meine Badesachen und fahre vor der Arbeit mit dem Rad an den See. Lena hat mir zwei Bikinis zur Auswahl geliehen. Einen roten mit Pünktchen (nein, danke. Da kann ich ja gleich bei meinem Schmetterlingsbikini bleiben!) und einen schlichten lilafarbenen mit Perlen an den Bändern, der perfekt sitzt und den ich so lange behalten darf, wie ich will. Er steht mir ziemlich gut und ist noch fast neu. Vielleicht frage ich Lena, ob sie ihn mir verkauft.

Ich schwimme jeden Morgen eine halbe Stunde, lasse mich von der Sonne trocknen, lese und döse. Der See ist morgens noch ganz ruhig und spiegelglatt. Es ist wunderschön, durch das weiche Wasser zu gleiten oder einfach nur am Ufer zu sitzen, an Phillip zu denken und der Sonne zuzuschauen, wie sie langsam höher und höher steigt. Gegen halb zwölf mache ich mich dann auf den Weg zur Arbeit.

Es macht mir überhaupt nichts aus, dass meine Nachmittage fest verplant sind. Im Gegenteil, es tut mir gut, etwas um die Ohren zu haben. („Dem Tag eine Struktur zu geben", wie Lena es nennt.) Ich merke sogar, dass ich nicht mehr die ganze Zeit in Gedanken bei Phillip bin und mir ausmale, wo er ist und was er gerade macht, sondern nur noch in bestimmten Momenten. So wie morgens am See beispielsweise. Das verleiht meinen Gedanken eine ganz besondere Intensität. Es fühlt sich fast so an, als wäre ich dann ganz nah bei ihm.

Als ich Phillip das erzählt habe, hat er gemeint, dass er es manchmal auch so empfindet.

Da ich vormittags, abends und an den Wochenenden freihabe,

bleibt mir noch genügend Zeit für mein soziales Leben. Weder meine Familie noch meine Freundinnen und Freunde kommen zu kurz. Es ist wirklich perfekt, so wie es ist.

Letztes Wochenende waren wir zum Beispiel alle zusammen im Freibad. Lena, Krischan, Anna, Lukas, Dina – frisch aus Dänemark zurück –, Marlon, Paul und ich. Es war total lustig. Dank Paul war ich ausnahmsweise mal nicht der einzige Single unter lauter Pärchen. Obwohl – dass Dina und Marlon ein Paar sind, wage ich zu bezweifeln. Marlon würde schon wollen, glaub ich. Es war ziemlich offensichtlich, wie er Dina die ganze Zeit angeschmachtet hat. Aber Dina scheint noch zu zögern. Sie haben sich vor einigen Wochen auf einer Party bei Phillip kennengelernt. Vielleicht will sie sich einfach noch ein bisschen Zeit lassen. Find ich gut.

Eine Mutter mit zwei Kleinkindern reißt mich aus meinen Gedanken. Die Kleinen bestaunen die Eissorten und können sich gar nicht entscheiden. Ich werfe einen Blick auf die Wanduhr, setze ein freundliches Eisverkäuferinnenlächeln auf und warte geduldig. In einer halben Stunde hab ich Feierabend. Bis dahin werden sie sich wohl geeinigt haben.

Pünktlich zum Feierabend tauchen Anna und Lukas auf, um mich abzuholen. Sie winken mir kurz zu, setzen sich an einen Tisch und teilen sich eine Cola.

Inzwischen waren alle meine Freunde schon mal am Pavillon, um mir dabei zuzugucken, wie ich Eiskugeln in Waffelhörnchen stopfe. Zuerst hat es mich nervös gemacht, aber inzwischen bin ich deutlich gelassener. Vor allem über Jakobs Besuche freue ich mich. Frau Krüger hat mir erlaubt, dass ich ihm ab und zu ein Eis spendiere. Das nutzt er natürlich schamlos aus. Speziell, wenn er mit seinen Freunden nebenan auf dem Spielplatz ist und damit protzen kann, dass seine große Schwester Alleinherrscherin über ein galaktisches Eisuniversum ist.

„Hi!", sage ich zu Anna und Lukas. Es ist kurz nach sechs. Ich habe aufgeräumt, meine Schürze zusammengefaltet und mich von Frau Krüger verabschiedet. Ab sechs gibt es nur noch abgepacktes Eis am Stiel aus der Tiefkühltruhe. Nach Meinung der Chefin lohnt sich der Eisverkauf abends nicht mehr. Da verlangt die Kundschaft nach Currywurst, Pommes und Sandwiches. Kann ich gut verstehen. Zuerst hab ich es mir total verlockend vorgestellt, den halben Tag im Eisparadies zu verbringen, aber nach sechs Stunden Vanille-Schoko-Erdbeer-Nuss hab ich abends auch eher Appetit auf etwas Deftiges. Wenn keine Kundschaft in Sicht ist, genehmige ich mir hin und wieder ein Gratis-Kügelchen, das ja. Aber dass ich jetzt süchtig nach Eis wäre, kann ich nicht behaupten.

„Hi!", sage ich noch einmal.

Anna und Lukas beachten mich überhaupt nicht. Sie sind in ein Gespräch vertieft. Oder streiten sie etwa?

Anna zischt Lukas etwas ins Ohr, bevor sie sich endlich zu mir umdreht und ein Lächeln in ihr Gesicht zaubert.

Lukas nickt mir zu. Er sieht wie ein schlecht gelaunter Pavian aus, was nicht zuletzt an seiner roten Nase liegt.

„Warst du zu lange in der Sonne?", frage ich scheinheilig.

Er schiebt sich seine Sonnenbrille vor die Augen und grunzt. Die Brille ist so dunkel, dass ich den Blick, den er mir dabei zuwirft, nicht deuten kann, aber ich fürchte, er fällt nicht besonders freundlich aus.

Anna und ich hatten locker verabredet, heute vielleicht ins Kino zu gehen. Ob Lukas mitkommt oder nicht, hat sie offengelassen. Solange ich nicht neben ihm hocken und mein Popcorn mit ihm teilen muss, ist es mir egal. Dass die Stimmung zwischen den beiden so gereizt ist, allerdings nicht. Ich hab keine Lust, Vermittlerin zu spielen. Ich bin sowieso auf Annas Seite; meistens jedenfalls.

Ob sie sich wegen des Kinoprogramms in der Wolle haben? Phillip und ich zoffen uns deswegen auch manchmal. Ich steh auf Komödien, Fantasy und Liebesfilme; er auf Action, Science-Fiction und Western. Es ist gar nicht so einfach, das unter eine Mütze zu kriegen. Aber wenn man sich liebt, muss man hin und wieder auch Kompromisse schließen.

Ob ich Anna und Lukas das mal verklickern soll?

Nein, lieber nicht, beschließe ich, als ich die miesen Schwingungen spüre, die zwischen ihnen hin und her wabern.

„Wollt ihr noch länger hierbleiben?“, frage ich vorsichtig.

Eigentlich hatte ich nicht vor, meinen Feierabend an meinem Arbeitsplatz zu verbringen. Das wäre ja fast so, als würde es sich ein Baggerfahrer in seinem Bagger auf der Baustelle gemütlich machen, anstatt nach Hause zu gehen.

„Von mir aus nicht.“ Anna trinkt die Cola aus und steht auf.

„Wegen mir auch nicht“, muffelt Lukas. Er erhebt sich so schwerfällig, als hätte er Blei in der Unterhose. Hat er nicht nur einen Sonnenbrand, sondern auch Muskelkater?

Ich bemerke die Sporttasche unter dem Tisch. Lukas scheint

direkt aus dem Fitnessstudio zu kommen, in dem er einen Großteil seines Lebens verbringt. Ächzend zieht er die Tasche unter dem Tisch hervor und hievt sie sich über die Schulter.

Anna und ich gehen schon voraus. Ich blinzele in die Abendsonne und muss lächeln.

„Was läuft eigentlich im Kino?", frage ich.

Anna nennt einen Filmtitel, der mir so spontan nichts sagt.

„Wollen wir nicht doch lieber nach Burgstadt?", nörgelt Luki von hinten. „Da ist die Auswahl viel größer!"

Kunststück! In Burgstadt gibt's ja auch ein richtiges Kinocenter, in dem gleich mehrere Filme laufen. So was hat unsere Kleinstadt natürlich nicht zu bieten. Hier gibt es immer nur einen einzigen Film, und den dann wochenlang. Aber im Moment bin ich viel zu zufrieden mit mir und meinem Leben, um mich darüber aufzuregen.

„Dann müssen wir aber den Bus nehmen", erwidert Anna, ohne sich umzudrehen.

„Na und?", mault Lukas zurück.

Ich hebe eine Augenbraue. Wenn die so weitermachen, können sie alleine ins Kino gehen. Ich kann auch gut zu Hause chillen. Kein Problem.

Anna bleibt stehen und wirft einen Blick über die Schulter.

„Kennst du das Programm vom Kinocenter zufällig auswendig?", fragt sie, eine Spur giftig.

Lukas zieht sein Handy aus der Hosentasche und wedelt damit herum. „Ich hab's gespeichert. Wenn du willst, kann ich es jederzeit checken."

„Du bist ja echt der Oberchecker!", pruste ich.

Es war nicht meine Absicht, es laut auszusprechen, wirklich nicht. Es war auch nicht böse gemeint. Es ist mir einfach so herausgerutscht. Hätte ich es mir mal lieber verkniffen.

Lukas zieht seine Augenbrauen zusammen.

Ich zwinge mich zu einem freundlichen Lächeln.

Anna guckt zwischen uns hin und her.

„Ja, nun check mal, bitte!", fordere ich Luki auf. „Wenn wir wirklich nach Burgstadt wollen, müssen wir uns ein bisschen beeilen. Der Bus fährt in zehn Minuten. Und außerdem muss ich dann auch noch meinen Eltern Bescheid sagen, dass es später wird", füge ich hinzu.

Anna nickt feierlich.

Lukas steht immer noch da wie blöd, sein Handy in der Hand. Ich sehe es förmlich vor mir, wie es in seinem Kleinhirn rattert und arbeitet. Eine gefühlte Ewigkeit später erreicht der Befehl, den die grauen Zellen ausgesendet haben, schließlich seinen rechten Daumen. Er fährt über das Touchpad und präsentiert uns das Ergebnis.

Anna und ich beugen uns gleichzeitig über das Display. Boing! Unsere Köpfe stoßen zusammen. Wir kichern.

Lukas verdreht die Augen und stöhnt leise auf.

Okay, ich muss zugeben, dass er Recht hat. Die Auswahl im Kinocenter der Nachbarstadt ist wirklich beachtlich. Nach kurzem Überlegen einigen wir uns auf eine Actionkomödie.

Achteinhalb Minuten später sind wir am ZOB und schwingen uns in den Bus. Auf dem Weg dorthin habe ich noch schnell meine Eltern informiert. Sie waren nicht begeistert, haben aber auch nicht rumgezickt. Wie kommt es, dass sie plötzlich so pflegeleicht sind? Ob sie sich langsam daran gewöhnen, dass ich kein Baby mehr bin? Es scheint so. Jedenfalls hat mein Vater von sich aus angeboten, uns später vom Kino abzuholen. Wirklich erstaunlich.

Insgeheim hab ich das Gefühl, dass sie ein bisschen davon beeindruckt sind, wie ich mein Leben in die Hand nehme. Nachdem Phillip mir seine Amerikapläne gestanden hat, war nicht gerade viel mit mir los. Und nach seiner Abreise ging's mir dann noch mieser, logisch. Dass ich mir jetzt diesen Job besorgt und mich durchgesetzt habe, scheint positive Auswirkungen zu haben. Nicht nur auf mich und meine Psyche, sondern auch auf mein Familienleben. Von mir aus kann es gerne so bleiben.

Trotzdem hab ich das Angebot meines Vaters dankend abgelehnt. Der Bus hält in Burgstadt direkt vor dem Kino. Wir kommen also ganz entspannt hin und zurück.

Moment, das *entspannt* nehme ich zurück. Die Stimmung zwischen Anna und Lukas ist eher das genaue Gegenteil. Wenn es so weitergeht, steige ich in Burgstadt gar nicht erst aus, sondern kehre gleich wieder um.

Wir sitzen im hinteren Teil des Busses. Anna und ich teilen uns eine Bank. Zwischen ihr und Lukas ist der Mittelgang. Vor uns sitzen Leute, hinter uns auch. Dass sie es trotzdem für nötig halten, ausgerechnet hier und jetzt ihre Beziehungsprobleme auszudiskutieren, finde ich etwas – nun ja – unpassend. Ich würde bei so einem Gespräch jedenfalls lieber auf Publikum verzichten. Aber die Geschmäcker sind verschieden. Anna und Lukas streiten sich gern vor anderen Leuten. Vielleicht, weil sie dann Schiedsrichter haben. Allerdings dürfen sie dabei nicht auf mich zählen. Ich weiß nämlich gar nicht, worum es geht. Wahrscheinlich um irgendeine Lappalie, wie meistens. Oder doch nicht? Während ich angestrengt aus dem Seitenfenster schaue, als würde ich nicht zu ihnen gehören, schnappe ich auf, dass es etwas mit Lukas' sportlichen Aktivitäten zu tun hat beziehungsweise mit deren Häufigkeit. Offenbar fühlt Anna sich vernachlässigt.

„Du verbringst viel mehr Zeit mit deinen blöden Hanteln als mit mir", beschwert sie sich.

„Stimmt doch gar nicht!", protestiert Lukas.

„Am liebsten würdest du die Dinger doch noch mit ins Bett nehmen", zischt Anna, „damit du morgens gleich weitertrainieren kannst!"

Ich kann mir ein Grinsen nicht verkneifen. Genau wie die beiden älteren Damen, die zwei Reihen vor uns sitzen und die Ohren spitzen, damit ihnen ja nichts entgeht.

Zum Glück hält der Bus kurz darauf und wir steigen aus.

Ich lächele den Damen zu. Sie lächeln zurück.

Kaum fährt der Bus wieder an, bereue ich es, ausgestiegen zu sein. Wie schön es ist, an einer belebten Straße auf dem Gehweg zu stehen, während sich neben einem ein Pärchen nicht sehr nette Nettigkeiten an den Kopf wirft, kann sich wohl jeder vorstellen.

Ich stiefele entschlossen voraus in Richtung Kino.

Anna und Lukas folgen mir – gestikulierend, meckernd und motzend, aber wenigstens mit diskretem Abstand. Wer uns nicht kennt, wird kaum vermuten, dass wir zusammengehören. Gut so.

In der Schlange vor der Kinokasse denke ich intensiv darüber nach, ob ich nicht lieber in einen anderen Film gehen soll, damit Anna und Lukas in Ruhe weiterstreiten können, da fällt mir in der Nachbarschlange ein Typ auf. Er kommt mir bekannt vor, ich weiß nur nicht, woher. Erst als er sich halb umdreht und etwas zu einem Mädchen sagt, das in der Reihe hinter ihm steht, fällt es mir ein. Es ist der Junge vom Eisstand. Der mit den klaustrophobischen Flugzeugen. Er hat zwei Kugeln Walnuss bestellt, wenn ich mich recht erinnere. Ja, genau. Mister Walnuss!

Ich hab mir angewöhnt, meinen Kunden Spitznamen zu verpassen. Der Pavillon hat einige Stammkunden, die regelmäßig auftauchen und immer dasselbe verlangen. Ein Rentnerpärchen holt sich jeden Nachmittag eine doppelte Portion Stracciatella mit zwei Löffeln und verspeist das Eis in aller Ruhe unter einem der Sonnenschirme. Ich nenne sie die Stracciatellas. Eine Mutter mit einem kleinen Baby bevorzugt Pistazie und heißt deshalb Mama Pistache. Und ein Typ in Anzug, Krawatte und mit Businessköfferchen kauft täglich einen Becher Schoko-Krokant für den Nachhauseweg. Er arbeitet in der Sparkassenfiliale am Park. Das Eis ist wohl so etwas wie seine Belohnung für stundenlanges Geldzählen. Auf jeden Fall scheint es ihn glücklich zu machen. Er strahlt immer sehr, wenn ich ihm eine extra Ladung Krokant über seine Schokokugeln schippe. Sein Spitzname ist die Krokant-Krawatte.

Und nun also Mister Walnuss …

Er ist zwar noch kein Stammkunde, aber trotzdem in meiner Erinnerung haftengeblieben. Keine Ahnung, warum. Oder doch. Bestimmt, weil er ziemlich attraktiv ist. So etwas sieht man in unseren Breitengraden schließlich nicht jeden Tag.

Während die Schlangen sich langsam voranschieben und Anna und Lukas weitere Unnettigkeiten austauschen, nutze ich die Gelegenheit und nehme ihn ein bisschen genauer unter die Lupe. Ich sehe ihn zwar nur schräg von hinten, aber das, was sich mir bietet, ist nicht zu verachten. Seine Haut ist leicht gebräunt. Den Oberarmen nach zu urteilen treibt er regelmäßig Sport. Als er lacht, hört es sich ziemlich sexy an.

Mooment! Kann Lachen sexy klingen?

Hm, tja, doch. Irgendwie schon …

Es gibt Jungs, die gackern, und welche, die grölen. Dazwischen gibt es unzählige Varianten. Schnauben, prusten, wiehern – das ganze Programm. Wie im Zoo.

Mister Walnuss lacht, ohne dass mich das Geräusch, das er dabei produziert, an irgendein Tier erinnert. Er lacht einfach. Und ja: Das ist ausgesprochen sexy!

Ich lächele in mich hinein.

Plötzlich düdelt mein Handy los. Natürlich ist es in meiner Umhängetasche mal wieder ganz nach unten gerutscht und versteckt sich vor mir.

Das war die schönste Zeit … Bosses Stimme klingt gedämpft.

Anna und Lukas hören auf zu streiten. Das Pärchen vor mir dreht sich um und grinst.

Und ich? Ich werde tatsächlich rot, während ich hektisch in meiner Tasche wühle.

Weil alles dort begann …, singt Bosse, als ich es endlich gefunden habe.

Der erste Kuss war Erdbeerbowle und …

Ich ziehe das Handy heraus und würge es ab, bevor es im weiteren Textverlauf auch noch um Spucke geht.

„Hallo?“, melde ich mich so leise wie möglich. Ich habe das

Gefühl, als würden mich hundert Augenpaare beobachten und genauso viele Ohrenpaare belauschen.

„Hi!“ Phillips Stimme klingt frisch und ausgeschlafen. Kein Wunder, in Berkeley ist es kurz nach halb elf vormittags. Er hat gerade Pause, wie er mir fröhlich erzählt. „Und was machst du so?“

Zum Glück trage ich meinen Pony gerade ziemlich lang. Ich schüttele ihn vor mein Gesicht und versuche, mich dahinter zu verstecken. Zusätzlich halte ich mir eine Hand vor den Mund, während ich mit der anderen das Telefon an mein Ohr presse. Trotzdem kann ich es nicht verhindern, dass mein Blick ganz zufällig den Jungen mit dem Walnusseis streift. Zufälligerweise guckt er genau in dieser Millisekunde zurück.

Ach du liebe Güte …

Er lächelt mich tatsächlich an. Nicht spöttisch, nicht abfällig, nein, er lächelt einfach nur absolut hinreißend. Ein bisschen so, als würden wir uns schon ewig kennen, aber gleichzeitig auch so, als würde er mich zum allerersten Mal sehen. Es ist ziemlich schwer zu beschreiben. Auf jeden Fall spüre ich, wie mein Herzschlag kurz aus dem gewohnten Takt gerät. Es fühlt sich aufregend an. Kribbelig wie Brausepulver. Verrückt. Anders. Es irritiert mich.

Leicht hektisch wedele ich mit meiner freien Hand und signalisiere Anna, dass sie eine Karte für mich mitkaufen soll, bevor ich aus der Schlange heraustrete und versuche, mich auf Phillip zu konzentrieren und gleichzeitig Mister Walnuss zu ignorieren, was alles zusammen gar nicht so einfach ist, wie es sich vielleicht anhört.

„Ich bin gerade im Kino“, sage ich mit gesenkter Stimme zu Phillip. „Mit Anna und Luki.“

„Sorry, das wusste ich nicht. Stör ich?“

„Überhaupt nicht. Wir stehen an der Kasse. Der Film hat noch nicht angefangen.“

Er fragt mich, was wir uns anschauen wollen, und erzählt mir anschließend, was er heute vorhat. Zuerst Sprachunterricht, dann ein Ausflug mit seiner Gastfamilie, dann seine erste Fahrstunde und –

„Was für eine Fahrstunde?“, unterbreche ich ihn. „Hab ich da irgendwas verpasst?“

Er lacht. „Ich will hier meinen Führerschein machen. Hab ich dir das noch nicht erzählt?“

Anna wedelt mit den Kinokarten. Lukas steht mit genervtem Gesicht und einem Rieseneimer Popcorn neben ihr. Von Mister Walnuss ist weit und breit nichts mehr zu sehen.

„Ähm, nein“, sage ich langsam. Ich winke Anna zu und gebe ihr zu verstehen, dass ich gleich bei ihr bin. Lukas tritt von einem Fuß auf den anderen. Ich weiß nicht, warum, aber manchmal könnte ich ihn erwürgen. Er sieht doch, dass ich telefoniere!

„Nein, hast du nicht“, sage ich zu Phillip. Ich höre nicht mehr richtig zu, was er noch sagt. „Du, ich muss jetzt rein. Der Film fängt gleich an.“

Wir verabreden, dass wir nach dem Kino skypen, sobald ich zu Hause bin. Er hat dann Mittagspause.

„Ciao, Süße“, sagt er zum Abschied. „Viel Spaß, und vergiss mich nicht!“

Den Jungen, den ich liebe, vergessen? Im Leben nicht!

„Ciao", sage ich und lege auf. Ich schalte mein Handy komplett aus und lasse es in die unendlichen Untiefen meiner Tasche zurückfallen, wo es sich auf Tauchstation begibt und sich in null Komma nichts mit dem übrigen Krimskrams verbündet, den ich mit mir herumschleppe.

Im Kinosaal stolpere ich hinter Anna her, trete auf fremde Füße, klettere über diverse Knie und Taschen und lasse mich schließlich aufatmend in einen weichen Sitz sinken.

Ob Mister Walnuss irgendwo in der Nähe sitzt? Oder ist er in einem anderen Film?

Ich ertappe mich dabei, wie ich mich umschaue, aber das Licht ist schon runtergedimmt. Es ist viel zu dunkel, um etwas zu erkennen. Ich lehne mich zurück und versuche, mich auf die Leinwand zu konzentrieren.

*

Es ist kurz nach halb elf, als ich nach Hause komme. Meine Eltern räumen gerade den Gartentisch ab und stellen die Stühle zusammen. Es ist ein herrlicher Sommerabend. Die Luft ist lau. Sie haben draußen gesessen und auf mich gewartet. Jakob schläft schon.

Mein Vater ist sauer, weil es so spät geworden ist. Das sehe ich auf den ersten Blick. Er hat es gar nicht gern, dass ich um diese Uhrzeit allein durch die Straßen laufe. Ich auch nicht, ehrlich gesagt. Aber erstens ist es noch nicht richtig dunkel, und zweitens haben Anna und Lukas mich fast bis zur Haustür gebracht. Das sage ich schnell, bevor er meckern kann.

„Dann ist ja gut", brummt er. „Nächstes Mal rufst du bitte trotzdem an, damit ich dich abholen kann."

Ich erinnere ihn daran, dass er selbst es war, der mir erlaubt hat, mit dem Bus zu fahren.

„Ich meine, vom ZOB abholen", grummelt er. „Ich will nicht, dass du so spät abends noch zu Fuß unterwegs bist."

„Nun ist sie ja da", mischt meine Mutter sich ein und wirft mir einen Blick zu, der besagt, dass sie um diese Uhrzeit keinen gesteigerten Wert auf eine Grundsatzdiskussion legt.

Ich bin ganz ihrer Meinung.

„Kommt echt nicht wieder vor", verspreche ich. „Gute Nacht!"

In meinem Zimmer ist es warm. Mau sitzt auf der Fensterbank und schaut hinaus. Ich werfe meine Tasche aufs Bett, schalte den CD-Player ein – Zimmerlautstärke, versteht sich –, nehme meinen Kater auf den Arm und tanze mit ihm durchs Zimmer. Mau schnurrt und schnurrt. Ich setze ihn auf den Teppich, krame mein Handy aus der Tasche und schreibe eine SMS an Phillip:

BIN JETZT ZU HAUSE.
WOLLEN WIR SKYPEN?

Kaum hab ich auf Senden gedrückt, kommt seine Antwort:

BIS GLEICH!

Ich tausche mein Handy gegen meinen Laptop aus. Dann mache ich es mir auf meinem Bett bequem. Der Laptop war im Standby-Modus und fährt blitzschnell hoch. Ich muss mich nur noch bei Skype einloggen, Phillip anwählen und darauf warten, dass sich sein Grinsen auf meinem Monitor manifestiert.

Ich stopfe mir ein Kissen hinter den Rücken und lehne mich zurück. Den Bildschirm stelle ich so ein, dass die eingebaute Kamera mich gut erfassen kann.

„Hi!“ Phillip strahlt mich an. Sein Gesicht wirkt ein kleines bisschen verpixelt und verschoben. Kein Wunder, bei all den Lichtjahren, Flugmeilen und Zeitzonen, die zwischen uns liegen. Bestimmt kommt mein Gesicht genauso pixelig in Berkeley an.

„Hi!“, grinse ich zurück.

Er will wissen, wie's im Kino war.

„Doof, ohne dich.“ Es stimmt. Der Film war ganz okay – ein bisschen Action, ein bisschen Liebe, ein bisschen Humor –, aber als ich im Dunkeln neben Anna und Lukas gesessen und auf die Leinwand gestarrt habe, hab ich mal wieder gemerkt, wie sehr Phillip mir fehlt. Ganz schrecklich nämlich. Besonders jetzt.

Sein Gesicht sieht so nah aus! Ich möchte die Hand ausstrecken und es berühren, mir eine Locke um den Finger kringeln, ihn küssen. Weil ich weiß, dass ich nur eine Glasscheibe berühren würde, lass ich es bleiben.

„Du siehst hübsch aus“, sagt er.

„Danke.“ Ich muss lächeln. Phillip sitzt irgendwo im Freien. Hinter ihm laufen Menschen durchs Bild. Ein Fahrrad rollt vorbei. Ich kneife meine Augen zusammen, kann aber nirgendwo ein kalifornisches Bikinimädchen entdecken.

„Wo bist du gerade?“

„Auf dem Campus.“ Er dreht den Monitor ein bisschen herum. Ich sehe einen Park, Bäume, gepflegten Rasen und helle Backsteingebäude.

„Und da gibt's Internet?“

Phillip lacht. „Hier gibt's überall Internet. Sogar auf dem Klo bei McDoof.“

„Bei dir scheint die Sonne“, stelle ich fest.

„Und bei dir?“, fragt er.

„Hier scheint der Mond.“ Ich werde traurig, als ich das sage.

Trotz der ganzen blöden Pixel bemerkt Phillip es sofort.

„Hey“, sagt er leise.

Ich weiß genau, wenn er jetzt hier wäre, würde er mein Kinn anheben, mir in die Augen schauen und versprechen, dass alles gut wird.

Ich versuche, den Kloß in meiner Kehle hinunterzuwürgen.

Phillip wechselt geschickt das Thema und erkundigt sich nach meinem Job.

Ich erzähle ihm von den Stammkunden, die jeden Tag kommen, und davon, dass Jakob mein bester nicht zahlender Kunde ist. Phillip lacht. Den Jungen mit dem Walnusseis erwähne ich nicht. Schließlich ist er kein Stammkunde.

Ich frage ihn, ob er es vorhin ernst gemeint hat, dass er den Führerschein machen will.

„Klar“, erwidert er. „Hier fahren alle schon mit sechzehn. Das ist total normal.“

„Echt?“

Er nickt.

Ich stelle ihn mir in einem türkisfarbenen Ami-Schlitten vor und muss kichern.

Irgendwann müssen wir uns verabschieden. Das ist der härteste Teil des Ganzen. Es bricht mir das Herz. Immer wieder, jedes verfluchte einzelne Mal. Aber irgendwie schaffen wir es auch dieses Mal.

„Ciao, Süße“, sagt er und legt seine Hand an den Bildschirm.

Ich lege meine Hand dagegen und schließe die Augen.

Für einen klitzekleinen Augenblick fühlt es sich an, als würden wir uns wirklich berühren. Aber nur fast. Dann ist es vorbei.

„Bis morgen“, sage ich. Ich logge mich aus.

Dionne Bromfield singt. *Ouch that hurt …*

Passt ziemlich perfekt.

KAPITEL 8

Dein Leben fährt Achterbahn?
Spring auf
und genieß die Fahrt!

Am nächsten Morgen schlafe ich länger als sonst. Jakob wuselt irgendwo durchs Haus. Ich schlage die Augen auf und höre ihn sprechen und lachen. Entweder führt er Selbstgespräche oder er hat Besuch.

Während ich mich strecke und versuche, wach zu werden, fühle ich mich … *schlaftrunken*. Das Wort fliegt mir zu und breitet sich in mir aus. Es gefällt mir. Es ist so schön altmodisch. Genau wie *liebestrunken*.

Im Internet habe ich neulich eine Website entdeckt, auf der alte Wörter gesammelt werden. Sie sind vom Aussterben bedroht, weil kaum jemand sie noch benutzt. Sie hüpfen auf der Seite herum wie Lämmer auf einer Wiese. Vielleicht sind schlaftrunken und liebestrunken auch dabei? Ich sehe sie als wollige Schäfchen vor mir und muss lächeln.

Eine halbe Stunde später habe ich meine Schlaf- und Liebestrunkenheit abgeschüttelt und frühstücke auf der Terrasse.

Jakob hat tatsächlich Besuch. Felix, ein Junge aus seiner Klasse, tobt mit ihm durch den Garten. Pauls Mutter winkt von nebenan.

Sie hängt Wäsche auf und wünscht mir einen guten Morgen. Ich winke zurück, rühre meine matschigen Cornflakes um und überlege, was ich mit dem Vormittag anfangen soll. Zum Schwimmen kann ich mich nicht aufraffen. Ich bin später dran als sonst und hätte den See unter Garantie nicht für mich allein, weshalb ich mein lieb gewonnenes morgendliches *swim and chill*-Ritual auf den nächsten Tag verschiebe. Vorsichtshalber werde ich mich von meinem Handy wecken lassen.

Jakob und sein Freund haben ein uraltes Planschbecken im Schuppen entdeckt und fragen mich, ob sie es aufbauen dürfen. Ich glaube nicht, dass unsere Eltern etwas dagegen hätten, und nicke.

„Klar, viel Spaß. Ich würde es vorher vielleicht ein bisschen sauber machen. Könnte sein, dass da inzwischen eine Spinnen-WG eingezogen ist."

Mit viel Getöse und Geschrei zerren sie das Plastikmonster ans Tageslicht. Ich stehe auf und helfe ihnen dabei, es auf dem Rasen auszubreiten.

„Hoffentlich ist das Ding überhaupt noch dicht", wage ich einen Einwurf.

Jakob ist optimistisch. Felix auch.

Na gut, denke ich und ziehe mich zurück.

Das Gras kitzelt an meinen Füßen. Ich spüre, wie weich es ist. Weich und warm wie ein Teppich. Warum kann es kein fliegender Teppich sein? Ich wünschte, das kleine Stück Rasen, auf dem ich stehe, würde sich von seinen Wurzeln lösen und mit mir abheben. In Gedanken setze ich mich im Schneidersitz darauf und befehle ihm, mich nach Kalifornien zu bringen. Dem Flugradar entwische ich mühelos. Der warme Wind streichelt meine Haut und spielt mit meinen Haaren. Unterwegs betrachte ich zuerst die Landschaft und dann irgendwann den Ozean. Mitten über dem Meer pflücke ich eine Handvoll Gänseblümchen und lasse sie vom Himmel rieseln. Die Menschen auf den Schiffen unter mir würden sich wundern, dass es Blumen regnet, aber dann würden sie sich freuen und Kränze für die Haare flechten. Phillip würde Bauklötze staunen, wenn plötzlich ein Stück Rasen neben ihm auftauchen würde, mit mir als Pilotin. Ich würde ihm Gänseblümchen und Löwenzahn in die Locken stecken und seine Überraschung einfach wegküssen.

Bei der Vorstellung muss ich grinsen. Ich schirme meine Augen mit der Hand ab und schaue in den Himmel hinauf. Er dehnt sich blitzblau und wolkenlos über mir aus. Nur ein paar zerfaserte Kondensstreifen überziehen ihn mit einem Zickzackmuster. Nein, es ist kein Muster, erkenne ich. Es sind Narben.

Zu schade, dass es keine fliegenden Teppiche gibt. Nicht einmal fliegende Rasenstücke. Sonst könnte ich die Narben im Vorbeiflug wegwischen.

Ich liebe solche Tagträume!

Jakob und Felix haben inzwischen den Rand des Planschpools aufgepustet. Er scheint tatsächlich dicht zu sein. Felix hat den Gartenschlauch schon abgerollt und dreht das Wasser auf.

Mein kleiner Bruder hüpft in der Mitte des Pools herum und macht ein Riesentheater, weil das Wasser so kalt ist.

„Stell dich nicht so an!", rufe ich ihm zu. „Wenigstens werden deine Füße mal sauber!"

Er grinst nur und zappelt weiter.

Ich gieße ein paar Blumen, die ihre Köpfe hängen lassen, lege mich anschließend in die Hängematte, schaukele ein bisschen hin und her und vertrödele die Zeit, indem ich eine ellenlange SMS an Phillip schreibe, die ich dann doch nicht abschicke. Ihm zu schreiben, fällt mir manchmal schwer. Ich weiß nicht, warum. An manchen Tagen fühlt es sich fast so an, als würde ich einem Fremden meine geheimsten Gedanken anvertrauen. Dabei ist es nicht so, dass ich Probleme damit habe, meine Gefühle in Worte zu fassen. Im Gegenteil. Aber es macht mich irgendwie unsicher, wenn er nicht sofort antwortet.

Vielleicht ist es mir deshalb lieber, dass wir so oft wie möglich telefonieren oder skypen? Dann kann ich seine Stimme hören und spüre genau, in welcher Stimmung er ist. Das ist viel inniger, als Texte hin- und herzuschicken. Phillip weiß schließlich auch so, dass er mir fehlt und dass ich die Tage zähle, bis er wieder hier ist. Das muss ich ihm nicht jeden Tag simsen. Meistens mach ich es trotzdem, klar. Heute beschränke ich mich auf ein *GOOD MORNING, SUNSHINE! <3.*

Hoffentlich freut er sich darüber, wenn er später aufwacht.

Gestern hat er mir erzählt, dass er es kaum erwarten kann, dass die Highschool endlich richtig anfängt. Im Moment laufen an seiner Schule nur irgendwelche Sommerkurse. Nebenbei bereitet er sich auf den für alle vorgeschriebenen *Proficiency Test* vor. Wenn ich ihn richtig verstanden habe, werden vor dem Beginn des Schuljahrs die Fähigkeiten sämtlicher Schüler getestet. Danach bekommt dann jeder einen individuellen Stundenplan. Es scheint ein Kurssystem mit Pflicht- und Wahlfächern zu sein.

Ob er neben der Schule überhaupt noch genug Zeit für seinen

Führerschein hat? Phillip am Steuer eines Autos … Die Vorstellung gefällt mir, auch wenn ich dabei kichern muss.

Jakob und Felix sind dazu übergegangen, sich mit dem Wasserstrahl des Gartenschlauchs durch den Garten zu jagen und gegenseitig nass zu spritzen. Wenn sie so weitermachen, wird der Pool heute nicht mehr voll. Aber Hauptsache, sie haben Spaß und zielen nicht ausgerechnet auf Hausers frische Wäsche.

Mau hat sich längst auf einem Baum in Sicherheit gebracht und beobachtet alles aus sicherer Höhe.

Ich trödele noch ein bisschen herum und bin gerade dabei, meine Siebensachen zusammenzusuchen, da kommt meine Mutter nach Hause. Sie arbeitet als Kinderärztin in einer Gemeinschaftspraxis in der Stadt. Wir begrüßen uns im Flur.

„Na, macht das Eisverkaufen noch Spaß?“, fragt sie und mustert mich mit ihrem kritisch-analytischen Röntgenblick.

„Klar“, nicke ich.

Stimmt ja auch. Bis jetzt ist der Job genau so, wie ich ihn mir vorgestellt habe. Manchmal ein bisschen stressig, aber meistens total chillig. Ich hab mit Menschen zu tun, bewege mich viel und bin dabei überwiegend an der frischen Luft. Schließlich steht der Pavillon mitten im Park und seine Verkaufsklappen sind von morgens bis abends sperrangelweit geöffnet. Unter Sauerstoffunterversorgung leide ich also ganz bestimmt nicht. Nur dass ich meine Freunde jetzt nicht mehr so oft sehen kann, stört mich langsam ein bisschen. Aber das binde ich meiner Mutter natürlich nicht auf die Nase. Sie würde unter Garantie sofort so etwas wie „Hab ich’s nicht gleich gesagt?“ von sich geben. Nein, danke. Darauf kann ich verzichten.

Sie erkundigt sich nach Phillip.

Ich erzähle ihr von seinen Führerscheinplänen, worauf sie ein bisschen zusammenzuckt. Wahrscheinlich befürchtet sie, dass er nach seiner Rückkehr mit dem Wagen seines Vaters vor unserer Haustür aufkreuzt und mich zu einer Spritztour abholt. Hihi, das wäre natürlich nicht schlecht.

„Jakob und Felix setzen übrigens gerade unseren Garten unter Wasser." Ich gebe meiner Mam ein Küsschen und grinse. „Nicht, dass du dich wunderst, wenn dein Liegestuhl an dir vorbeischwimmt."

Meine Mutter lacht. Sollte sie öfter tun. Sie sieht dann richtig hübsch aus. Mindestens zehn Jahre jünger.

„Ciao!", sage ich und winke mit meinem Schlüssel.

„Tschüss, Conni. Bis später!"

Als ich vor dem Haus stehe, blendet mich die Sonne. Die Mittagshitze flirrt über dem Asphalt. Ich setze meine Sonnenbrille auf, schwinge mich auf den Fahrradsattel und rolle los. Weil ich so getrödelt habe, bin ich spät dran und muss mich beeilen. Aber wenn nicht ausgerechnet jetzt alle Ampeln auf Dauerrot stehen oder eine Baustelle meinen Weg kreuzt, kann ich es trotzdem noch rechtzeitig schaffen. Ich hasse es nämlich, zu spät zu kommen.

Während ich vor mich hin rolle, stelle ich fest, dass ich ausgesprochen gute Laune habe. Warum auch nicht? Es ist Sommer, ich habe Ferien, einen Job, einen süßen Freund am anderen Ende der Welt …

Mein Leben ist ziemlich nahe dran, perfekt zu sein, finde ich. Ich pfeife vergnügt und lege noch einen kleinen Zahn zu.

Um fünf vor zwölf bin ich am Pavillon.

Um drei vor zwölf habe ich meine Schürze umgebunden.

Um Punkt zwölf bediene ich den ersten Kunden.

Perfektes Timing, Conni Klawitter!

Die Chefin nickt mir anerkennend zu.

Ich komme aus dem Grinsen gar nicht mehr heraus.

Trotzdem entwickelt sich der Nachmittag turbulenter, als mir lieb ist. Schon nach wenigen Minuten fühle ich mich wie in einer Achterbahn mit doppeltem Looping und Todesspirale. Zuerst fällt ein Kühlaggregat aus und ich muss die schweren Eisbehälter von der einen Kühltruhe in die andere wuchten, bevor alles schmilzt. Dann überfährt ein Aushilfslieferant beim Zurücksetzen einen Sonnenschirm, drückt vor Schreck auf die Hupe, schrammt anschließend gegen einen Blumenkübel und verursacht ein mittleres Chaos. Als wäre das noch nicht genug, stürmen plötzlich gefühlte fünfzig Spielplatzkinder meinen Arbeitsplatz und verlangen die Herausgabe von Eis. Und zwar nicht etwa fünfzig gleiche Portionen – nein, das wäre ja viel zu langweilig! –, sondern fünfzig verschiedene.

Klar, wenn schon Stress, dann richtig!

In Wirklichkeit sind es natürlich nicht annähernd fünfzig Kinder, sondern höchstens acht oder neun, trotzdem machen sie Krawall wie eine Riesentüte Mücken. Ich komme ganz schön ins Schwitzen. Aber irgendwie bewältige ich den Ansturm und kann dabei sogar lachen. Die Kids sind echt witzig und freuen sich über ihr Eis.

Nur mein Trinkgeld hält sich nach diesem Überfall in überschaubaren Grenzen. Wenn ich es richtig überblicke, hab ich gerade mal 12 Cent bekommen. Egal, dafür ist die Kasse voller klebriger Münzen und ich muss Eisnachschub holen. Kinder sind wirklich die besten Kunden.

Als es etwas ruhiger ist, fange ich an, das Kleingeld zu zählen. Meine Chefin will nachher noch zur Bank.

Zum Glück bin ich echt gut in Mathe. Nicht nur, dass ich blitzschnell wechseln und rausgeben kann, ich weiß auch immer genau, wie viel ich eingenommen habe. Bis jetzt stimmte meine Kasse bis auf den letzten Cent.

Und dann steht er plötzlich vor mir.

Mister Walnuss.

Der Junge aus dem Kino.

Der Typ mit den muskulösen Armen und der Flugzeugklaustrophobie.

Ich lasse ein paar Münzen fallen. Sie kullern fröhlich über den Boden und verschwinden auf Nimmerwiedersehen unter der Kühltruhe.

„Shit. Ich glaub, das war mein heutiges Trinkgeld", fluche ich unterdrückt.

Der Typ grinst. Er grinst so dermaßen hinreißend, dass ich ganz kurz meine Fassung verliere. Aber wirklich nur ganz kurz. Mit sehr viel Willenskraft knipse ich mein professionelles Eisladenlächeln an und wende mich ihm zu.

„Was darf's sein?"

Was es sein darf?, flüstert mir eine Stimme ins Ohr. *Frag ihn lieber, was er heute Abend vorhat!*

„Nie im Leben!", sage ich. Leider sage ich es laut und beiße mir in derselben Sekunde auf die Zunge.

Mister Walnuss legt seine Unterarme auf die Verkaufstheke und schmunzelt vor sich hin.

Ich riskiere einen unauffälligen Blick.

In der Sonne haben seine Haare die Farbe von – ich sag's wirklich nur ungern, aber es stimmt – reifen Walnüssen. Manche würden vielleicht sandfarben sagen, aber walnussfarben passt viel besser, finde ich. Seine Augen sind eine Mischung aus Grau und Grün, was zusammen einen Farbton ergibt, der mich spontan an die Nordsee denken lässt.

Ganz kurz versinke ich in diesem Meereston und ertappe mich gleichzeitig dabei, dass ich überlege, wie sich seine walnussfarbenen Haare wohl anfühlen mögen. Sie sehen weich aus und glänzen, als hätte er sie frisch gewaschen und gespült. Benutzen Jungs Haarspülung? Keine Ahnung.

Conni, reiß dich zusammen!

„Zwei Kugeln Banane", sagt Mister Walnuss, als ich meinen Blick von seiner Haarpracht nehme.

„Ba- was?" Ich kann nicht anders. Ich starre ihn schon wieder an. Am liebsten würde ich sagen „Hey, du bist Mister Walnuss! Du kannst nicht einfach Banane bestellen!", aber zum Glück schaffe ich es in letzter Sekunde, mich zu beherrschen.

Ich schnappe mir den Eisportionierer und fuchtele leicht hektisch damit herum. „Im Becher oder in der Waffel?"

Am liebsten mit dir zusammen im Mondschein, glaube ich ihn sagen zu hören, aber es ist wieder nur die blöde Stimme in meinem Hinterkopf.

„Ganz egal", sagt er.

Ich runzele die Stirn. Irgendwie bringt mich der Typ aus dem

Konzept. Wieso nur? Nicht einmal meine sonst so vorlaute Hinterkopfstimme hat darauf eine schlüssige Antwort parat. Sie schweigt nachdenklich.

Mit einer, wie ich finde, ziemlich eleganten Bewegung aus dem Handgelenk ziehe ich ein frisches Waffelhörnchen aus dem Spender und grabe mit dem Eislöffel in der Bananeneismasse. Zum Glück ist Banane eine sehr weiche, nachgiebige Eissorte. Der runde Löffel flutscht nur so hinein und formt zwei wunderschöne, glatte Kugeln, die ich zu einem perfekten Türmchen aufeinanderpappe und ihm reiche.

„Bitte sehr", sage ich.

„Danke schön." Er schiebt ein Zwei-Euro-Stück über den Tresen. „Stimmt so. Als Ersatz für das, was unter dem Kühlschrank liegt."

Es klingt nicht gönnerhaft oder überheblich, sondern einfach nur freundlich.

„Danke." Ich lächele und überlege, ob ich ihn vielleicht in *Banana Man* umtaufen soll. Aber ich bringe es nicht fertig. Für mich bleibt er Mister Walnuss. Die heutige Bananen-Episode betrachte ich als einmaligen Ausrutscher.

Haha, Banane, Ausrutscher … witzig!

Ob ich ihn fragen soll, wie er den Film neulich fand?

Nein, lieber nicht. Schließlich kenne ich ihn überhaupt nicht, und das zwischen uns ist eine rein geschäftliche Beziehung. Ich beschränke mich auf freundliche Professionalität.

„Möchtest du Schokostreusel? Krokant? Einen Löffel zum Löffeln? Eine Serviette vielleicht?"

Eine Verabredung fürs Kino? Mein Sternzeichen? Meine Handy-

nummer?, säuselt die ungebetene Stimme in meinem Innenohr. Ich bringe sie mit einem Wedeln meines Eisportionierers zum Schweigen. Mister Walnuss muss denken, dass ich unter nervösen Ticks leide.

„Nein, danke." Er lacht – ja, es hört sich wieder ziemlich sexy an – und dreht sich um. „Ciao. Bis dann!"

„Äh … ja, bis dann", sage ich.

Ich lasse den Portionierer in den Wassertopf fallen, greife nach einem Tuch und wische in konzentrischen Kreisen über die Arbeitsplatte, während meine Augen Mister Walnuss folgen.

Leider dreht er sich nicht um, aber seine Rückansicht ist auch nicht zu verachten. Starke Schultern in einem verwaschenen dunkelblauen T-Shirt. Dazu Jeans und Sneakers. Täusche ich mich oder hat er leichte O-Beine? Die können bei Jungs ja ganz niedlich sein, finde ich. Paul hat auch O-Beine. Ich glaub, das kommt vom Fußball.

Als er aus meinem Blickfeld verschwindet, seufze ich. Es geht nicht anders. Dann stopfe ich mir die Stöpsel meines iPods in die Ohren und drehe voll auf. Frau Krüger sieht es zwar nicht so gern, dass ich bei der Arbeit Musik höre, aber ich merke ja, wenn Kundschaft kommt. Mit Musik geht bei mir alles besser. Nachdenken, zum Beispiel. Ich habe das dringende Gefühl, dass ich das jetzt unbedingt gründlich tun sollte. Nachdenken. Darüber, wieso dieser fremde Junge so eine merkwürdige Wirkung auf mich hat, zum Beispiel. Denn dass er die hat, kann ich leider nicht leugnen. Nicht einmal vor mir selbst.

Ich wüsste zu gerne, wie er heißt.

Warum nur?

Diese Frage beschäftigt mich, bis ich Feierabend habe.

Tief in Gedanken versunken schlendere ich über die Entenbrücke, bleibe an ihrem höchsten Punkt stehen und streiche mit den Fingern über unser Vorhängeschloss. Das Symbol für Phillips und meine ewige Liebe …

Ewig – noch so ein bedeutungsschweres Wort.

Was ist eigentlich Ewigkeit?

Gibt es die überhaupt?

Ist nicht alles irgendwann mal zu Ende?

An irgendeinem Punkt?

Urplötzlich wünsche ich mir so sehr, dass Phillip bei mir ist, dass es fast wehtut. Nein, nicht nur fast. Es tut weh, wirklich weh. Ich denke so intensiv an ihn, dass er es spüren muss, egal wo er gerade ist und was er gerade macht.

Dass sich die Nordseeaugen eines wildfremden Jungen dazwischenschieben, finde ich nicht witzig. Wo kommen die mit einem Mal her? Ich versuche, das Bild beiseitezuschieben, aber es lässt sich nicht verdrängen.

Hey, was soll das? Ich kann doch nicht gleichzeitig an zwei Jungs denken!

Doch, anscheinend schon …

Ich gebe mir die allergrößte Mühe, dass meine Hirnströme nicht völlig aus dem Ruder laufen. Nicht, dass Phillip aus Versehen einen Gedanken auffängt, der gar nicht für ihn bestimmt ist. Ich glaube nämlich fest daran, dass es zwischen uns eine intensive Bindung gibt, über die wir uns gedanklich miteinander verständigen können. Ich meine damit, dass er zum Beispiel genau spürt, wie es mir geht, und umgekehrt. Aber so etwas kann natürlich nur funktionieren, wenn man sich total konzentriert. Wenn man in zwei verschiedene Richtungen denkt (beziehungsweise wie ich an zwei Jungs gleichzeitig), ist nicht auszuschließen, dass die Gedanken sich kreuzen. Dazu kommt, dass die Leitung nach Amerika ziemlich lang ist. Wenn ich nur daran denke, wie viele Gedankenströme da pausenlos hin und her schießen! Faszinierend, dass die alle immer genau da ankommen, wo sie hingehören. Aber bestimmt landen auch mal welche woanders. Da muss man echt aufpassen.

Was mich zusätzlich verwirrt, ist, dass ein Walnuss- und Bananeneis essender Junge mit einer ausgeprägten Flugzeugklaustrophobie sich so einfach in mein geheimes Innerstes stehlen kann. Schließlich habe ich ihn nicht darum gebeten, oder?

Ich kneife die Augen zusammen, als könnte ich Mister Walnuss auf diese Weise dazu bewegen, aus meinem Kopf zu verschwinden.

Leider bleibt er, wo er ist. So ein Mist.

KAPITEL 9

Girls just want to have fun –
mit oder ohne Jungs.

Es dauert ein paar Minuten, bis ich mein Gehirn so weit unter Kontrolle habe, dass ich weitergehen kann. Ich bin mit den Mädels in der Stadt verabredet. Mit Anna, Dina und Lena. Nur Billi fehlt leider immer noch. Sie kommt erst in der letzten Ferienwoche aus Italien zurück.

Wir treffen uns bei Angelo am Marktplatz. Ich bin als Erste da und setze mich an einen runden Tisch mit vier Stühlen.

Kurz nach mir taucht Lena auf. Sie trägt eine zerrissene Jeans, dazu ein Männerhemd in Übergröße, und sieht auch sonst so aus, als wäre sie gerade erst vom Trecker gestiegen. Ihr Gesicht und ihre Arme sind braun gebrannt. Ihre Augen blitzen unternehmungslustig. Es würde mich nicht wundern, wenn in ihren roten Locken noch ein paar Strohhalme stecken würden. Sie sieht einfach toll aus. Wie eine Farmerin frisch von der Prärie.

„Fehlt nur noch der Cowboyhut“, sage ich zur Begrüßung.

„Hab ich bei Krischan liegenlassen“, grinst sie.

Als Angelo an den Tisch kommt, bestellen wir zwei Cola. Anna und Dina müssen auch jeden Moment da sein, aber so lange kann ich nicht warten. Ich hab Durst. Lena auch.

„Und? Wie läuft's so?", will ich wissen.

Sie rollt mit den Augen. „Frag nicht!"

„Zu spät, hab ich schon", kontere ich. „Also, raus damit! Gibt's was Neues?"

„Du meinst, in meinem Liebesleben?" Sie schüttelt seufzend den Kopf. „Nö, das stagniert."

„Stagnation ist besser als Rückschritt." Ich fische einen Zitronenkern aus meiner Cola und lege ihn neben das Glas.

„Woher hast du denn diese Weisheit?", fragt sie mich.

„Keine Ahnung", gebe ich zu. „Irgendwo gelesen."

Sie schiebt sich einen Eiswürfel zwischen die Zähne und zerbeißt ihn krachend. Das Geräusch jagt mir einen mittelschweren Schauer über den Rücken.

„Falls sich mein Liebesleben noch weiter zurückentwickelt, könnte ich genauso gut ins Kloster gehen", erwidert sie wegen des Eiswürfels leicht nuschelnd.

Wir gucken uns an und prusten los.

„Ist doch wahr!", sagt sie.

Anna und Dina kommen zusammen. Sie lassen sich auf zwei freie Stühle fallen und schnappen gleichzeitig nach der Eiskarte.

„Ihr wollt Eis essen?" Ich kann es nicht fassen. Vielleicht, weil ich den ganzen Tag mit Eis hantiere. Mein Bedarf daran ist wohl einfach gedeckt.

„Warum denn nicht?", meint Dina. „Die Sonne scheint, es ist warm, wir sitzen in einer Eisdiele … Ist doch perfekt, oder?"

Anna ist vollkommen ihrer Meinung.

„Wir nehmen Spaghetti-Eis", sagt sie grinsend. „Das ist dann fast wie Abendbrot."

Ich grinse zurück. Besonders, als Anna erzählt, dass es Nicki besser geht.

„Die Tabletten wirken", strahlt sie glücklich.

„Das ist die beste Nachricht des Tages!" Ich freue mich mit ihr. Sie ist so viel lockerer als neulich im Kino. Ob das nur daran liegt, dass es ihrem Hund besser geht? Oder spielt auch eine Rolle, dass Lukas nicht in der Nähe ist? Wie kann sie sich von einem Jungen nur so beeinflussen lassen! Ich werde es wohl nie kapieren. Die Anna, die jetzt neben mir sitzt, gefällt mir um Längen besser. Sie ist die Anna von früher. Die Anna, die ich kenne. Lässig, lustig, entspannt und ganz bei sich.

Auch Dina macht einen zufriedenen Eindruck. Sie schaut fröhlich in die Runde und sieht ziemlich hübsch aus. Ich tippe darauf, dass ihr Aussehen irgendwie mit Marlon und seinen Flirtversuchen zusammenhängt, aber sie hüllt sich in vornehmes Schweigen.

„Cool so unter Weibern, was?" Lena streckt ihre Beine lang aus und schnurrt wie eine Katze.

Ich gebe ihr Recht. Am Tisch herrscht eine extrem harmonische Stimmung. Dass es mit Jungs genauso wäre, wage ich zu bezweifeln. Es wäre bestimmt auch nett, aber auf eine andere Weise. Auf jeden Fall lauter und unruhiger, da bin ich mir sicher. Jungs können ja nichts dafür, dass sie so polterig sind. Vor allem, wenn's mehr als zwei sind und sie im Rudel auftreten. Wir Mädchen quietschen, tratschen und kichern dafür mehr. Das muss ich der Fairness halber zugeben. Also gleicht es sich vermutlich aus.

Die Mädels erkundigen sich nach meiner Arbeit. Wie's so läuft, wie viel ich schon verdient habe und ob's noch Spaß macht.

Ich erzähle ihnen von meinen Lieblings-Stammkunden. Von den Stracciatellas, Mama Pistache, der Krokant-Krawatte und den Spielplatz-Kids. Als ich Mister Walnuss erwähne, spitzen sie die Ohren. Besonders als ich ihnen erzähle, dass mich sein heutiger Geschmacksrichtungswechsel total aus der Fassung gebracht hat und ich ihn überdies ziemlich attraktiv finde.

„Wie, attraktiv?", fragt Anna sofort.

„Na, attraktiv eben. Schnuckelig, süß, gut aussehend", zähle ich auf und füge noch „hübsch und sexy" hinzu. Dann fallen mir keine Attribute mehr ein, mit denen ich ihn zutreffend beschreiben könnte.

„Oh, là, là!", säuselt Lena. „Höre ich da irgendwelche Untertöne?"

„Nein, hörst du nicht!"

„Und was machst du, wenn er morgen Erdbeere nimmt?", zieht Anna mich auf.

„Dann fällt sie in Ohnmacht. Wetten?" Dina kichert.

Ich zeige meinen Freundinnen einen Vogel. „Wenn er Erdbeereis will, kriegt er es. Der Kunde ist König, sagt Frau Krüger immer."

„Klar. Bestimmt ist dieser Mister Walnuss ein kleiner verzauberter Prinz." Lena schnalzt mit der Zunge. „Du solltest ihn unbedingt küssen, um das mal zu checken!"

„Du spinnst doch! Ich weiß ja noch nicht mal, wie er heißt", protestiere ich.

„Das lässt sich herausfinden", meint Anna.

Dina nickt. „Frag ihn doch einfach, wenn er das nächste Mal kommt."

„Ja, sicher. Zwei Kugeln Banane. Bitte schön, macht eins achtzig. Und deinen Namen schreibst du bitte hier auf diese Papierserviette. Am besten mit Geburtsdatum, Blutgruppe, Anschrift und Handynummer.“ Ich nippe grinsend an meiner Cola. „Ha, ha. Der muss doch denken, dass ich nicht mehr alle Tassen im Schrank hab, wenn ich ihn so anmache!“

Lena widerspricht mir. „Es ist noch lange keine Anmache, wenn du freundlich zu ihm sagst: Hi, ich bin Conni. Und wer bist du?“

„Erstens würde ich mich das nie trauen“, gebe ich zu, „zweitens interessiert es mich nicht, wie der Typ heißt, und drittens: Wer weiß, ob der überhaupt noch mal wiederkommt!“

Punkt zwei ist glatt gelogen. Natürlich wüsste ich brennend gerne, wie Mister Walnuss heißt. Gleichzeitig würde ich jetzt lieber über etwas anderes reden. Meine überforderten Gehirnzellen hatten sich gerade so schön beruhigt.

Aber die drei lassen einfach nicht locker. Sie laufen sich gerade erst warm.

„Klar kommt der wieder!“, ist Anna überzeugt.

Dina nickt. „Hundertpro!“

„Logo“, brummt Lena und rülpst.

Ich seufze. „Phillip geht's übrigens gut. In Kalifornien scheint die Sonne, er macht demnächst seinen Führerschein und ich soll schöne Grüße ausrichten.“

Die Mädels sind beeindruckt.

„Wie lange haben die Geschäfte heute eigentlich auf?“, wechsele ich das Thema.

„Bis acht, glaub ich“, sagt Lena. „Wieso?“

„Ich will noch mal nach einem Bikini schauen", antworte ich und zähle das Kleingeld für die Cola ab.

Anna wirft einen Blick auf die Rathausuhr und verkündet, dass sie sowieso losmuss – „Luki vom Studio abholen."

War ja klar. Ein Tag ohne Lukas kommt in ihrer Lebensplanung vermutlich nicht mehr vor.

Dina verabschiedet sich auch. Was sie vorhat, verrät sie uns nicht. Sie ist so ein stilles Wasser. Ich wette, eines Tages überrascht sie uns alle. Vielleicht mit einer eigenen Kunstausstellung, einem Stipendium, einer tollen Auszeichnung, die sie für ihre Bilder bekommt. Oder mit einem neuen Freund. Wer weiß.

Wir nehmen unsere Sachen, stehen auf und suchen Angelo, um zu bezahlen.

„Nächste Woche steigt übrigens eine Party bei Mark", erwähnt Anna beiläufig. „Hätte ich fast vergessen. Er wird Samstag sechzehn und will reinfeiern."

Wir bleiben stehen.

„Mark?", frage ich. „Aus unserer ehemaligen Klasse?"

„Dein Ex-Mark?", fügt Dina hinzu. „Der jetzt auf die Gesamtschule geht?"

„Ja, genau der." Anna nickt. „Er hat Luki und mich eingeladen und gemeint, ich soll noch ein paar Freundinnen mitbringen. Es herrscht wohl Jungsüberschuss."

Ich wundere mich ein bisschen. Nicht über den Jungsüberschuss, sondern darüber, dass Anna noch Kontakt zu Mark hat. Aber wieso eigentlich nicht? Schließlich waren sie mal ineinander verliebt. Warum sie sich getrennt haben, weiß ich bis heute nicht. Anna meint, sie hätten sich einfach auseinandergelebt. Jedenfalls fand die Trennung damals friedlich und in beiderseitigem Einvernehmen statt, wie es so schön heißt. Muss ja auch nicht immer alles in Streit, Stress und Tränen enden.

„Dann sollen wir auf dieser Fete wohl die Quotenfrauen sein oder wie darf ich das verstehen?“ Lena zieht ihre Stirn kraus.

„Wie meinst du das? Dass wir nur eingeladen werden, weil wir zufällig Mädchen sind?“, fragt Dina.

Lena nickt grimmig. „Ich kann nicht behaupten, dass ich mich darüber freue. Außerdem kenne ich diesen Mark gar nicht richtig. Höchstens vom Sehen, glaub ich. Was kommen denn sonst noch für Typen?“

„Keine Ahnung.“ Anna zuckt mit den Schultern. „Luki und ich gehen auf jeden Fall hin. Ich glaub, Paul kommt auch.“

Ich muss grinsen. „Dann ist das bestimmt die Party, von der er neulich gemurmelt hat.“

„Wer?“, fragt Dina.

„Paul. Er hat irgendwas von ‚Party machen‘ genuschelt, wollte aber keine Einzelheiten rausrücken. Ihr wisst ja, wie er ist.“

„Oh ja“, kichert Anna. „Unser Paulchen … maulfaul und nichts als Fußball und Unsinn im Sinn! Also, kommt ihr?“

„Ich überleg’s mir“, sagt Lena ausweichend.

Dina guckt mich an.

Ich nicke. „Warum nicht? Eine Party würde wenigstens mal ein bisschen Abwechslung in mein tristes Dasein bringen. Kann doch nicht schaden, oder?“

„Nö, auf keinen Fall. Besonders nicht, wenn da totaler Jungsüberschuss herrscht.“ Lena bohrt mir ihren Ellbogen zwischen die Rippen. „Genieß es, Baby!“

„Und was sagst du Phill?“, will Dina wissen.

„Wieso? Was soll ich ihm sagen?“, erwidere ich, Lenas freche Bemerkung vollkommen ignorierend. „Dass ich zu Marks Geburtstagsparty gehe. Was sonst?“

„Du meinst, er hat nichts dagegen, dass du alleine auf eine Fete gehst?“, mischt Anna sich ein.

Ihre Frage bringt mich etwas aus der Fassung.

„Was soll er denn dagegen haben?“, frage ich leicht verwirrt zurück. „Erstens weiß er, dass ich viel lieber mit ihm zu dieser Party gehen würde als ohne ihn, aber leider ist er zufällig gerade in Amerika, und zweitens bin ich nicht sein Eigentum. Hallo? Wir leben im 21. Jahrhundert!“

„Richtig so!“ Lena klopft mir zustimmend auf die Schulter. „Seit wann muss frau ihren Freund fragen, wenn sie sich amüsieren will? Girls just want to have fun! Mit oder ohne Jungs ist doch völlig Banane.“

Hatte ich schon erwähnt, dass Lena zwei Mütter hat? Sie kommt aus einem schwer emanzipierten Elternhaus, um nicht zu sagen, aus einem feministischen. Begriffe wie Frauenrechte und Selbstbestimmung wurden ihr vermutlich schon zusammen mit dem ersten Babybrei eingetrichtert.

Sie wirft Anna und Dina einen empörten Blick zu.

Recht hat sie, denke ich. Ich muss doch nicht meinen Freund um Erlaubnis bitten, wenn ich irgendwo hinwill, oder? Ich werde es ihm natürlich erzählen – warum auch nicht? –, aber ich bin absolut sicher, dass Phillip nichts dagegen hat.

„So weit kommt’s noch!“, brumme ich.

Anna und Dina grinsen.

„Hey, regt euch wieder ab", meint Anna. „So war das doch gar nicht gemeint."

„Es kam aber so rüber!" Lena schiebt sich ihre Sonnenbrille vor die Augen.

Als Angelo endlich auftaucht, um abzukassieren, bin ich wild entschlossen auf Marks Party zu gehen. Ich hab das Gefühl, Anna und Dina brauchen mal ein bisschen Nachhilfe. Oder denken sie im Ernst, dass ein Mädchen wie ich sich nicht alleine auf eine Fete traut und ohne seinen Freund feiern kann? Dagegen muss was unternommen werden, beschließe ich. Und zwar dringend! Ich hoffe nur, Lena macht mit.

Wir bezahlen, dann verabschieden wir uns voneinander. Anna und Dina gehen nach links, Lena und ich nach rechts. Sie will mich ein Stück begleiten und regt sich immer noch auf.

„Ganz ruhig", sage ich zu ihr. „Wahrscheinlich war's wirklich nicht so gemeint."

„Ich will mich aber aufregen!", schnaubt sie entrüstet. Mit ihren roten Haaren und ihrer Empörung erinnert sie mich an Pumuckel.

Ich muss lachen.

„Was?" Sie bleibt stehen.

„Nichts", grinse ich. „Oder doch! Wir gehen nächsten Freitag auf diese Party und feiern so richtig. Aber vorher kaufen wir mir einen coolen Bikini. Einverstanden?"

„Aber hallo! Augen auf beim Bikinikauf!" Sie bietet mir an, dass ich das lilafarbene Teil mit den Perlen gerne noch ein bisschen länger behalten darf, wenn ich möchte.

Ich lehne das Angebot dankend ab.

„Lieb von dir. Ich hab schon überlegt, ob ich dir das gute Stück vielleicht abkaufen soll“, gestehe ich. „Aber ich will vorher noch mal gucken.“

„Okay“, meint sie, „kann ich verstehen. Wo du doch jetzt mit deiner Kohle so richtig Dagobert-Duck-mäßig um dich werfen kannst.“

„Ha, ha, schön wär's.“ Ich puste mir eine Haarsträhne aus dem Gesicht. Obwohl – wenn ich an die ganzen Stunden denke, die ich schon gearbeitet habe … Im Kopf überschlage ich, wie viel ich inzwischen verdient habe. Ganz schön viel; besonders wenn ich berücksichtige, dass mein Taschengeld noch dazukommt. Und das, was in meinem Sparschwein steckt, natürlich auch. Ich könnte schon ein bisschen mit Geld um mich werfen. Natürlich nicht gleich wie der gute Onkel Dagobert. Vielleicht erst mal nur mit dem Trinkgeld?

Denk nicht mal im Traum daran!, schnauzt mich die innere Stimme der Vernunft an. *Das Geld ist hart erarbeitet! Und außerdem sparst du für etwas Größeres, oder nicht?*

Stimmt, antworte ich in Gedanken. Aber eine Kleinigkeit zur Belohnung ist locker drin. Also, halt die Klappe!

Die Stimme der Vernunft schweigt beleidigt.

Lena und ich schlendern über den Rathausplatz. Es ist ein wunderschöner Sommerabend. Überall spazieren Leute herum. Sie bleiben vor den Schaufenstern stehen, sitzen am Brunnen oder auf Bänken und genießen ihren Feierabend.

Zufällig landen wir kurz darauf vor der Boutique, in der ich neulich war. Aber gibt es eigentlich Zufälle? Ist es in diesem Fall nicht vielleicht doch eher höhere Fügung? Kismet sozusagen?

Der Bikini liegt noch im Schaufenster, das sehe ich sofort.

Und noch etwas sehe ich: Er ist heruntergesetzt. Der alte Preis ist durchgestrichen. Der neue steht in dicken, roten Filzstiftzahlen darüber.

Ich bekomme Schnappatmung. Natürlich ist er immer noch sauteuer – fast vierzig Euro! –, aber hallo? Ich bin wohlhabend! Ich bin reich! Ich bin eine Großverdienerin!

Und wenn ich Überstunden mache – der durchgestrichene Preis ist ein Wink des Schicksals, da bin ich mir sicher. Dieser Bikini und ich gehören zusammen. Er muss nur noch die richtige Größe haben und gut an mir aussehen. Dann –

„Hey, cool! Da ist Bernd!“, unterbricht Lena meine gedankliche Euphorie. Sie steht neben mir und drückt ihre Stupsnase an der Schaufensterscheibe platt. Plötzlich klopft sie dagegen und hüpft flummimäßig auf und ab.

„Huhu, Bernd!“ Sie gibt mir einen Schubs. „Los, komm! Lass uns mal reingehen!“

Ehe ich bis zweieinhalb zählen kann, drückt sie mit einer Hand die Glastür auf und schiebt mich mit der anderen in den Laden.

„Wer ist Bernd?“, zische ich ihr zu.

„ICH bin Bernd!“ Vor mir steht ein ungefähr zwei Meter langer Mann in einer hautengen pinkfarbenen Röhrenjeans. Seine Haare sind modisch geschnitten und platinblond gefärbt.

„Hallihallo, ihr Süßen!“, begrüßt er uns.

„Hi!“ Lena reckt sich auf die Zehenspitzen, haucht dem Riesen je ein Küsschen links, ein Küsschen rechts neben die Ohren und zeigt dann auf mich. „Das ist meine Freundin Conni.“

„Conni … ach, schöön!“ Bernd nimmt meine Hand und betrachtet mich, während er sie festhält, von oben bis unten und wieder zurück.

Ich fühle mich schrumpfen – was nicht nur an der Größe des Typen, sondern auch an seinem Blick liegt – und sehe mich Hilfe suchend um. Wo ist die Verkäuferin von neulich? Wer ist dieser Bernd? Und warum lässt er meine Pfote nicht wieder los?

„Bernd gehört die Boutique", klärt Lena mich auf. „Er ist ein alter Freund von Sünje und Hannah."

„Ersetz das ‚alt' bitte durch ‚gut'", sagt Bernd und lässt meine Hand endlich los.

Ich betrachte ihn etwas genauer und überlege, an wen er mich erinnert. Es dauert ein bisschen, aber dann komme ich darauf. Er sieht aus wie Miley Cyrus. Jedenfalls hat er die gleiche Frisur und Haarfarbe. Die Klamotten kommen auch ungefähr hin. Nur dass er mindestens einen halben Meter größer ist als sie. Und älter natürlich. Und männlich.

„Was kann ich für euch tun, ihr Hübschen?", fragt Miley-Bernd.

„Conni braucht einen neuen Bikini." Lena deutet mit dem Daumen auf mich.

Mir fällt auf, dass ich noch keinen Pieps gesagt habe. Nicht, dass dieser Bernd noch denkt, ich wäre stumm. Ich räuspere mich.

„Ich war vor ein paar Tagen schon mal hier. Der Bikini im Schaufenster ist reduziert, hab ich gesehen?"

Bernd nickt. „Ja, so ein Glück!"

„Ich brauche eine 38", sage ich schnell, bevor er den in 36 aus der Auslage fischen kann.

„Moomentchen, ich bin gleich wieder da!" Bernd verschwindet hinter dem Vorhang, der den Verkaufsraum vom Lager trennt.

Ich starre Lena an.

„Ist er schwul oder tut er nur so?“, frage ich flüsternd.

Sie zuckt mit den Achseln.

„Weder noch. Ich glaub, er ist bi“, flüstert sie zurück.

„Ach“, sage ich matt.

Sie grinst.

Als Bernd wieder angeflattert kommt, setze ich eine konzentrierte Miene auf.

Er hält zwei identisch aussehende Bikinis in den Händen. Wenn ich mich nicht irre, kenne ich die beiden schon.

Mit den Worten „Probier sie am besten einfach mal über“ wirft er sie mir zu.

„Okay“, sage ich und flüchte in die Umkleidekabine, wo ich mir auf die Lippen beiße, um nicht loszuprusten. Ich hab noch nie einen Boutique-Besitzer kennengelernt; schon gar keinen wie diesen Bernd. Er scheint wirklich nett zu sein und ist gleichzeitig irgendwie ziemlich schrill. Aber egal …

Ich schäle mich bis auf die Unterwäsche aus meinen Klamotten und widme mich den Bikinis. Mutig greife ich nach dem in Größe 38. Wenn er passt, nehme ich ihn, ohne noch lange zu überlegen. Wenn er nicht passt, werde ich für den Rest meines Lebens mit einer Tüte über dem Kopf herumlaufen und mich widerspruchslos in meinen ollen ausgeleierten Schwimmanzug hüllen.

Aus der kleinen Lautsprecherbox über meinem Kopf kommt ein Lied von Selig.

Bitte, bitte, bitte, bitte, bitte, nicht alles auf einmal …

Ich summe leise mit, während ich mir fast die Schultern ausrenke, um die Bänder des Bikinioberteils in meinem Nacken zu einer Schleife zu binden.

Ich verliere meine Mitte und das hatten wir schon mal ...

Dann stelle ich mich mit geschlossenen Augen vor den Spiegel und halte die Luft an.

„Manchmal ist es gut, dich mit deinen eigenen Schwächen zu konfrontieren, um zu erkennen, wo deine wahren Stärken liegen", murmele ich vor mich hin. Das Zitat stammt nicht von mir, sondern aus einem Lebensratgeber für Teenies, den Anna mir neulich geliehen hat.

Ich atme aus, mache die Augen wieder auf und stelle mich der Realität.

Was für ein Glück, dass ich in der letzten Zeit so viel geschwommen bin! Die Kombination aus Bewegung, frischer Luft und Sonne hat nicht nur meiner Haut, sondern auch meiner Figur gutgetan. Jedenfalls sehe ich nicht wie eine blasse, dürre Trauerweide aus. Ganz und gar nicht. Der schwarze Stoff passt perfekt zu meiner gebräunten Haut, und auch die Rundungen sind genau da, wo sie hingehören. Die meisten jedenfalls.

Ich drehe mich vor dem Spiegel hin und her, betrachte mich von vorne, von hinten und von beiden Seiten und bin ziemlich zufrieden mit dem, was ich sehe. Eine zweite Meinung kann trotzdem nicht schaden, finde ich.

„Leena!", rufe ich durch den geschlossenen Vorhang.

„Jaa-haa!" Im Bruchteil einer Sekunde schieben sich zwei Köpfe in die Umkleidekabine. Der eine mit roten Locken, der andere mit windschnittiger Miley-Frisur in Platinblond.

„Per-fekt!" Bei meinem Anblick klatscht Bernd vor Entzücken in die Hände, was ich ein bisschen übertrieben finde, aber nun gut …

Lena pfeift leise. „Steht dir echt klasse!"

„Ist er nicht ein bisschen zu … knapp?", frage ich und zupfe an dem Höschen herum.

„Aber i wo!", ruft Bernd.

Lena schüttelt den Kopf. „Nee, der ist super!"

„Ich soll ihn also nehmen?" Ich stelle die Frage meinem Spiegelbild und bilde mir ein, dass es nickt.

Nie genug, nie genug …, singt Selig über mir.

Meinen die etwa mich? Dass der Bikini nicht genug Stoff hat vielleicht?

„Ich geb dir zehn Prozent Rabatt", schlägt Bernd vor. „Und drei Prozent Skonto bei Barzahlung."

Zehn plus drei ist dreizehn, überschlage ich im Kopf. Dreizehn Prozent Preisnachlass auf den sowieso schon reduzierten Preis? Das kann ich locker von meinem Trink- plus Taschengeld bezahlen. Dafür muss ich nicht mal meinen hart verdienten Lohn anzapfen. Gebongt!

„Ich nehme ihn!"

„Juhu!", juchzt Bernd.

Als ich eine halbe Stunde später zu Hause aufschlage, wartet meine Familie schon mit dem Abendessen auf mich. Der Bikini steckt in einer winzigen silberfarbenen Tüte in meiner Umhängetasche. Da bleibt er auch erst mal, habe ich beschlossen. Zu Hause werde ich das Teil sowieso nicht anziehen. Es ist zwar kein Tanga, aber trotzdem ganz schön sexy irgendwie. Es muss nicht sein, dass meine Eltern gleich einen Herzinfarkt kriegen, wenn sie mich darin sehen. Für den Garten und die Hängematte tut es mein altes Kleinmädchen-Schmetterlingsdingens auch noch.

Jakob hat sein Käppi verkehrt herum auf dem Kopf und eine Handvoll neue Sommersprossen im Gesicht.

„Steht dir gut“, sage ich.

„Aber zum Essen nimmst du es ab“, sagt meine Mutter.

Jakob grinst nur.

„Wie war's bei der Arbeit?“, fragt mein Vater.

„Bei mir gut“, sage ich. „Und bei dir?“

„Auch gut.“ Er zwinkert mir zu. „Vielleicht klappt es am letzten Ferienwochenende mit dem Ausflug ans Meer.“

„Cool!“ Jakob reißt sich das Cap vom Kopf und lässt es durchs Wohnzimmer segeln. Es landet auf dem Bücherregal und bleibt dort liegen. Mau betrachtet es fasziniert.

Jakob und ich lachen. Papa auch.

„Guter Wurf!“, bemerkt er trocken.

Meine Mam schiebt die Salatschüssel quer über den Tisch.

Ich häufe mir einen Riesenberg Grünzeug auf den Teller, kröne ihn mit ein paar extra Radieschen und lege zwei dicke Scheiben Knoblauchbrot dazu.

„Nächste Woche steigt übrigens eine Party bei Mark“, streue ich so beiläufig wie möglich ein. Die Stimmung ist gerade so entspannt. Das sollte ich ausnutzen. „Er wird Samstag sechzehn und will reinfeiern.“

„Mark?“ Meine Mutter hebt eine Augenbraue.

Mein Vater hört auf zu kauen.

„Aus meiner alten Klasse“, antworte ich. „Der ehemalige Freund von Anna. Ihr wisst schon.“

Normalerweise würden sie mich jetzt löchern, wie Mark mit Nachnamen heißt, wo er wohnt, wie sein Notendurchschnitt ist, ob er trinkt, raucht, irgendwelche Drogen nimmt oder ein Vorstrafenregister hat, was seine Eltern beruflich machen und in welcher Steuerklasse sie sind. Das ist ihr Standard-Fragenrepertoire, wenn es um Jungs geht. Aber Mark war schon mal hier. Meine Eltern kennen ihn also.

Die Augenbraue meiner Mutter entspannt sich. Die Kaumuskeln meines Vaters nehmen ihre Arbeit wieder auf.

Jakob lenkt mich kurz ab. Er füttert Mau mit einem kleinen Stück Salatgurke. Ich hätte nie gedacht, dass Katzen Gurken fressen!

„Darf ich?“, komme ich aufs Thema zurück und werfe mir ein Radieschen in den Mund. Lecker, schön scharf. „Ich hab Sonnabend frei. Anna, Dina und Lena sind auch eingeladen. Paul geht auch hin. Ich könnte mit ihm zusammen hinfahren. Außerdem sind Ferien.“

„Ja, von mir aus.“ Meine Mutter seufzt, als hätte die Formulierung der Antwort sie ungeheuer angestrengt. Ich glaub, sie ist auch überarbeitet.

Mein Vater nickt. „Wenn du mit Paul hinfährst …“

„Klasse, danke!“ Ich schnappe mir noch ein Radieschen und schiebe es mir zwischen die Zähne. „Es kann aber ein bisschen später werden. Mark hat schließlich erst um Mitternacht Geburtstag.“

Meine Eltern wechseln einen skeptischen Blick, worauf meine

Mutter vorschlägt, dass sie sich in den nächsten Tagen mal mit Pauls Eltern kurzschließt, um die Frage zu klären, wer uns abholt. Auf meinen selbstlosen Vorschlag, dass Paul und ich auch gerne mit den Rädern zu Mark fahren können – schließlich wohnt er nur ein paar Straßen entfernt –, geht sie überhaupt nicht ein. Na gut, hab ich auch nicht wirklich erwartet. Aber von den eigenen Eltern von einer Fete abgeholt zu werden, ist so was von peinlich!

Ich unterdrücke ein Aufstöhnen. Das ist ja fast wie früher, als wir noch Kindergeburtstag gefeiert haben! Ich muss unbedingt vorher mit Paul sprechen. Vielleicht fällt uns bis zum nächsten Freitag irgendetwas ein, wie wir das Elterntaxi noch verhindern können. Große Hoffnungen mache ich mir zwar nicht, aber einen Versuch ist es wert.

Für heute bin ich erst mal zufrieden. Ich hab einen neuen Bikini, eine offizielle Party-Erlaubnis und gleich chatte ich mit Phillip. Sehr viel mehr kann man von einem einzigen Tag wirklich nicht verlangen.

Auf das Wochenende freue ich mich auch schon. Lena und ich wollen an den Waldsee, um meinen neuen Bikini zu taufen. Wie schön, dass ich mal zwei Tage lang kein Eis verkaufen muss.

Kann es sein, dass man den Wert freier Tage erst zu schätzen weiß, wenn man ernsthaft arbeitet? Okay, Schule ist auch Arbeit, klar. Aber so ein Job von Montag bis Freitag gibt einem irgendwie das Gefühl, als hätte man es tatsächlich verdient, ein paar freie Tage zu haben.

Zur Krönung des Ganzen bekomme ich morgen auch endlich meinen ersten Lohn. Frau Krüger und ich haben verabredet, dass ich mein Geld in bar bekomme, weil ich noch kein Girokonto, sondern nur ein Sparbuch habe. Mein Trinkgeld rechnen wir täglich ab. Aber das sind immer nur ein paar Euro, die direkt in mein Portemonnaie wandern. Wenn es mal mehr ist, füttere ich mein Sparschwein. Aber meistens gebe ich es gleich aus. Für Kleinigkeiten oder 'ne Cola mit den Mädels, so wie heute. Dafür ist es schließlich da, finde ich. Oder würde es sonst Trinkgeld heißen?

KAPITEL 10

Lenas Bett im Kornfeld und Phillip auf Tauchstation

„Arschbombe!“

Lena flitzt über das Badefloß, dann stößt sie sich ab und versinkt mit einem spitzen Schrei in den Fluten. Eine Wasserfontäne spritzt auf. Ein paar Jungs applaudieren. Dass sie in einem Alter sind, in dem Lena und ich ihre Babysitter sein könnten, scheint weder sie noch Lena zu stören. Prustend wie ein Walross und wenig nixenhaft taucht sie wieder auf und wringt ihre Haare aus.

„Na, wie war ich?“, fragt sie mich, als sie auf das Floß zurückgekrabbelt ist.

Ich liege auf meinem froschgrünen Lieblingshandtuch und lasse mir den Bauch bräunen. Lena schüttelt ihre Zottelmähne über mir aus. Die Spritzer, die mich treffen, sind genauso pipiwarm wie der See und können mich daher nicht schocken.

„Zehn Komma null, mindestens“, murmele ich. „Ich hab nicht so genau hingeguckt.“

Lena lässt sich neben mich fallen und zieht mir einen Stöpsel aus dem Ohr. „Lass mal hören.“

„Es ist deine Playlist“, erinnere ich sie und zeige auf das

kleine Gerät, das zwischen uns auf dem Handtuch liegt. Weil ich meinen MP3-Player vergessen habe, teilen wir uns ihren iPod.

„Ach ja, hihi. Dann muss es ja gut sein." Sie greift nach einer kleinen Wasserflasche und trinkt sie mit wenigen Schlucken leer. Dann rülpst sie. „Der neue Bikini steht dir übrigens spitze. Die Investition hat sich echt gelohnt."

Ich stütze mich auf die Ellbogen und werfe ihr über den Rand meiner Sonnenbrille einen Blick zu. „Danke. Ist mein Bauch schon braun?"

„Jepp", meint sie und dreht die Musik lauter.

Ihre Playlist besteht aus Reggae, Soul und uralten deutschen Schlagern. Eine ziemlich schräge Mischung, aber genau das Richtige für einen chilligen Badetag.

Leider ist es heute ziemlich voll am See. Klar, es ist Samstag. Als wir ankamen, waren die besten Plätze in den sandigen Buchten schon besetzt. Aber zum Glück weiß ich, wo der Schlüssel zu dem Bootshaus versteckt ist, in dem Phillips Surfausrüstung liegt. Wir haben unsere Sachen einfach auf sein Surfboard gepackt und sind damit quer über den See zum Badefloß gepaddelt, das in der Mitte des Sees verankert ist. Wenn die kleinen Jungs nicht wären, die pausenlos versuchen, ihre eigenen Höhen-, Weiten- und Tiefenrekorde zu brechen, wäre es himmlisch ruhig und herrlich friedlich.

Ich lasse mich wieder zurücksinken und versuche, das Gegröle auszublenden. Es klappt ganz gut.

„Kommt Krischan eigentlich auch noch?", frage ich beiläufig.

„Nö. Ich glaub nicht", antwortet Lena nuschelnd. Sie cremt

sich gerade das Gesicht ein. „Bei dem schönen Wetter hat er unheimlich viel zu tun."

Ich wundere mich ein bisschen, dass sie ihren Treckersitz tatsächlich verlassen hat und den ganzen Tag mit mir am See rumgammelt, anstatt ihrem Freund bei der Ernte zu helfen. „Kommt er denn ohne dich aus?"

„Wahrscheinlich nicht", murmelt sie und schraubt die Sonnenmilchtube wieder zu. „Aber ich brauch einfach mal 'ne Pause."

Muss ich mir Sorgen machen? Sollte ich vielleicht nachfragen, ob es sich bei dieser Pause um eine zeitlich befristete und daher harmlose Pause handelt oder um eine Beziehungspause der komplizierteren Art?

Nein, lieber nicht, beschließe ich. Wenn es etwas zu erzählen gibt, wird Lena es schon tun.

Wir versinken in wohliges Nichtstun und Nichtssagen und dösen vor uns hin. Eine leichte Sommerbrise weht über uns hinweg. Unter uns schaukelt das Floß auf dem Wasser. Kleine Wellen schwappen gegen das Holz. Es gluckert und schmatzt und ist einfach nur schön.

Träge wie ein Stück Treibholz dümpeln meine Gedanken zu Phillip. Was er wohl gerade macht? Er ist mit seiner Gastfamilie, den Jacksons, in den Yosemite-Park gefahren, um dort zu wandern. Sie wollen Marshmallows grillen, die Natur genießen und die Nacht in einer Blockhütte mitten im Wald verbringen. Er hat mir gesagt, dass er dort keinen Handyempfang haben wird. Vom Internet ganz zu schweigen. Das letzte Mal haben wir Freitagmittag miteinander telefoniert. Seitdem herrscht Funkstille.

Ich stöhne innerlich auf. Genauso gut könnte er das Wochenende auf einem fernen Planeten außerhalb unserer Galaxis verbringen. Es käme auf das Gleiche heraus. Das Gefühl, ihn mindestens bis Montagfrüh unserer Zeit nicht erreichen zu können, gefällt mir ganz und gar nicht.

Was, wenn er von einem tollwütigen Bären angefallen wird?

In eine tiefe Schlucht stürzt?

Sich das Bein oder – noch schlimmer! – das Genick bricht?

Aus Versehen giftige Beeren isst, sich vor Schmerzen im Unterholz windet oder sich hoffnungslos verirrt und irgendwo verhungert und verdurstet?

Mindestens eintausendfünfhundert Dinge fallen mir ein, die ihm in der Wildnis zustoßen können. Und ich wäre die Letzte, die es erfährt. Garantiert!

Ob ich seinen Vater anrufen soll? Oder wäre das übertrieben? Auf gar keinen Fall möchte ich hysterisch erscheinen, obwohl ich es streng genommen natürlich bin.

Ich beschließe, bis Sonntagabend Ortszeit zu warten, auch wenn's schwerfällt.

Lena fragt mich, was die anderen heute machen.

„Keinen Schimmer", antworte ich. „Paul schläft noch, schätze ich mal. Und Anna und Dina wollen ins Freibad. Warum?"

„Nur so."

Aus unseren geteilten Ohrstöpseln kommt ein Lied, das allen Ernstes *Itsy bitsy Teenie Weenie Honolulu Strandbikini* heißt.

Lenas Füße patschen im Takt auf das Holz.

„Acht, neun, zehn, na was gab's denn da zu sehen?", kiekst sie.

„Eins, zwei, drei, na was ist denn schon dabei?", singe ich meinen

Part. „Oh Mann … hast du echt nichts anderes auf deiner Liste? Das ist doch hundert Jahre alt!"

„Ich find's lustig", erwidert sie ungerührt. „Solche kreativen Texte gibt's doch heutzutage gar nicht mehr!"

„Nee, zum Glück!"

Wir prusten gleichzeitig los.

Lena fährt mit ihrem Finger über das Click-Wheel und wählt eine andere Liste aus.

„Besser?", fragt sie, als Amy Winehouse die ersten Takte von *Valerie* singt.

„Viel besser!", nicke ich.

Wir bleiben den ganzen Tag auf dem Floß. Wenn wir Hunger oder Durst bekommen, paddelt eine von uns mit Phillips Board los und holt etwas aus dem Kiosk. Es ist ein richtig schöner, tiefenentspannter Sommertag und ich genieße ihn mit allen Sinnen, die mir zur Verfügung stehen, bis – ja, bis plötzlich am Horizont über dem Wald Wolken aufziehen. Und zwar keine freundlich-wolligen Schäfchenwolken, sondern eher so fies aussehende Dinger mit ausgefransten Rändern in abgestuften Dunkelgrau- bis Schwefelgelbtönen. Als sie sich zusammenballen und vor die Sonne schieben, wird es schlagartig kühl.

„Was'n jetzt los?" Lena schirmt ihre Augen ab und blinzelt in den Himmel.

Ich ziehe mir schnell mein T-Shirt über. „Ich glaub, das war's mit Itsy-Bitsy-Sonnenschein. Wollen wir abhauen?"

„Auf jeden Fall!" Lena springt auf und rafft schon ihre Sachen zusammen.

Ich folge ihrem Beispiel.

Komisch, denke ich, während ich mein Badetuch zusammenfalte und in den Rucksack stopfe. Von einem Wetterumschwung war nirgendwo die Rede. Weder im Radio noch im Fernsehen. Oder hab ich's nur überhört?

„War das angekündigt?", frage ich Lena.

„Krischan hat so was gemurmelt", erwidert sie. „Der hört morgens immer den Landfunk. Der ist wohl ziemlich genau."

Wir legen unsere Rucksäcke auf das Board und lassen uns ins Wasser gleiten. Zu spät bemerke ich, dass ich mein T-Shirt noch anhabe. Aber das ist jetzt auch egal. Die ersten Tropfen fallen bereits auf unsere Köpfe.

„Wenn wir Glück haben, ist es nur ein kleiner Schauer", sagt Lena optimistisch. Sie zieht das Board vorne an der Spitze. Ich schiebe es von hinten. Nach ein paar Minuten erreichen wir das Ufer. Wir werfen uns unsere Rucksäcke über die Schultern, schleppen das Surfbrett in den Bootsschuppen und verrammeln die Tür. Den Schlüssel schiebe ich wieder unter den Dachsparren, wo Phillip ihn in weiser Voraussicht für mich deponiert hat. Als wir uns umdrehen und auf den See schauen, hat es aufgehört zu regnen. Wir bleiben unter dem Dachvorsprung stehen und gucken uns verwirrt an. Lena streckt ihre Hand aus.

„Wie jetzt?", sagt sie. „Das war's schon?"

Sie klingt fast enttäuscht. Ich kichere.

Weil wir alles so schön zusammengepackt haben und keine Lust verspüren, das Surfbrett noch einmal rauszuholen, beschließen wir, unseren Badetag hier und jetzt zu beenden, und schlendern zu unseren Rädern. Auf dem Weg dorthin fragt Lena mich, ob ich Lust habe, sie zu begleiten. Krischan arbeitet auf einem Feld ganz in der Nähe. Sie will ihn mit ihrem Besuch überraschen.

Ich zögere. Da die beiden gerade in einer kleinen Krise zu stecken scheinen, möchte ich mich lieber zurückhalten. Ich fand es neulich schon blöd genug, Annas und Lukas' Geplänkel miterleben zu müssen. Das muss ich nicht noch mal mit anderer Besetzung haben.

„Ach nö", sage ich, während ich mein T-Shirt auswringe. „Vielleicht ein anderes Mal. Wir sehen uns ja spätestens nächstes Wochenende auf der Party. Ihr kommt doch?"

„Ja, wahrscheinlich", sagt Lena. Sehr begeistert klingt es nicht. Langsam mache ich mir Sorgen.

„Es ist doch alles okay bei euch?", frage ich vorsichtig.

„Jaa", antwortet Lena gedehnt. „Ich bin einfach nur ein kleines bisschen frustriert."

„Ist es immer noch wegen, du weißt schon … weil Krischan nicht so will wie du?"

Seufzend zieht sie ihr Rad aus dem Ständer und nickt. „Ich ende als alte Jungfer. Wollen wir wetten?"

„Blödsinn!", widerspreche ich. „Bestimmt ist es nur, weil … na ja, er hat doch im Moment ganz schön viel um die Ohren. Die Ernte und das alles, das muss doch total anstrengend für ihn sein."

„Klar ist das anstrengend", bestätigt Lena. „Manchmal schläft er gleich nach dem Abendessen ein und steht schon vor Sonnenaufgang wieder auf."

„Siehst du!", sage ich. „Wann soll er denn da noch an Sex denken?"

Lena schnaubt. Wir machen uns auf den Heimweg. Sie fährt voraus und grummelt noch ein bisschen vor sich hin, aber zum Glück hat sie ihre gute Laune bald wieder.

„Vielleicht kann ich ihn ja auf Marks Fete ein bisschen in Stimmung bringen und anschließend verführen“, grinst sie.

„Wie, in Stimmung bringen?“, frage ich begriffsstutzig.

„Na ja, ich flöße ihm was zu trinken ein“, erklärt Lena mir. „Nicht zu viel natürlich, sonst pennt er ja gleich wieder ein, sondern gerade mal so viel, dass er lockerer wird und romantische Schwingungen spürt. Und dann sorge ich einfach dafür, dass er mir nicht widerstehen kann.“

„Romantische Schwingungen?“ Ich pruste. „Wie hieß das eine Lied vorhin noch? Das von diesem Schlagerfuzzy?“

„Ein Bett im Kornfeld?“

„Ja, genau!“

„Hey, das passt!“, ruft sie. „Ich setze mir eine Erntekrone auf den Kopf und rekele mich verführerisch in einem Bett aus Heu und Stroh!“

„Hauptsache, du bist nicht allergisch.“

„Nö, bin ich nicht“, versichert Lena.

Wir klatschen uns ab und grölen im Duett weiter, ziemlich laut und ziemlich falsch.

Ein Bett im Koornfeld zwischen Bluumen und Strooh, und die Sterne leuchten uns soowiesooo …

Eine Rentnergruppe kommt uns auf Elektrofahrrädern entgegen. Die Herrschaften bremsen vorsichtshalber ab und fahren rechts ran, um uns vorbeiziehen zu lassen.

Wir winken ihnen fröhlich zu und kichern uns halb tot.

Zu Hause versuche ich als Erstes, Phillip zu erreichen, aber leider ist die Leitung immer noch stumm. Bestimmt hat ein Grizzlybär zugeschlagen und zuerst ihn und zum Nachtisch sein Handy gefressen. Oder umgekehrt. Ich werde es wohl nie erfahren.

Ich hänge mein Handtuch und den neuen Bikini in einem Teil unseres Gartens zum Trocknen auf, in den meine Eltern nicht so oft schauen. Gleichzeitig versuche ich mich von der gruseligen Vorstellung meines in der Wildnis verschollenen und von einem Bären gefrühstückten Freundes abzulenken. Ich denke darüber nach, ob ein Bett im Kornfeld tatsächlich die Lösung für Lenas Problem sein kann. Ich hab da so meine Zweifel. Ich schätze mal, Krischan wird eher in Tiefschlaf sinken, sobald er sein müdes Haupt ins Korn bettet, als dass er voller Leidenschaft über sie herfallen wird. Aber wer weiß, vielleicht irre ich mich auch. So ganz kapiere ich es zwar immer noch nicht, warum sie es so darauf anlegt, ihn zu verführen, aber spannend ist es schon.

Auf jeden Fall freue ich mich auf die Party bei Mark. Mal wieder tanzen, Leute treffen, Spaß haben. Seit Phillip nicht mehr da ist, bewegt sich der Spaßfaktor in meinem Leben auf einem ziemlich niedrigen Level. Meistens merke ich es gar nicht so, aber manchmal schon. Bin ich vielleicht doch nicht so cool und frei, wie ich immer behaupte?

Von wegen *Girls just wanna have fun – mit oder ohne Jungs.*

So einfach, wie das klingt, ist es anscheinend nicht.

Natürlich hab ich Spaß. Mit den Mädels, mit meiner Familie, dem Job. Aber dazwischen klafft eine Lücke.

Ob ich zu sehr auf Phillip fixiert bin? Klammere ich mich an ihn, ohne dass es mir bewusst ist? Und alle merken es, nur ich nicht, und sagen es mir nicht, um mich nicht zu verletzen?

Ich berühre die silberne Kette an meinem Hals, den kleinen emaillierten Stern, der daran hängt, und lächele. Phillips Geburtstagsgeschenk.

Train yourself to let go of everything you fear to lose, sagt Yoda, der weise kleine Mann aus Starwars. Das gefällt mir. Man soll sich darin üben, sich von dem zu lösen, von dem man am meisten Angst hat es zu verlieren. Es klingt kompliziert, enthält aber ein Körnchen Wahrheit.

Phillip ist mein erster Freund. Wir sind schon ewig zusammen. Ich hatte Angst, als er gegangen ist, aber im nächsten Moment hab ich mich total stark gefühlt und mich auf mich selbst besonnen. Vielleicht hab ich zwischendurch einfach nur vergessen, wie es ist, ohne ihn Spaß zu haben? Und während ich hier sitze und an nichts anderes als an ihn denke und mir Sorgen mache, spaziert er durch diesen Yosemite-Park, lässt sich von einem bescheuerten Bären fressen und amüsiert sich dabei zu Tode.

Jungs sind ja echt so was von egoistisch!

KAPITEL 11

Ein Meeresaugenblick

Als ich nach dem Wochenende pünktlich am Montagmittag zum Dienst an der Eistheke antrete, nimmt Frau Krüger mich beiseite. Ihr Bruder Karl, der, wenn man ihn erst einmal näher kennt, eigentlich gar nicht so grummelig ist, wie er immer tut, steht grinsend im Hintergrund.

Zuerst denke ich, dass ich irgendetwas verkehrt gemacht habe, und gehe alle in Frage kommenden Möglichkeiten durch:

Hab ich am letzten Freitag die Eisbehälter falsch weggeräumt?

Mich beim Wechselgeld verzählt?

Einem Kunden das falsche Eis gegeben oder – was noch viel schlimmer wäre – einem Kind mit Haselnussallergie ein Haselnusseis verkauft?

Falls ja: Kann ich dafür überhaupt zur Rechenschaft gezogen werden?

Ich glaube nicht. Aber ich bin mir nicht sicher.

Ich hole tief Luft und mache mich auf alles gefasst.

„Du wurdest vermisst!", raunt die Chefin mir zu.

Wie bitte?

Mein Blick muss meine unausgesprochene Frage widergespiegelt haben, denn Frau Krüger nickt eifrig und wedelt gleichzeitig mit einem Staubtuch um mich herum.

„Vermisst? Ich? Von wem?", frage ich verwirrt.

„Von einem netten jungen Mann!"

Ich überschlage schnell, wie viele nette junge Männer ich kenne. Eigentlich gar keine. Ich kenne ein paar Jungs in meinem Alter, das ja. Und dann noch welche in Jakobs Umfeld. Aber kann man die als nette junge Männer bezeichnen? Wohl kaum.

Ich versuche es anders.

„Hat er seinen Namen gesagt?", frage ich, während ich mir meine Schürze um die Taille schlinge und eine Schleife binde. „Wie sah er denn aus?"

„Namen hat er keinen genannt", sagt Frau Krüger und schüttelt bedauernd den Kopf, „aber gut sah er aus!"

Okay, das bringt mich nicht wirklich weiter.

„Samstag hat er zwei Kugeln Banane gekauft!", ruft Karl uns aus dem Off zu. „Und gestern zwei Kugeln Walnuss!"

Wie bitte? Der Walnuss-Mann war hier? Mister Banane? Nein, umgekehrt natürlich. Ach, ist doch vollkommen egal. Auf jeden Fall war er hier. Und er hat mich vermisst.

Ach du liebe Luise …

„Er hat sich erkundigt, wo das hübsche Mädchen ist, das sonst hier Eis verkauft." Frau Krüger zwinkert mir verschwörerisch zu.

„Und … was haben Sie ihm gesagt?", krächze ich.

„Dass das hübsche Mädchen am Wochenende freihat, natürlich." Frau Krüger dreht sich um und lässt mich stehen.

Hübsch? Ich? Da muss wohl eine Verwechslung vorliegen. Okay, ich bin vielleicht nicht gerade potthässlich. Aber hübsch?

Nö, kann ich nicht finden. Das hängt wirklich stark von meiner Tagesform ab. Aber wen soll der Typ sonst gemeint haben? Karl ganz sicher nicht. Der steht an der Kaffeemaschine und grinst wie ein Troll. Er ist eindeutig weder ein Mädchen noch hübsch.

„Hat er sonst noch was gesagt?“, rufe ich Frau Krüger hinterher.

„Nur, dass er sein Glück am Montag noch mal versuchen will“, kommt die gedämpfte Antwort aus dem Lagerraum.

Montag. Das ist heute. Aber vielleicht meinte er ja nächsten Montag. Oder irgendeinen Montag in irgendeinem anderen Jahrzehnt.

Ich bin vollkommen neben der Spur. Das merke ich daran, dass ich einen Karton mit Waffelhörnchen fallen lasse. Zum Glück sind sie gut gepolstert. Nur zwei gehen zu Bruch. Um mich zu beruhigen, schiebe ich mir die Krümel in den Mund und werfe gleichzeitig einen Blick auf mein Handy. Immer noch keine Nachricht von Phillip. Langsam mache ich mir wirklich Sorgen, dass er von einem Bären gefressen wurde oder in eine Felsspalte gestürzt ist. Vielleicht auch beides, zuerst gestürzt und dann in hilflosem Zustand gefressen.

In diesem Yosemite-Nationalpark soll es jede Menge hungrige Grizzlybären und heimtückische Felsspalten geben, das hab ich gestern Abend gegoogelt. Es hat nicht gerade dazu beigetragen, dass ich gut geschlafen habe.

Eine halbe Stunde später habe ich den ersten Ansturm des Tages bewältigt. Mama Pistache war da und die Kids vom Spielplatz auch. Ich wische den Tresen ab und spüle gerade den Lappen aus, als ich zuerst Schritte auf dem Kies und kurz darauf eine Stimme hinter meinem Rücken höre.

„Hallo", sagt die Stimme.

Ich muss gar nicht hinsehen. Ich weiß auch so, wem sie gehört. Weil es aber bestimmt ziemlich bescheuert aussieht, einen Kunden rückwärts zu bedienen, drehe ich mich schließlich doch um.

„Hi!", sage ich und wische mir die Hände an der Schürze ab.

Die Nordseeaugen von Mister Walnuss strahlen mich an.

In derselben Sekunde beginnt mein Handy plötzlich über den Kühlschrank zu wandern, wo ich es abgelegt habe, falls Phillip sich meldet. Bosse singt von dem Kuss mit Spucke und Erdbeerbowle. Ich glaub, ich werde rot.

„Geh ruhig ran", sagt Mister Walnuss lässig. „Ich hab Zeit."

Normalerweise darf ich während der Arbeit nicht telefonieren, aber er sieht nicht so aus, als würde er mich verpetzen. Außerdem ist es vielleicht ein Notfall. Ich sehe Phillips Namen auf dem Display aufleuchten. Vielleicht ruft er mich aus einer entlegenen Bärenhöhle an und braucht meine Hilfe.

„Hallo?", melde ich mich mit gesenkter Stimme.

Phillips Stimme klingt müde. Kein Wunder, bei ihm ist es mitten in der Nacht.

„Hi", sagt er, und dass er sich nur kurz zurückmelden wollte, um mir zu sagen, dass es ihm gut geht. Wie lieb.

Während ich seine kratzige Stimme über all die Flugmeilen und Zeitzonen hinweg höre, sehe ich seine goldbraunen Augen vor mir. Sie werden immer ganz schmal, wenn er zu wenig geschlafen hat. Ich wette, im Moment hat er Schlitzaugen.

Er erzählt mir von stundenlangen Wanderungen, riesigen Bäumen, frischer Luft und kristallklarem Wasser in irgendwelchen Bächen. Während ich ihm lausche, bin ich um einen einigermaßen intelligenten und interessierten Gesichtsausdruck bemüht. Die Nordseeaugen ruhen immer noch auf mir. Der Typ scheint wirklich zu viel Zeit zu haben, sonst würde er sich umdrehen und später noch mal wiederkommen oder zumindest einen angemessenen Diskretionsabstand wahren. Aber nein, er lehnt wie festgeschraubt am Tresen und lächelt vor sich hin. Oder lächelt er mich an? Irgendwie kann ich das gerade nicht unterscheiden.

Zum Glück kommt Phillip schon bald auf den Punkt.

„Ich bin müde", sagt er und gähnt. „Ich brauch dringend ein paar Stunden Schlaf."

Ich drehe mich um und tu so, als würde ich die Waffeltütenpakete durchzählen, die im Regal gestapelt sind.

„SGUTS", flüstere ich in mein Handy. Das bedeutet ‚Schlaf gut und träum süß' und ist unser persönlicher Gute-Nacht-Code.

„Mach ich", murmelt Phillip zurück. Er hört sich an, als wäre er schon gar nicht mehr richtig da. Kein Wunder, wenn er tagelang auf irgendwelchen Bärenpfaden durch die Wildnis gekraxelt ist.

Wir legen gleichzeitig auf. Dann schalte ich mein Handy stumm, lege es auf den Kühlschrank zurück, zähle still bis zehn und wende mich dann meinem wartenden Kunden zu.

„Was darf's sein?"

„Zwei Kugeln Chocolate Chips in der Waffel."

Der Typ macht mich fertig! Kann der sich nicht mal auf eine Sorte einigen? Jeder Mensch hat doch wohl eine Lieblingssorte, der er sein Leben lang treu bleibt, oder? Dass man zwischendurch vielleicht mal etwas anderes ausprobieren möchte, ist klar. Aber dieser Mister Walnuss scheint sich ja überhaupt nicht festlegen zu können! So einen sprunghaften Kunden hab ich wirklich noch nicht erlebt.

Ich will gerade meinen Eisportionierer in den Chocolate Chips versenken, da hebt Nordseeauge die Hand.

„Nee, halt mal. Ich hab's mir anders überlegt. Ich nehm doch lieber Walnuss."

Ookay, von mir aus ...

Zwei wunderschöne Walnusskugeln und ein über den Tresen gewandertes Zwei-Euro-Stück später scheint er zufrieden zu sein. Das heißt, anscheinend doch nicht ganz. Im Weggehen dreht er sich noch einmal um und kommt zurück.

„Streusel? Serviette? Löffel?", erkundige ich mich freundlich.

„Kino am Wochenende?", kontert er grinsend.

Ups ...

Bleib ganz ruhig, Conni, empfehle ich mir selbst. Bestimmt hast du dich nur verhört.

„Wie bitte?"

„Ich wollte dich fragen, ob du vielleicht Lust hast, am Wochenende mit mir ins Kino zu gehen", schmückt er seine Frage extra für mich noch einmal aus.

„Dein Eis tropft", antworte ich, ohne darauf einzugehen, und reiche ihm eine Serviette.

Er nimmt sie und grinst immer noch. Und dieses Grinsen kickt mich aus der Umlaufbahn. Es ist ein bisschen frech, aber gleichzeitig auch total lieb. Irgendwie schwer zu beschreiben.

Auf jeden Fall wirkt es sehr offen und gar nicht psychopathisch. Zum ersten Mal frage ich mich, wie alt Mister Walnuss wohl ist. Sechzehn oder siebzehn, schätze ich. Auf jeden Fall älter als ich.

„Du kannst es dir ja noch mal in Ruhe überlegen", bietet er mir an, was ich sehr großzügig finde. Immerhin hat er mich gerade ziemlich überrumpelt. Da hätte ich schon ganz gerne etwas Bedenkzeit. Obwohl … nee, Quatsch. Ich brauch gar keine Zeit zum Überlegen. Schließlich hab ich nicht ernsthaft vor, mich mit ihm fürs Kino zu verabreden. Das kann ich ihm auch gleich mitteilen. Hier und jetzt und ganz ohne Bedenkzeit.

„Am Wochenende hab ich schon was vor", höre ich mich sagen und bereue es sofort, weil es sich so anhört, als wollte ich nur nächstes Wochenende nicht mit ihm ins Kino, generell aber schon.

„Schade", meint er.

Ich nicke unverbindlich, um ihm keine falschen Hoffnungen zu machen. Zum Glück kommen in diesem Moment die Stracciatellas über die Brücke geschlurft. Das goldige Rentnerpärchen winkt mir schon von weitem zu.

Ich winke zurück. „Sorry, ich hab Kundschaft."

„Alles klar", sagt der Junge mit den Nordseeaugen lächelnd. Mehr nicht. Dann dreht er sich um und lässt mich mit den Stracciatellas allein.

Als kurz vor Feierabend Anna und Dina auftauchen, um mich abzuholen und Pommes zu essen, bin ich immer noch verwirrt. Anscheinend sieht man es mir an, denn Anna fragt sofort, was mit mir los ist.

„Du leuchtest irgendwie so", meint sie und guckt mich kritisch an.

Dina nickt. „Als hättest du eine Erscheinung gehabt."

Ich werfe einen Blick in den Spiegel über der Spüle und finde, dass ich aussehe wie immer.

Anna und Dina grinsen.

„Er war hier, stimmt's?", fragt Anna ohne Umschweife.

„Ja", gebe ich zu. „Gut, dass ihr gekommen seid. Ich hab Gesprächsbedarf."

Frau Krüger nimmt mir die Kasse ab. Ich hänge meine Schürze auf, schnappe mir meine Sachen und eine Flasche Cola für unterwegs und wünsche ihr einen schönen Feierabend. Von Karl bekommen wir unsere vorbestellten Pommes und ein paar Ketchuptütchen in die Hände gedrückt. Wir bezahlen sie und gehen zu unserer Wiese neben der Entenbrücke. Dort setzen wir uns ins Gras. Es ist immer noch warm.

Ich lasse mich seufzend zurückfallen und schließe die Augen. Als ich sie wieder aufklappe, gucken Anna und Dina mich erwartungsvoll an. Ich richte mich stöhnend auf.

„Er will mit mir ins Kino!"

„Ui, wie cool!" Dina macht große Augen und grinst.

„Ja, und?" Anna reißt eine Ketchuptüte auf, tunkt zwei Pommes hinein und versenkt sie mit einem Happs in ihrem Mund.

„Nichts und. Ich hab ihm gesagt, dass ich schon was anderes vorhab." Ich trinke einen Schluck Cola und unterdrücke einen Rülpser. „Stimmt doch. Freitag ist die Party bei Mark, oder?"

Anna zieht wortlos kauend eine Augenbraue hoch.

Dina grinst immer noch. „Du kannst ihn ja mitbringen."

„Spinnst du?", rutscht es mir heraus. „Warum sollte ich?"

Sie zuckt die Achseln. „Um ihn ein bisschen näher kennenzulernen vielleicht?"

Ich mustere sie düster. „Phillip ist gerade mal ein paar Wochen weg, und du glaubst, ich gehe mit einem anderen Jungen auf eine Party?"

„Warum nicht?", mischt Anna sich ein. „Ist doch nichts dabei, oder?"

Ich widerspreche ihr auf der Stelle. „Ich finde schon, dass was dabei ist. Schließlich hätte ich es auch nicht so gerne, dass Phillip mit einem anderen Mädchen auf irgendeine Fete geht und sich fremdamüsiert!"

„Fremdamüsiert, hihi … Schönes Wort!" Anna kichert. „Und wie willst du das verhindern, bitte schön?"

„Was verhindern?"

„Na, dass Phillip in Amerika mit einem anderen Mädchen auf eine Party geht! Dürft ihr etwa keinen Spaß haben, nur weil ihr im Moment getrennt seid?"

„Wir sind nicht getrennt", stelle ich richtig. „Wir sind nur … vorübergehend nicht zusammen, irgendwie."

„Ist ja auch ein bisschen kompliziert", meint Dina. Es klingt, als wolle sie mich trösten. Fehlt nur noch, dass sie mir die Schulter tätschelt.

„Wir sind uns treu", sage ich. „Das haben wir uns geschworen."

„Habt ihr euch auch geschworen, dass ihr euch ein halbes Jahr lang nicht vergnügen dürft?" Annas Brillengläser funkeln in der Abendsonne. „Auf eine Party zu gehen und Spaß zu haben, heißt doch nicht, dass ihr euch gleich untreu seid!"

Ich stimme ihr ausnahmsweise zu.

„Du hast neulich außerdem selbst gesagt, dass Mädchen auch ohne ihren Freund Spaß haben können“, erinnert Dina mich.

„Ja, klar. Ist auch so. Aber es ist etwas anderes, mich mit einem fremden Typen fürs Kino zu verabreden, als mit meinen Freundinnen auf eine Fete zu gehen, finde ich.“ Ich trinke die Cola aus und stopfe die leere Flasche in das Seitenfach meines Rucksacks.

„Hast du ihn wenigstens endlich gefragt, wie er heißt?“ Anna macht ein neugieriges Gesicht.

„Nein“, erwidere ich, eine klitzekleine Spur genervt. „Dazu hatte ich leider keine Gelegenheit. Aber ich verrate es euch, sobald ich es weiß, okay?“

Dina und Anna beißen sich auf die Lippen, um nicht zu lachen.

Ich wüsste zu gerne, was an meiner Antwort so lustig war. Ich verkneife mir die Frage und widme mich stattdessen meinen Pommes. Die stellen wenigstens keine blöden Fragen.

Auf dem Nachhauseweg denke ich über das Gespräch nach. Ich fürchte, ich hätte wirklich ein Problem damit, wenn ich wüsste, dass Phillip sich in Berkeley mit einem anderen Mädchen verabredet. Aber wäre es denn besser, wenn ich es nicht wüsste?

Nein, antworte ich mir selbst. Denn das würde ja bedeuten, dass er mir etwas verschweigt. Und ist etwas verschweigen nicht schon fast wie lügen?

Meine Gedanken drehen sich im Kreis und ich komme zu keiner Lösung. Natürlich will ich, dass es Phillip gut geht. Dass er dasselbe andersherum auch für mich will, ist klar. Also dürften wir eigentlich auch nichts dagegen haben, wenn wir uns mit jemand anderem verabreden. Um ins Kino zu gehen beispielsweise. Auf eine Party, ins Freibad. Nur um mal ein paar Beispiele zu nennen.

Ich weiß, dass Phillip mir absolut treu ist. Trotzdem bin ich mir sicher, dass es mir wehtun würde, ihn mit einem anderen Mädchen zu sehen, selbst wenn es nur in meiner Vorstellung passieren würde und nicht in echt. Ist das doof gedacht? Egoistisch? Hm, vermutlich ja …

In einer Clique wäre es schon was anderes. Aber alleine mit einem Mädchen? Seite an Seite im Kino oder am Strand?

„Hey!"

Ich bin so in meine Gedanken vertieft, dass ich um ein Haar mit jemandem zusammenpralle.

„Mann, Paul!"

Er grinst mich an. Die Ferien bekommen ihm gut, stelle ich fest. Er sieht fit und erholt aus. Auf seinem T-Shirt steht ES IST SCHWER, PERFEKT ZU SEIN. ABER ICH KOMM GUT DAMIT KLAR.

„Gut, dass ich dich treffe", meint er. „Ich wollte dich fragen, ob du Freitag Zeit hast. Bei Mark ist –"

„Party, ich weiß", unterbreche ich ihn. „Anna hat mir schon Bescheid gesagt."

„Und? Kommst du?"

Ich nicke. „Ja, klar. Weißt du zufällig, was Mark sich wünscht?"

„Wir legen alle zusammen." Paul kratzt sich am Kinn. Sprießen da tatsächlich ein paar Barthaare?

Ich erzähle ihm, dass meine Eltern für uns beide einen Taxishuttle planen.

Er stöhnt auf. „Nö, oder? Ich wollte eigentlich bei Mark pennen."

Hey, wie cool! Die Option, nach der Party woanders zu übernachten, hatte ich noch gar nicht in Erwägung gezogen. Warum schlaf ich nicht einfach bei Anna, Dina oder Lena? Dann können sich unsere Eltern den ganzen Aufwand mit dem Hin- und Herfahren sparen.

„Geniale Idee", sage ich zu Paul. „Wir sehen uns!"

„Jepp", macht er und verschwindet in seiner Einfahrt.

Ich grinse vor mich hin. Der Gedankenkreisel hinter meiner Stirn ist endlich zum Stillstand gekommen. Wieso zerbreche ich mir überhaupt den Kopf, weil Mister Walnuss mit mir ins Kino will? Vielleicht sehe ich ihn nach der heutigen Abfuhr sowieso nie wieder. Kann doch sein. Und wenn doch, ist es mir auch egal. Sein Grinsen und seine Nordseeaugen interessieren mich nicht. Ich gehöre zu Phillip. Ganz egal, wie viele Lichtjahre und Zeitzonen uns trennen. Da können andere Jungs mit ihren Wimpern klimpern, so viel sie wollen. Falls dieser Typ irgendwann noch mal auftauchen und mich nach einem Date fragen sollte, werde ich ihm das genau so sagen. Klipp und klar, jawoll!

Ich schiebe mein Rad in die Garage und gehe hintenherum durch den Garten. Mau springt mir entgegen. Ich nehme ihn auf den Arm und vergrabe mein Gesicht in seinem Fell. Es duftet nach Katze, Klee und Sonnenschein. Eine tolle Mischung. Die könnte man glatt in Flaschen abfüllen und als Parfüm verkaufen.

KAPITEL 12

Trouble Troublemaker …

… that's your middlename. I know, you're no good, but you're stuck in my brain.

So schallt es uns schon von weitem entgegen, als Lena und ich uns am Freitagabend durch einen schmalen Durchlass in einer Hecke quetschen. Mark feiert im Garten seiner Eltern, das ist unüberhörbar. Der übliche Klangteppich aus dumpfen Bässen, ausgelassenem Gelächter, Gejohle und lauten Begrüßungsrufen weht durch das idyllische Wohnviertel.

Kaum haben wir uns unseren Weg zwischen Blättern und Dornen hindurch gebahnt, sind wir mittendrin.

„Party! Yeah!" Lena lacht mich an.

Ich lache zurück, erleichtert und froh, hier zu sein. So ganz selbstverständlich ist das nämlich nicht. Immerhin musste ich meine Erziehungsberechtigten davon überzeugen, dass keine Notwendigkeit besteht, mich mitten in der Nacht zu chauffieren, weil es wesentlich praktischer ist, wenn ich nach der Party bei Lena übernachte.

Juhu, ich bin frei! Zumindest für diese eine Nacht …

Lena und ich klatschen uns ab und hüpfen eine Runde im Kreis.

Ihr Maxikleid flattert im Abendwind. Es hat ein genauso wildes Batikmuster wie mein T-Shirt. Kein Wunder, beides stammt aus Lenas Kleiderschrank. Ich bin gleich nach der Arbeit zu ihr gefahren, wo wir stundenlang in ihren Partyklamotten gewühlt, uns gestylt und aufgebrezelt haben. Das Resultat ist phänomenal. Wir sehen aus wie zwei Hippie-Bräute aus den 1970er-Jahren.

Zum T-Shirt trage ich ein Paar ausgefranste Jeansshorts und meine heiß geliebten Party-Chucks. Lena hat flache Sandalen an. Um das Styling perfekt zu machen, haben wir unsere Haare noch zu langen Zöpfen geflochten. Ein schmales Lederband schmückt Lenas Stirn. Dazu hat sie jede Menge Ringe und Armreifen angelegt. Ich habe mich auf einen einzelnen Silberreif beschränkt. Schließlich ist das hier keine Faschingsparty, sondern eine Geburtstagsfete, und ganz so wild und modisch experimentell veranlagt wie Lena bin ich nun doch nicht.

Anna und Dina kommen zu uns und hüpfen eine Runde mit. Ich wundere mich gerade darüber, dass sie ihre Schatten nicht im Schlepptau haben, da tauchen wie auf ein Stichwort Lukas und Marlon auf und nehmen ihre Plätze an der Seite meiner Freundinnen ein. Geht ja auch nicht anders.

Paul steht mit Mark am Grill. Wahrscheinlich fachsimpeln sie über Koteletts und Bier. Jedenfalls haben beide eine Flasche in der Hand und prosten sich zu, während sie den Garvorgang des Grillguts überwachen. Lena und ich gehen rüber, um sie zu begrüßen.

Ich hab Mark lange nicht gesehen. Er sieht gut aus. Ein bisschen größer und erwachsener kommt er mir vor, aber vielleicht bilde ich mir das auch nur ein. Auf jeden Fall scheint er sich ehrlich zu freuen, dass wir da sind. Er strahlt über das ganze Gesicht. Richtig nett.

Paul fragt, wo Krischan steckt.

„Der arbeitet noch. Er kommt später nach", schreit Lena ihm ins Ohr. Sie muss schreien, weil wir im Wirkungskreis einer ziemlich großen Lautsprecherbox stehen, aus der die Toten Hosen grölen. Mir fliegen fast die Ohren weg, so laut ist es.

Mark grinst.

„Was wollt ihr trinken?"

Lena und ich wechseln einen kurzen Blick und verständigen uns auf Bowle.

„Ich hol euch welche", verspricht Mark und taucht in der Menge unter.

Paul wendet das Fleisch. Auf seinem T-Shirt steht in roten Großbuchstaben auf lindgrünem Untergrund: ICH KANN NICHTS DAFÜR. ICH BIN SO.

Ich schaue mich um. In den Blumenbeeten stecken Fackeln. In einem Obstbaum hängen Lampions. Es ist schon etwas dämmrig. Trotzdem erkenne ich ein paar bekannte Gesichter. Die Fußballmannschaft von Paul, Phillip und Mark ist fast vollzählig da. Eine Handvoll Mädchen von unserer Schule steckt die Köpfe zusammen. Die anderen Partygäste sind wahrscheinlich aus Marks neuer Klasse. Ich kenne nur einige von ihnen vom Sehen. Insgesamt ist es eine ziemlich bunte Mischung. Die Jungs sind tatsächlich deutlich in der Überzahl, wenn ich es richtig überblicke – und das, obwohl wir uns, gutmütig wie wir sind, als Quotenfrauen zur Verfügung gestellt haben. (Lena ist immer noch nicht darüber hinweg.)

Mark scheint irgendwo aufgehalten worden zu sein. Auf jeden Fall braucht er ziemlich lange, um zwei Gläser Bowle aufzutreiben. Oder muss er sie vielleicht erst ansetzen und die Früchte klein schnippeln?

Die Toten Hosen werden von Cro abgelöst. Um uns die Zeit zu vertreiben, tanzen Lena und ich *Einmal um die Welt*.

Ich bin total in die Musik versunken und singe und tanze fröhlich vor mich hin, als mich jemand von hinten anstupst.

Zuerst denke ich, es ist eine zufällige Berührung, aber dann tippt der Jemand mir noch einmal auf die Schulter. Ich drehe mich um, stolpere über einen Fuß und ärgere mich über die Störung. In derselben Sekunde mache ich unter Garantie das dämlichste Gesicht des Jahrhunderts, jede Wette. Ich starre nämlich nicht etwa Mark an, der endlich mit unserer Bowle aufgetaucht ist, sondern schaue ohne Vorwarnung in ein nordseegraues Augenpaar. Dass ich aus dem Takt komme, ist, glaube ich, nachvollziehbar. Es ist wirklich eine skurrile Situation.

„Ähm …", mache ich.

„Hi!", grinst Mister Walnuss.

Ich schlucke trocken.

Dann folgt die Krönung der Peinlichkeit.

„Was machst *du* denn hier?", fragen wir auf die Sekunde gleichzeitig. Nicht nur gleichzeitig, sondern sogar mit identischer Betonung auf ‚*du*'!

Habt ihr so etwas schon mal erlebt? Es ist absolut verwirrend. Und das Blödeste daran ist, dass ich nicht weiß, wer jetzt mit Sprechen dran ist: er oder ich.

Ich hole Luft und will etwas sagen, da kommt er mir zuvor.

„Was machst du hier?“, wiederholt er unsere doppelte Frage in leicht abgewandelter Form.

„Tanzen?“, wage ich einen Versuch.

Er, dessen-Namen-ich-nicht-kenne, starrt mich an und reagiert leicht zeitversetzt mit einem Prusten. Hätte ich meinen Eisportionierer dabei, würde ich ihm gerne damit auf die Pfoten klopfen, damit er aufhört zu lachen. Aber ich bin außer Dienst und habe meinen Eislöffel leider nicht dabei.

Cro wird von den Söhnen Mannheims abgelöst. *Gesucht und gefunden* – ausgerechnet! Erstens kann man danach nicht tanzen, finde ich, und zweitens hört es sich für die denkwürdige Situation, in der ich mich befinde, fast wie bestellt an. Dabei habe ich Mister Walnuss weder gesucht noch gefunden. Ich bin nur rein zufällig über seine – nebenbei bemerkt, ziemlich großen – Füße gestolpert, als er mir auf die Schulter getickt hat. Aber vielleicht hat er mich gesucht?

Auf jeden Fall freut er sich, mich zu sehen. Er gibt sich überhaupt keine Mühe, es zu verbergen, sondern strahlt mich so glücklich an wie ein junger Cockerspaniel, der nach langer Zeit seinen Lieblingsknochen wiedergefunden hat.

Lena beobachtet uns fasziniert.

Zum Glück kommt in diesem Moment Mark mit zwei Gläsern. Eins gibt er Lena, das andere reicht er mir. Ich nehme einen Schluck und ersticke fast an einer Erdbeere. Kann ich denn ahnen, dass in der Bowle ganze Früchte schwimmen?

Ich würge die Erdbeere unzerkaut herunter, bevor Mister Walnuss noch auf die Idee kommt, mir auf den Rücken zu klopfen.

„Ich bin übrigens Finn“, sagt er, während ich nach Luft ringe.

„Conni", japse ich und denke: Finn, soso … Dann wäre das also geklärt.

Wir stehen ein bisschen blöd herum, bis Mark endlich auf die Idee kommt, Aufklärungsarbeit zu leisten.

„Finn ist mein Cousin", sagt er. „Eigentlich wohnt er in der Nähe von Freiburg. Er ist nur in den Ferien hier."

„Aha", murmele ich und trinke noch einen Schluck Bowle, wobei ich meine Lippen ganz schmal mache und darauf achte, ja keine Monsterfrüchte mit einzuatmen. Der Junge, der jetzt nicht mehr Mister Walnuss, sondern Finn aus Freiburg heißt, nuckelt lächelnd an seiner Bierflasche und lässt mich dabei nicht aus den Augen.

Die Söhne Mannheims haben fertig gesungen. Aus der Lautsprecherbox kommt etwas Tanzbares. Der Song gehört nicht zu meinen Lieblingsliedern, geht aber als Partymusik durch.

Lena zupft an meinem Ärmel und zieht mich auf das Stück Rasen, das als Tanzfläche herhalten muss.

„Du siehst aus, als wärst du gerne woanders", schreit sie mir ins Ohr.

„Danke!", schreie ich zurück. „Wie kommst du darauf?"

Mark und Finn stehen neben der Tanzfläche und grinsen im Duett. Eine gewisse Familienähnlichkeit ist nicht zu übersehen, das fällt mir jetzt auch auf. Aber konnte ich das etwa ahnen?

„Wer ist das?", schreit Lena.

„Marks Cousin. Mister Walnuss."

Sie reißt die Augen auf. „Was, echt? Der Typ mit dem Eis?"

Ich nicke.

Als der Song zu Ende ist, verkrümeln Lena und ich uns unauffällig in die entgegengesetzte Richtung und tun so, als müssten wir dringend auf die Toilette.

Mark und Finn sehen großzügig davon ab, uns zu folgen. Schließlich wissen Jungs, dass Mädchen grundsätzlich immer zu zweit aufs Klo gehen, mindestens, und dass es auch schon mal ein bisschen länger dauern kann. Wir sind also ungestört und hocken uns etwas abseits von dem Partygedränge auf eine Gartenbank.

Lena findet es genauso unfassbar wie ich, dass ich ausgerechnet hier auf meinen Pavillon-Verehrer stoße.

„Das ist ja so was von Kismet!", quietscht sie begeistert.

Kismet ist eins ihrer Lieblingswörter. Es bedeutet so viel wie Schicksal, Vorbestimmung, göttliches Los.

„Wenn ich es vorhergesehen hätte, wäre ich zu Hause geblieben", grummele ich. Ich lege den Kopf in den Nacken und betrachte den Himmel. Über uns funkeln eine Trilliarde Sterne.

Haargenau dieselben Sterne sieht Phillip auch, wenn in Berkeley Nacht ist, fällt mir ein. Plötzlich bekomme ich schreckliche Sehnsucht nach ihm.

„Warum ist Finn aus Freiburg hier und Phillip nicht? Das ist doch total ungerecht!" Ich merke gar nicht, dass ich laut gesprochen habe.

„Im Kismet gibt es keine Ungerechtigkeiten", erläutert Lena. „Da ist alles genau so, wie es sein soll. Das ist ja das Praktische!"

Praktisch, soso …

Den Rest des Abends verbringe ich vor allem damit, Finn aus dem Weg zu gehen. Am liebsten würde ich nach Hause fahren, aber es ist schon fast elf und um Mitternacht hat Mark Geburtstag. Ich sollte ihm wenigstens kurz gratulieren, denke ich. Außerdem ist Krischan inzwischen aufgekreuzt, und der hat so breite Schultern, dass ich mich locker hinter ihm verstecken kann. Er findet es zwar merkwürdig, dass ich ständig hinter ihm stehe, aber Lena hat ihm erklärt, dass es leider nicht anders geht.

Ja, ich geb's zu. Es macht mich nervös, dass dieser Finn hier ist.

Und dass es mich nervös macht, macht mich noch nervöser.

Kann mir jemand folgen?

Die ganze Zeit versuche ich mir krampfhaft einzureden, dass es mir egal ist beziehungsweise dass *er* mir egal ist.

Aber das ist er nicht. Sonst würde er mich schließlich nicht so beschäftigen.

„Es ist kompliziert", sage ich zu Anna und Dina, als sie mich fragen, warum ich mich in Krischans Schlagschatten aufhalte, anstatt mich zu amüsieren.

Lena zeigt zuerst auf Finn, dann auf mich, und informiert sie über den neusten Entwicklungsstand.

Anna nimmt mich beiseite.

„Bist du bescheuert?", zischt sie mir zu.

„Nein, wieso?"

„Mann, der Typ sieht aus wie ein Halbgott!"

Ich überlege, was mir meine älteste beste Freundin damit sagen will.

Sie verrät es mir: „Phillip ist Zigtausend Kilometer weit weg und kommt erst in einem halben Jahr wieder! Warum hast du nicht einfach ein bisschen Spaß mit diesem Finn? Der steht doch total auf dich!"

„Ja, ich weiß", antworte ich freundlich. „Aber ich zufällig nicht auf ihn."

Anna guckt mich an, als hätte ich nicht mehr alle Punkte auf dem Würfel. „Nicht mal ein klitzekleines bisschen? Echt nicht?"

„Nö", lüge ich. „Nicht wirklich."

Dina und Lena stellen sich zu uns.

„Betrachte ihn doch einfach als kleinen, harmlosen Sommerflirt", schlägt Dina mir vor.

Ich schnappe nach Luft.

„Ihr schlagt mir allen Ernstes vor, ich soll meinen Freund mit diesem … diesem Walnusstypen betrügen? Geht's noch?"

„Wer sagt denn was von betrügen?" Lenas Armreifen klimpern. „Niemand verlangt von dir, dass du gleich mit ihm in die Kiste hüpfst!"

„Nicht?", entgegne ich schrill. „Da bin ich aber beruhigt!"

Lena streckt mir kichernd die Zunge raus.

Ich schmolle eine Runde. Meine Freundinnen werfen sich bedeutsame Blicke zu.

Nach einer ganzen Weile bricht Dina das Schweigen.

„Wo würde für euch Untreue eigentlich anfangen?", fragt sie neugierig. „Bei einem Blick? Einem Kuss? Oder erst, wenn euer Freund mit einem anderen Mädchen ins Bett geht?"

„Gute Frage", erwidert Anna. „Ich bin schon sauer, wenn Lukas ein anderes Mädchen nur anguckt. Ich weiß, es ist blöd, aber ich bin schrecklich eifersüchtig. Wenn er eine andere küssen würde, würde ich ausflippen. Von Sex ganz zu schweigen. Das geht gar nicht!"

„Wenn's ein einmaliger Ausrutscher wäre …", Lena macht ein nachdenkliches Gesicht. „Ich glaub, dann könnte ich's Krischan verzeihen."

„Echt?", frage ich.

Ich sehe Phillip vor mir, sein süßes Lächeln, seine braunen Augen, die goldenen Sprenkel darin. Allein die Vorstellung, er könnte mit einem anderen Mädchen schlafen wollen als mit mir, würde mich umbringen.

Ein interessierter Blick, okay … Es ist doch ganz normal, dass man mal jemand anderen anschaut, oder? Schließlich sind wir keine zwölf mehr. Mit fünfzehn sieht man die Dinge ein bisschen gelassener. Ein Küsschen würde ich auch noch verzeihen, denke ich. Bei einem Zungenkuss wäre das schon anders. Das ist für mich eine echt intime Sache. Also, wenn Phillip ein anderes Mädchen innig küssen würde, egal ob hier oder in Amerika, hätten wir ein ernstes Problem, glaube ich.

Finn schlendert vorbei. Unsere vier Augenpaare folgen ihm wie gebannt. Er lächelt vor sich hin und nickt uns zu. Wahrscheinlich ist er es gewohnt, ständig von irgendwelchen Mädchen angestarrt zu werden. Der Typ ruht einfach in sich selbst. Beneidenswert.

„Er sieht aus wie Ryan Gosling", seufzt Anna, als er außer Hörweite ist. „Findet ihr nicht?"

„Joah", meint Lena.

„Mhm", brumme ich vage. Leider hat Anna Recht.

„Mit wem tanzt Luki da eigentlich?", fragt Dina.

Mit Mühe lösen wir unsere Blicke von Finn und fokussieren die Tanzfläche. Es ist inzwischen ziemlich dunkel und wir stehen ein ganzes Stück davon entfernt. Auf jeden Fall ist gerade Pärchenengtanz angesagt und Lukas tanzt äußerst eng mit einem Mädchen, das eindeutig nicht seine Freundin ist, weil die gerade neben mir steht.

Anna schnappt hörbar nach Luft.

„Das ist Fabienne!“, zischt sie.

Ich erspare mir die Frage, wer Fabienne ist. Ich weiß es auch so. Sie trainiert in Lukas’ Fitnessstudio und ist seine Exfreundin. Sie sieht sehr attraktiv aus, so aus der Ferne betrachtet. Sehr groß, sehr schlank, sehr dunkelhaarig, sehr alles irgendwie.

„Und wieso tanzt er mit der?“, fragt Dina. Ich wünschte, sie würde einfach die Klappe halten. Fabienne ist ein heikles Thema für Anna. Dina ahnt anscheinend nicht, dass sie sich gerade auf ein Minenfeld begibt.

„Na, weil’s so schön zu unserem Thema passt!“ Lena zupft an ihren Zöpfen. „Kann man Engtanzen tolerieren oder ist es genauso schlimm wie Fremdknutschen? Was meint ihr?“

„Knutschen ist schlimmer!“, sage ich sofort. Schließlich hab ich auch schon mit anderen Jungs eng getanzt. Da ist nun wirklich nichts dabei.

„Es kommt ganz auf die Tanzpartnerin an, würde ich sagen“, lautet Annas eiskalter Kommentar, den sie mit einem gekonnten Zusammenschieben ihrer Augenbrauen untermalt.

„Ja, das finde ich auch“, zwitschert Dina unbekümmert.

Die langsame Nummer ist zu Ende. Lukas und Fabienne bleiben noch kurz stehen und lachen über irgendetwas. Dann winken sie sich zu und traben in verschiedene Richtungen davon.

„Siehste!“ Ich stupse Anna an. „War alles ganz harmlos.“

Der Blick, mit dem sie Fabienne verfolgt, sagt so ziemlich das genaue Gegenteil.

Als Lukas nichts ahnend auf uns zukommt, tritt sie einen Schritt vor und stellt sich ihm in den Weg. Sie sagt etwas zu ihm. Ich bin mir nicht sicher, aber es klang wie: „Wir müssen reden!“

Lukas zieht den Kopf ein. Wäre er nicht so ein Kotzbrocken, würde er mir fast leidtun.

Von Finn ist nichts mehr zu sehen. Bestens. Ich fühle mich gleich viel entspannter und fange langsam an, mich zu amüsieren.

Anna und Lukas verschwinden in der Dunkelheit, um die Sache auszudiskutieren. Lena und Dina wollen sich etwas zu essen holen. Ich hab noch keinen großen Hunger. Mark hat vorhin erzählt, dass das eigentliche Geburtstagsbüfett sowieso erst um Mitternacht aufgebaut wird. Alles, was es jetzt zu futtern gibt, sind sozusagen nur die Vorspeisen. Auch die Miniwürstchen, die auf dem Grill vor sich hin brutzeln.

Im Vorbeigehen schnappe ich mir aus einem Schälchen ein paar Erdnüsse und werfe sie mir aus der Hand in den Mund. Die Musik ist inzwischen noch lauter geworden. Entweder hat Mark sehr tolerante Eltern, oder sie hocken zusammen mit den Nachbarn in einem schalldichten Bunker. Es grenzt an ein Wunder, dass sich noch niemand beschwert hat.

Auf der Tanzfläche hüpfen fast nur Jungs herum, die Pogo tanzen und versuchen, sich gegenseitig umzuschubsen. Es sieht so bescheuert aus, dass ich stehen bleibe und lache. Plötzlich stellt sich jemand hinter mich. Ich spüre nicht direkt seinen Atem in meinem Nacken, aber fast.

Blitzschnell drehe ich mich um und bin nicht besonders erstaunt, Finn zu sehen.

Er blinzelt mir fröhlich zu und sagt „Hi!“.

Dass mit einem Mal statt der Deathmetal-Dröhnung sanfter Kuschelrock aus den Boxen kommt, würde Lena vermutlich als Kismet bezeichnen. Ich nenne es einen blöden Zufall.

Zu gerne würde ich dem Fluchtreflex nachgeben, der sich meiner bemächtigt, nur leider fällt mir spontan keine passende Ausrede ein.

„Willst du tanzen?“, fragt Mister Walnuss.

Ehe ich mich's versehe, habe ich genickt.

Ich. Habe. Genickt.

Sekunden später liegen seine Hände an meiner Taille und ich muss gestehen, dass es sich gut anfühlt. Auf jeden Fall nicht schlecht. Anders als mit Phillip. Aber okay.

Es ist ein sehr langsames Stück. Und ein sehr langes noch dazu. Finns Hände liegen also länger als nur einen kurzen Moment an meiner Taille, wodurch ich genügend Zeit habe, ihn mit Phillip zu vergleichen. Rein analytisch, versteht sich.

Phillip und er sind fast gleich groß. Beide sind sportlich und schlank. Und doch fühlt es sich total anders an, mit Finn zu tanzen. Vielleicht, weil ich mich nicht richtig konzentrieren kann und ihm permanent auf die Füße trete. Außerdem weiß ich nicht so recht, wo ich meine Hände lassen soll. Wenn ich mit Phillip tanze, verschränke ich sie immer in seinem Nacken und kraule ihn ein bisschen, aber das erscheint mir dann doch zu intim. Lieber parke ich meine Hände links und rechts auf Finns Schultern. Meine Wange bette ich nach kurzem Zögern an seine Brust. Natürlich lasse ich die Augen offen. Eine Weile lausche ich nur auf die Musik, den Text und meinen eigenen Herzschlag. Ich fühle mich ruhiger werden.

„Die Einladung ins Kino steht übrigens noch“, murmelt Mister Walnuss von oben in meine Haare. „Hast du’s dir inzwischen überlegt?“

„Ähm … nein. Ehrlich gesagt nicht“, antworte ich und hebe meinen Kopf. Warum soll ich lügen? „Ich arbeite ziemlich viel, weißt du, und abends bin ich einfach zu müde und überhaupt … Ich hab einen Freund.“

Das wäre geklärt.

Finn lässt sich nichts anmerken.

Wir tanzen weiter, bis der Song zu Ende ist.

„Macht doch nichts“, sagt er. „Ich meine, dass du einen Freund hast. Mark hat mir erzählt, dass er gerade in den USA ist.“

Was? Wie bitte? Mark und er haben über mich gesprochen? Wann? Wo? Und vor allem: warum?

Ich mustere ihn mit hochgezogenen Augenbrauen.

Er guckt ganz harmlos zurück.

„Ich kenne hier niemanden. Mark pennt die meiste Zeit oder hängt mit Paul vor der Playstation rum. Ich dachte, wenn du Lust hast, können wir vielleicht mal was zusammen unternehmen.“

„Hm“, mache ich.

Bildet er sich vielleicht ein, ich bin einsam, weil Phillip gerade nicht da ist? Denkt er, ich brauche Trost und männlichen Beistand? Hey, ich komme wunderbar alleine klar!

„Oder hätte dein Freund was dagegen?“

„Phillip?“ Ich pruste. Hey, ich bin ein emanzipiertes Mädchen! Ich kann tun und lassen, was ich will! *Girls just want to have fun* und so.

„Also, dann?“ Er lächelt. Es ist ein Nordseeaugenlächeln.

Eine Sekunde schwanke ich noch. Dann nicke ich.

„Okay“, höre ich mich sagen. „Wir können nächste Woche ja vielleicht mal ins Kino gehen.“

„Gibst du mir deine Handynummer?“

Träum weiter, Mister Walnuss!

„Die hab ich gerade nicht im Kopf“, flunkere ich, ohne rot zu werden. „Am besten kommst du Montag zum Pavillon. Um sechs hab ich Schluss.“

„Ich weiß“, sagt er. „Bis dann.“

Er nickt mir zu, lächelt sein bezauberndes Ryan-Gosling-Lächeln und trabt anschließend von dannen.

Weil ich nicht so recht weiß, was ich jetzt tun soll, räume ich die Erdnussschale leer und schütte mir so viele Nüsse auf einmal in den Mund, wie reinpassen. Bestimmt seh ich wie ein dämliches Backenhörnchen aus. Auf jeden Fall fühle ich mich so. Aber das ist mir ganz egal. Erdnüsse sind gut für die Nerven. Weiß doch jeder.

Auf kürzestem Weg sprinte ich quer über den Rasen und verstecke mich wieder in Krischans Nähe. Ich unterdrücke ein Aufstöhnen.

„Hast du Hunger?“ Krischan deutet auf meine vollen Backentaschen.

Ich nicke schwach und folge ihm in Richtung Grill, wo ein paar verkohlte Vorspeisewürstchen darauf warten, verputzt zu werden.

Zehn Sekunden vor Mitternacht verstummt die Musik. Wir nehmen unsere Sekt- und Saftgläser, stellen uns im Halbkreis auf und zählen den Countdown runter.

Mark steht vor uns in der Mitte und kratzt sich verlegen am Hinterkopf.

…fünf, vier, drei, zwei, eins – HAPPY BIRTHDAY TO YOU!

Alle jubeln und wollen gratulieren. Jemand lässt eine Silvesterrakete in den Nachthimmel steigen. Ich glaube, es war Paul. Auf dem Rasen herrscht ein einziges Geschiebe und Gedränge. Als ich mich endlich durchgekämpft habe, gebe ich Mark ein Küsschen und stoße mit ihm an. Er reibt sich die Wange und grinst.

Plötzlich sind auch ein paar Erwachsene da. Dann wird das große Büfett eröffnet. Suppen, Salate, Käse, Frikadellen, Gemüsespieße, knuspriges Brot, Berge von Früchten und drei verschiedene Puddingsorten. Ich schlage ordentlich zu.

An Finn und unsere Verabredung verschwende ich keinen Gedanken mehr. Warum auch? Aus den Augen, aus dem Sinn. Soll heißen: Solange ich ihn nicht sehe, kann ich mir ganz gut einreden, keine falschen Hoffnungen in ihm geweckt zu haben.

Ich setze mich auf einen klapprigen Gartenstuhl, den Pappteller auf den Knien, und mümmele zufrieden vor mich hin. Krischan hockt sich neben mich. Mein Ritter mit den breiten Schultern und dem großen Schatten.

Ich grinse ihn an. Er grinst müde zurück. *Sehr* müde. Er tut mir leid. Besonders, als ich daran denken muss, dass Lena ihn heute Nacht noch verführen will. Obwohl – wie stellt sie sich das eigentlich praktisch vor? Weder hat sie eine Erntekrone vorbereitet noch eine sturmfreie Bude. Schließlich will ich bei ihr übernachten, und das mache ich ganz bestimmt nicht, wenn sie vorhat, ihre Unschuld zu verlieren. Oder will sie das auf Krischans Bauernhof erledigen? Auf dem Heuboden vielleicht?

Der Drops ist gelutscht, kaum, dass Lena sich zu uns setzt. Sie gibt Krischan ein Küsschen und flüstert ihm etwas ins Ohr. Er schüttelt den Kopf und sagt: „Ich muss gleich los. Ich brauch noch ein bisschen Schlaf. Um vier muss ich auf dem Feld sein."

„Um vier Uhr morgens?", rutscht es mir heraus. „Das ist ja schon bald!"

„Jepp", sagt Krischan. Er beißt in eine Frikadelle und schläft beim Kauen fast ein. Lena streichelt seinen Nacken. Sehr liebevoll, wie ich finde. Bestimmt würde nicht jedes Mädchen so gelassen reagieren, wenn es erfährt, dass es mit der Liebe schon wieder nicht klappt. Sie wirft mir über Krischans gesenkten Kopf einen Blick zu und zuckt resigniert mit den Achseln.

Wenig später brechen wir auf. Krischan will uns mit dem Auto nach Hause bringen.

Anna und Lukas sind schon weg, erfahren wir von Paul. Und zwar, nachdem sie sich ziemlich heftig gestritten haben. Dina ist auch schon gegangen. Auf der Tanzfläche ist wieder Pogo angesagt.

Wir verabschieden uns von Paul, bedanken uns bei Mark und wünschen den beiden noch viel Spaß. Sie schwanken ein bisschen, sind aber gut drauf.

Irgendjemand hat den Song aufgelegt, der schon lief, als wir gestern Abend gekommen sind. Als ich über die Schulter schaue, um Mark und Paul noch einmal zuzuwinken, steht Mister Walnuss zwischen ihnen und winkt fröhlich zurück. Ich drehe mich schnell wieder um und stolpere hinter Lena und Krischan her.

Trouble Troublemaker, singt Olly Murs.

Was will er mir damit sagen? Dass Finn aus Freiburg ein Unruhestifter ist? Einer, der alles durcheinanderbringt? Vor allem mich?

Hey, danke, Olly! Das hab ich selbst schon gemerkt!

KAPITEL 13

Frauengespräche und lila Wolken

Die Fahrt zu Lenas beziehungsweise zur Wohnung ihrer Mütter verläuft schweigsam. Der Einzige, der spricht, ist der Mann im Autoradio, und selbst der klingt um diese Uhrzeit nicht mehr ganz frisch.

Krischan kämpft hinter dem Lenkrad mit seiner Müdigkeit. Lena sitzt neben ihm und kuschelt sich an ihn, soweit es die Mittelkonsole zulässt.

Ich habe mich auf der Rückbank zusammengekauert, starre aus dem Fenster in die Nacht und hänge meinen eigenen Gedanken nach, wobei ich mich bemühe, sie davon abzuhalten, sich in eine ganz bestimmte Richtung zu bewegen. Es klappt ganz gut. Nur, dass ich immer noch Finns Hände vom Engtanzen an meiner Taille spüre und sein Lächeln vor mir sehe, macht mich ein bisschen nervös.

Vor dem Haus, in dem Lena wohnt, setzt Krischan uns ab. Lena reicht mir die Wohnungsschlüssel und sagt, dass ich ruhig schon mal vorgehen kann.

„Du musst nicht leise sein", meint sie. „Sünje und Hannah sind nicht da."

Bevor wir zu der Party aufgebrochen sind, hat sie mir erzählt, dass ihre Mütter auf einem Kleinkunstfestival sind und dass sie keine Ahnung hat, wann die beiden zurückkommen.

Manchmal beneide ich Lena um ihre Unabhängigkeit. Immerhin ist sie erst sechzehn, nicht viel älter als ich. Trotzdem sind unsere Leben so unterschiedlich wie nur was.

Als ich die leere, dunkle Wohnung betrete, beschleicht mich allerdings ein merkwürdiges Gefühl. Ich stelle mir vor, ich wäre Lena, die mutterseelenallein von einer Party kommt, und niemand ist zu Hause. Es fühlt sich komisch an. Aber vielleicht liegt es auch nur daran, dass ich es nicht gewohnt bin. Wenn ich ausnahmsweise mal später nach Hause komme, muss ich höllisch aufpassen, dass ich nicht über den Bademantel meiner Mutter stolpere, in dem sie mich an der Haustür in Empfang nimmt. Dass sie mir vor dem Schlafengehen keine heiße Milch mit Honig mehr einflößt, rechne ich ihr hoch an.

Ich atme auf, als Lena kurz nach mir die Treppe hochpoltert und in den Flur stürmt.

„Alles in Ordnung?“, frage ich.

Sie streift ihre Sandalen ab, kickt sie in eine Ecke und nickt.

„Armer Krischan“, sage ich, während ich ihr in die Küche folge. „Viel Schlaf kriegt er ja nicht gerade, bevor sein Wecker klingelt.“

Lena reißt eine Schranktür auf, nimmt eine Blechdose heraus, knallt die Tür wieder zu, greift nach einem Teekessel, füllt ihn mit Wasser und stellt ihn auf den Herd. Es ist ein einziges Herumwirbeln.

Ich setze mich an den Küchentisch.

„Was machst du da?“, erkundige ich mich vorsichtig.

Endlich bleibt Lena stehen. Sie starrt mich an, als hätte sie mich ganz vergessen. „Was? Ach so … ich hab irgendwie Bock auf Tee. Du auch?“

„Klar. Warum nicht.“ Inzwischen bin ich mir ziemlich sicher, dass sie meine Anwesenheit tatsächlich vergessen hat. Vielleicht ist es ja normal, dass sie so herumwirbelt, wenn sie mitten in der Nacht nach Hause kommt. Gut möglich. Vielleicht will sie damit irgendetwas verdrängen? Dass die Wohnung so leer ist. Oder dass Krischan ihr schon wieder einen Korb gegeben hat. Was weiß ich. Vermutlich würde sie es gar nicht merken, wenn ich aufstehen und mich heimlich, still und leise verdrücken würde.

Ich gähne laut, um mich wieder in Erinnerung zu bringen.

Lena setzt sich zu mir und seufzt.

Die Einrichtung der Küche ist bunt zusammengewürfelt, wie der Rest der Wohnung. Die meisten Möbel stammen von Flohmärkten oder sind selbst getischlert. Kein Stück passt zum anderen. Es sieht herrlich schräg aus und ist total gemütlich. Irgendwo tickt eine Uhr. Vor dem Küchenfenster wird es tatsächlich schon langsam hell.

Lena reißt eine Packung Butterkekse auf und schiebt sie mir hin. Ich greife zu, obwohl ich keinen Hunger habe. Ich liebe Butterkekse.

„Kann es sein, dass die Liebe und der ganze Kram, der damit zusammenhängt, total überbewertet werden?“, fragt Lena mich. Sie stützt ihr Kinn auf, knabbert an einem Keks und seufzt noch einmal.

„Was meinst du damit?“, frage ich zurück.

Sie springt wieder auf. Das Teewasser kocht.

„Ich glaube, all diese hormongesteuerten Gefühle sind nur dazu da, um uns komplett zu verarschen und zu sabbernden Idiotinnen zu machen“, erwidert sie. Sie schaufelt etwas aus der Dose in eine bauchige Kanne und gießt heißes Wasser darüber. „Findest du nicht?“

„Na ja, also ...“, setze ich an. Sie unterbricht mich.

„Das ist Ingwertee mit Orangenschalen und Kamille“, erklärt sie mir, obwohl ich nicht danach gefragt habe. „Er entspannt und hilft Frauen, ihre kreative Persönlichkeit zu leben. Vollkommene Entspannung für Körper und Geist ist nämlich das A und O.“

„Ganz bestimmt“, bestätige ich grinsend. „Vielleicht solltest du Krischan trotzdem lieber eine andere Mischung anbieten, wenn er das nächste Mal kommt. Ich finde, er ist schon entspannt genug. Gibt’s denn keinen Männertee? Irgendwas richtig Aufmunterndes?“

Lena fängt an zu lachen. „Doch, klar. Das Lehrsystem des Ayurveda hat für alles eine Lösung parat, sogar für müde Männer. Ein Zaubertrank aus Zimt, Süßholz, Kurkuma, Bockshornklee und noch ein paar anderen geheimen Zusätzen soll wahre Wunder bewirken, hab ich gehört.“

„Dann fang am besten schon mal an, Kräuter zu sammeln, du Hexe!“

„Mach ich“, verspricht Lena. „Spätestens beim nächsten Vollmond.“

Als der Tee fertig ist, nehmen wir unsere Becher und die Kekse mit in ihr Zimmer und kuscheln uns kichernd in die weichen Kissen. Wie das übrige Mobiliar stammt auch Lenas Bett vom

Flohmarkt. Es ist ein ausladendes, violett lackiertes Himmelbett, von dem ich mir gut vorstellen könnte, dass es vor Hunderten von Jahren vielleicht mal einer echten Prinzessin gehört hat. Prinzessin und Lena passt zwar nicht wirklich zusammen, aber das Bett steht ihr trotzdem. Vor allem ist es groß genug für uns zwei und herrlich bequem.

Ich sinke tiefer in die Kissen, nippe an meinem Tee und fühle mich schlagartig entspannt.

Neben mir schnurrt Lena. Oder schnarcht sie? Nein, sie ist noch wach. Wir unterhalten uns über die Party, über Jungs im Allgemeinen und Speziellen, über Treue und Untreue, Liebe und Sex und alles, was dazugehört.

„Mir kommt gerade ein schrecklicher Gedanke“, sagt Lena unvermittelt.

Ich fege ein paar Kekskrümel vom Bett, bevor sie mich piksen können. „Welcher?“

Lena stützt sich auf. „Was, wenn Krischan glaubt, er müsste mir den Vater ersetzen?“

Ich unterbreche meine Kekskrümelaktion und pruste. „Wie bitte?“

Sie macht ein todernstes Gesicht. „Vielleicht ist er deshalb so vernünftig und bedächtig und will alles langsam angehen lassen. Kann doch sein.“

„Weil er glaubt, er ist dein Vater?“ Ich starre sie an.

„Nein, Quatsch!“ Sie zieht mir ein Kissen über die Rübe.

Ich jaule auf. Es hat nicht wehgetan. Lena spricht weiter.

„Es hat garantiert etwas mit dem Altersunterschied zu tun“, behauptet sie. „Ich wette, manche Jungs entwickeln automatisch väterliche Gefühle, wenn sie eine jüngere Freundin haben. Ob sie wollen oder nicht."

„Blödsinn!", widerspreche ich. „Phillip ist auch älter als ich, und der benimmt sich ganz und gar nicht wie mein Vater. Im Gegenteil. Wäre ja auch schlimm."

„Ich hab gesagt, *manche* Jungs", entgegnet Lena. „Und ich rede von mehr als einem Jahr Altersunterschied. Was weiß ich, was im Gehirn eines Jungen vor sich geht! Keine Ahnung, echt. Eigentlich will ich es auch gar nicht so genau wissen. Ist bestimmt ziemlich abartig. Aber ich könnte mir vorstellen, dass Krischan ein Problem damit hat, dass ich ohne Vater aufwachse, und sich deshalb für mich verantwortlich fühlt."

Puh. Lena, die Hobbypsychologin.

„Hm", mache ich nachdenklich. „Du meinst also, er sieht sich als Vaterfigur und nicht als dein Freund und will deshalb nicht mit dir schlafen?"

„Könnte sein", meint Lena. „Oder?"

„Komische Vorstellung", erwidere ich ehrlich. Je länger ich darüber nachdenke, desto weniger absurd kommt es mir allerdings vor. Es könnte eine Erklärung sein. „Also doch kein Keuschheitsgelübde, sondern eher Beschützerinstinkt?"

„Ich fürchte, ja", bestätigt Lena betrübt.

„Oh, Mann …", sage ich. „Du solltest dringend mit ihm reden."

„Wann denn?"

„Sobald er von seinem Trecker steigt."

Wir schweigen eine Weile. Ich bin kurz davor einzunicken, als mir ein weiterer Aspekt einfällt.

„Möglicherweise ist ihm das Ganze aber auch nicht so wichtig wie dir", sage ich. „Vielleicht habt ihr einfach unterschiedliche Ansprüche und Vorstellungen von eurer Beziehung."

„Du glaubst, er ist nicht so triebgesteuert wie ich?", fragt Lena mit hochgezogenen Augenbrauen.

Diesmal bin ich es, die das unschuldige Kuschelkissen für eine Kopfnuss missbraucht. „Du bist überhaupt nicht triebgesteuert! Du bist höchstens, ähm …" Ich suche nach den richtigen Worten.

Lena macht ein herausforderndes Gesicht.

„Na, was? Los, spuck's aus! Ich kann die Wahrheit vertragen."

„Neugierig und experimentierfreudig", sage ich grinsend.

„Experimentierfreudig!" Lena schnaubt. „Wie sich das anhört!"

„Ich finde, es hört sich gut an", sage ich.

Lena seufzt. „Krischan ist süß, aber ob er wirklich der Richtige für mich und meine experimentelle Ader ist?"

„Das weiß man vorher nie so genau", erwidere ich. „Wenn du dich nicht glücklich fühlst …"

Ich spreche nicht weiter. Eigentlich wollte ich sagen, dass Lena über ihre Beziehung nachdenken sollte, wenn sie sich darin nicht wohlfühlt. Aber das tut sie ja schon.

„Ich finde, er ist genau der Richtige für dich", sage ich schließlich. „Ihr passt echt gut zusammen. Ihr solltet vielleicht nur mal ein paar grundsätzliche Dinge klären. Aber das kriegt ihr schon hin. Er ist doch so lieb."

Lena kuschelt sich in ihr Kissen und gurrt. „Oh ja, das ist er wirklich. Unter den Jungs gibt es eine Handvoll liebe Typen und jede Menge Ärsche. Nur leider sind die Lieben manchmal ein bisschen *zu* lieb. Komisch, nicht?“

„Nö, finde ich gar nicht. Oder hättest du lieber einen Arsch als Freund? So einen wie Lukas vielleicht?“, frage ich entsetzt.

Sie schüttelt sofort den Kopf. „Nee, natürlich nicht! Aber ein bisschen weniger brav dürfte Krischan für meinen Geschmack ganz gerne sein. Ich bin froh, dass ich ein Mädchen bin. Wir sind nicht nur *good girl, bad girl*, schwarz oder weiß. Wir sind viel facettenreicher!“

„Zum Glück gibt's aber auch ganz normale Jungs“, wende ich ein und gähne laut und herzhaft. „So wie Phillip zum Beispiel. Der hat ziemlich viele Facetten und ist trotzdem lieb.“

„Phillip ist ein Sonderfall“, beendet Lena die Diskussion.

Ich schließe die Augen und widerspreche ihr nicht.

Wir bleiben wach, bis die Wolken wieder lila sind, dudelt es leise aus dem kleinen Radio, das auf Lenas Schreibtisch steht.

Wach bleiben? Ohne mich!

Ich habe keine Ahnung, wie spät (beziehungsweise früh) es ist, als Lena und ich endlich einschlafen. Draußen vor dem Fenster zwitschern die Vögel. Ob die Wolken lila, grün oder pink gepunktet sind, ist mir vollkommen egal. Ich möchte nur noch eins, und das ist schlafen.

KAPITEL 14

Gibt es einen offiziellen Freundinnen-Anruf-Tag? Falls ja, ist er heute.

Am Montagmorgen bin ich schon beim Aufwachen nervös. Wie konnte ich nur so doof sein, Finn anzubieten, mich von der Arbeit abzuholen und mit ihm ins Kino zu gehen! Vielleicht kann ich es ja noch irgendwie abbiegen. Ich hoffe es sehr. Ich hatte gestern schon ein schlechtes Gewissen, als ich mit Phillip geskypt hab und er mich gefragt hat, wie die Party bei Mark war.

„Ganz okay", hab ich geantwortet. „Wie alle Partys eben. Nichts Besonderes halt."

Ha, ha …

Zum Glück hat Phillip nicht weiter nachgebohrt. Oder hätte ich ihm etwa erzählen sollen, dass ich mit einem Jungen mit Nordseeaugen enggetanzt und heute ein Date mit dem Typen habe? Doch wohl eher nicht, oder?

Obwohl im Grunde genommen natürlich überhaupt nichts dabei ist. Weder der Engtanz noch dass Mister Walnuss mich heute abholt, haben irgendeine tiefere Bedeutung.

Das sage ich auch meinem Spiegelbild, als es mich nach dem Aufstehen kritisch mustert.

Kurz darauf sitze ich mit meiner Müslischüssel auf der Terrasse. Mein Handy meldet sich. Zuerst denke ich, es ist Phillip, aber die Uhrzeit wäre ungewöhnlich. Dann schaue ich genauer hin. Anna? Hm, merkwürdig …

„Hallo?", melde ich mich.

„Hi!" Schnief, röchel, hust.

„Bist du erkältet?"

„Nö." Schnüffel, tröööt.

„Bist du sicher?"

„Jaa!"

Oha, Anna klingt gar nicht gut. „Heulst du?"

„Nein." Pause. „Doch."

Oh Mann, wieso ruft sie mich an, wenn sie nicht mit mir spricht und ich ihr jedes Wort einzeln aus der Nase ziehen muss?

„Was ist denn passiert?", frage ich vorsichtig.

„Lukas", schnieft sie.

Ich schiebe mir einen Berg Müsli zwischen die Kiemen und kaue hektisch. Bitte nicht schon wieder ein Lukas-Drama, flehe ich stumm. Bitte nicht! Ich hab in meinem Leben schon genug eigene Dramen. Ich brauch nicht noch welche von anderen.

„Ich hab mit ihm Schluss gemacht!"

Das *Schon wieder?*, das mir auf der Zunge liegt, schlucke ich zusammen mit dem Müsli herunter. Wenn ich mich richtig erinnere, haben die beiden kurz vor Phillips Abreise zum letzten Mal miteinander Schluss gemacht. Es ist also noch gar nicht so lange her.

Ich seufze so laut, dass Anna es hören muss.

„Warum das denn?", frage ich so sanft wie möglich, während ich mir überlege, was ich heute Nachmittag anziehen soll. Das klingt vielleicht herzlos und gemein, ist es aber nicht. Wenn Anna erst einmal anfängt zu erzählen, hört sie so schnell nicht wieder auf. Und das meiste davon kenne ich schon, weil ich dabei war. Es ist also nicht schlimm, wenn meine Gedanken zwischendurch ein bisschen abschweifen.

„Du hast doch gesehen, wie er bei Mark mit Fabienne getanzt hat."

„Ähm, jaa ...", sage ich gedehnt.

„Und du weißt auch, dass sie in dem gleichen Fitnessstudio trainiert wie Luki."

„Ja, klar. Aber was –", setze ich an.

Anna würgt mich ab und erzählt mir – von heftigen Schluchzern immer wieder unterbrochen –, dass sie herausgefunden hat, dass Lukas und Fabienne nicht nur in ein und demselben Studio in der Stadt trainieren, sondern das auch noch zur selben Uhrzeit. Und zwar nicht nur hin und wieder, was möglicherweise noch tolerierbar wäre, sondern mindestens an drei Tagen pro Woche.

„Immer zur gleichen Zeit, als ob sie sich verabreden würden! Manchmal sogar an den Wochenenden!", schnaubt Anna.

Ich kann ihr das Schnauben nicht verdenken. Obwohl –

„Wie hast du das herausgefunden?", frage ich.

„Ich hab ihn beobachtet", zischt sie. „Den Verdacht hatte ich ja schon länger, dass da noch was läuft zwischen den beiden und dass die blöde Kuh sich nur wegen ihm in diesem Studio angemeldet hat, um sich wieder an ihn ranzuschmeißen."

„Macht die denn Bodybuilding?" Ich wundere mich. Auf Lukas' Party hat Fabienne eher nach GNTM als nach Arnold Schwarzenegger ausgesehen.

„Nee, Quatsch“, antwortet Anna. „Die macht Zumba, Tai-Bo, Stretching und solche Sachen. Aber komischerweise immer genau dann, wenn Lukas auch gerade trainiert. So ein Zufall, was? Haha!“

Das „Haha!“ stößt sie so heftig hervor, dass ich unwillkürlich zusammenzucke.

„Ach, weißt du“, versuche ich sie zu besänftigen, „es gibt wirklich die blödesten Zufälle im Leben. Solange du sie nicht bei irgendwas erwischst“ – *beim gemeinsamen Duschen beispielsweise*, denke ich, behalte es aber lieber für mich –, „beweist das gar nichts. Hast du Luki denn schon gefragt?“

„Ob er was mit dieser magersüchtigen Tussi hat?“ Annas Stimme klingt schrill, aber wenigstens hat sie aufgehört zu weinen. „Natürlich! Tausend Millionen Mal!“

„Und was hat er gesagt?“

„Er hat's abgestritten. Was denkst du denn?“

Ich kratze den letzten Rest meines Müslis zusammen und versenke ihn in meinem Mund.

„Dann ist bestimmt nichts dran an der Sache. Du und Luki, ihr gehört doch zusammen wie … wie …“, fieberhaft suche ich nach dem berühmtesten, romantischsten, verliebtesten Liebespaar der Geschichte, das als Beispiel herhalten könnte, aber dummerweise fallen mir nur Paare ein, die versucht haben, sich gegenseitig die Köpfe einzuschlagen.

„Wie wer?“, fragt Anna misstrauisch.

„Barbie und Ken?“, wage ich einen Versuch. „Susi und Strolch?“

Anna prustet.

Gut. Dann ist sie auf dem Weg der Besserung.

„Am besten vertragt ihr euch wieder“, schlage ich vor. „Du hast doch Vertrauen zu ihm, oder? Glaubst du wirklich, er würde dich mit seiner Ex betrügen?“

„Nein, eigentlich nicht“, gibt Anna zu. „Und Vertrauen hab ich auch. Ich fühl mich nur manchmal so unsicher. Kennst du das nicht auch?“

„Was?“

„Dass du denkst, dass alle anderen Mädchen viel hübscher und reizvoller sind als du selbst und warum der Typ, den du liebst, sich ausgerechnet für dich interessieren sollte, wo es doch so viele andere, viel begehrenswertere, hübschere und tollere Mädchen gibt.“

„Doch, klar“, sage ich. „Ich glaub, das hat jede von uns ab und zu. Das ist doch total normal. Außerdem bist du begehrenswert, hübsch und toll“, füge ich hinzu.

„Findest du echt?“, fragt Anna piepsig.

„Ja!“, sage ich mit Nachdruck.

„Danke. Dann ruf ich jetzt mal Luki an.“

Ich nicke. „Mach das! Wann habt ihr denn eigentlich Schluss gemacht?“

„Na, vorhin. Kurz bevor ich dich angerufen hab.“

Ah ja …

Als Anna mich fragt, was ich heute noch vorhabe, zögere ich. Aber dann rücke ich mit meinem Finn-Date heraus. Schließlich ist Anna meine allerbeste älteste Freundin. Wir erzählen uns alles.

„WAS?“, schreit sie. „Und das erfahre ich jetzt erst? Wahnsinn! Wo geht ihr hin? Was ziehst du an?“

„Keine Ahnung, weiß ich noch nicht. Ich hab eigentlich gar nicht vor, besonders gut auszusehen. Normal muss reichen. Sonst macht er sich noch falsche Hoffnungen.“

„Oh, Mann! Das ist echt der Hammer!“, quietscht Anna.

Ihr Liebeskummer scheint verflogen zu sein. Schön, dass ich sie trösten konnte. Auch wenn das jetzt auf meine Kosten geht.

„Vielleicht sag ich ihm noch ab“, überlege ich laut. „Mist, ich hab seine Handynummer gar nicht. Dann sag ich ihm nachher einfach, dass mir was dazwischengekommen ist.“

„Quatsch, das machst du nicht!“, sagt Anna streng.

„Nicht?“

„Nein!“

„Und wieso nicht?“

„Weil ich unbedingt wissen will, was passiert!“

„Ach so, okay“, sage ich. „Das ist natürlich ein Argument.“

„Halte mich unbedingt auf dem Laufenden“, bittet sie mich, als wir uns verabschieden.

Ich verspreche es ihr.

Kaum habe ich aufgelegt, düdelt mein Handy schon wieder los. Diesmal ist es Lena.

„Kleinen Moment“, sage ich und klemme mir den Apparat zwischen Schulter und Ohr. Ich trage meine Müslischüssel in die Küche und werfe einen Blick auf den Kalender. Ist heute vielleicht offizieller Freundinnen-Anruf-Tag? Nö, im Kalender steht nichts.

„So, jetzt bin ich da“, sage ich, nachdem ich die Müslischüssel in die Spülmaschine bugsiert und den Löffel ins Besteckfach geworfen habe.

„Hi, Sweetie-Pie!“, flötet Lena gut gelaunt. „Was geht?“

Im Gegensatz zu Anna scheint sie keinen Liebeskummer zu haben. Ich atme auf.

Natürlich weiß sie über meine Verabredung mit Finn Bescheid. Schließlich war sie auf Marks Party live dabei. Wir haben das Thema neben allem anderen in ihrem violetten Flohmarkt-Himmel-Prinzessinnenbett ausführlich erörtert.

Genau wie vorher Anna will Lena wissen, was ich anziehe.

Als ob sich alles nur um Klamotten dreht!

„Ich dachte, ich stülpe mir zur Feier des Tages eine kackbraune Papiertüte über den Kopf und ziehe dazu die Gummistiefel meines Vaters an“, antworte ich trocken.

„Pruhust!“, macht Lena. „Zuzutrauen wär's dir! Aber im Ernst: Hast du schon einen Plan?“

„Nö. Ich wollte mir gerade einen zurechtlegen, aber dann klingelte plötzlich mein Handy.“ Ich seufze. Lena auch.

„Ach, Süße …“, sagt sie. „Soll ich vorbeikommen und dich beraten?“

„Nein, danke. Das schaff ich schon.“ Inzwischen bin ich zu dem Schluss gekommen, dass es am besten ist, meine ganz normalen Alltagsklamotten anzuziehen. Schließlich muss ich stundenlang Eis verkaufen, bevor Mister Walnuss aufkreuzt. Meine Kleidung sollte also in erster Linie luftig, locker, leicht, bequem und mitnichten dramatisch sein. Und schon gar nicht verführerisch!

Shorts, T-Shirt, Flipflops, fertig, beschließe ich für mich.

Lena reißt mich aus meinen Überlegungen.

„Zieh doch die schicke Unterwäsche an, die du dir für Phillips Party gekauft hast!“

„Wiebittewas?“, schnappe ich. „Hey, die war sauteuer und ist total edel! Die zieh ich wirklich nur zu ganz, ganz besonderen Anlässen an!“

„Vielleicht ist heute ja ein ganz, ganz besonderer Anlass?“ Lena flötet eine kleine Melodie. „Wer weiß?“

Ich würde ihr gerne einen Vogel zeigen, aber leider sieht sie mich ja nicht.

„Bei dir piept's echt!“, sage ich ersatzweise.

„Gut möglich“, gibt sie zu. „Du, ich muss Schluss machen. Ich hab Krischan versprochen, ihm beim Strohpacken zu helfen.“

„Viel Spaß und schönen Gruß“, wünsche ich. „Ist denn bei euch so weit alles okay?“

„Wenn du wissen willst, ob ich immer noch Jungfrau bin …“, sagt Lena. „Jepp.“

„Dann ist ja gut.“ Ich muss lachen. „Tschüss!“

„Ciao!“

Ich lege mein Handy beiseite. Mau schleicht zwischen meinen Beinen hindurch. Ich streichele ihn. Über mir rumort Jakob in seinem Zimmer. Ich glaube, Felix hat bei ihm geschlafen. Es hört sich an, als würden sie Trampolin springen, obwohl Jakob gar kein Trampolin in seinem Zimmer hat.

Weil ich nichts Besseres zu tun habe, geh ich nach oben und wasche mir die Haare. Anschließend lege ich eine Kamillenkurpackung auf und setze mich in den Garten, um sie einwirken zu lassen und dabei ein bisschen zu lesen. Aber irgendwie kann ich mich nicht konzentrieren.

Zuerst denke ich an Phillip, dann denke ich an Finn. Zwischendurch denke ich an beide.

Und dann denke ich, wie bescheuert es ist, dass ich überhaupt denke.

Warum kann man seine Gedanken nicht einfach bei Bedarf an- und ausknipsen? Manchmal ist es wirklich lästig, so ein aktives Gehirn zu haben!

Überpünktlich stehe ich um zehn vor zwölf im Pavillon hinter den Eisbehältern. Wir haben eine neue Sorte: Herzkirsche. Cremiges Kirsch-Joghurt-Eis mit vielen süßen kleinen Schokoherzen darin. Es sieht nicht nur hübsch aus, sondern schmeckt auch sehr lecker. Die Chefin hat mich probieren lassen. Sie testet öfter mal neue Geschmacksrichtungen. Herzkirsche könnte ein echter Renner werden, meint sie.

Ich stimme ihr zu. Vielleicht kann ich die Stracciatellas nachher zu einer kleinen Kostprobe überreden. Es muss doch langweilig sein, sein Leben lang immer dieselbe Sorte zu essen. Die Stracciatellas sind garantiert schon über achtzig. Wenn ich mir die Mühe machen und ausrechnen würde, wie viele Portionen Stracciatella-Eis die schon zusammen verputzt haben, kämen bestimmt ein paar Tausend Liter zusammen.

Durch meine Ohrstöpsel dringt kalifornische Gute-Laune-Musik direkt in mein Gehirn.

Ich summe leise mit, während ich ab und zu ein Eis über den Tresen schiebe und ansonsten träge in die Sonne blinzele. Ich finde es unglaublich, wie lange das Sommerwetter nun schon anhält. Meine Eltern behaupten, früher waren die Sommer immer so schön. Wochenlang nur flirrende Hitze, Sonnenschein, blauer Himmel und geschmolzener Asphalt weit und breit. Von morgens bis abends sind sie damals barfuß gelaufen und haben sich angeblich nur von Eis und Pfirsichen ernährt.

Ob das wirklich stimmt? Möglicherweise sind es nur verklärte Kindheitserinnerungen. Aus meiner eigenen Kindheit kann ich mich jedenfalls noch sehr gut an ein paar Sommerferien erinnern, in denen es wochenlang wie aus Eimern geschüttet hat und Temperaturen wie im Herbst herrschten. Egal. Schließlich bin ich nicht hier, um über den Klimawandel zu sinnieren, sondern um den Umsatz der Eis-Industrie anzukurbeln und mich nebenbei auf mein Date einzustimmen, das mit jedem Ticken der Uhr, die über der Kühltruhe hängt, unweigerlich ein Stück näher rückt.

Die Klamottenfrage habe ich geklärt, indem ich mich für eine abgeschnittene Jeans und mein gestreiftes Lieblings-T-Shirt entschieden habe. Bloß kein Trara um mein Outfit, nur weil ich mit Mister Walnuss verabredet bin! Warum auch? Soll ich mich etwa für ihn verkleiden und in Schale werfen? Kommt ja gar nicht in die Tüte! Wer mich nicht so mag, wie ich bin, hat Pech gehabt. Punkt. Und ob der mich mag oder nicht, ist mir so was von egal!

Ich werfe einen flüchtigen Blick in den Spiegel über der Spüle und bin zufrieden. Meine Haut ist leicht gebräunt. Meine Haare sind zu einem Knoten zusammengetüdelt. Ein bisschen Wimperntusche und Lipgloss trag ich eh meistens.

Für den Feierabend hab ich eine schlichte, weiße Bluse eingesteckt. Die zieh ich nachher einfach über. Dazu die rot-weißen Flipflops. Etwas anderes trage ich im Moment sowieso kaum. Sie sind zwar schon ein bisschen eingestaubt, weil die Sandwege im Park so trocken sind, aber dafür hab ich mir vorhin noch die

Fußnägel frisch lackiert. Das Hellblau passt super zu den Streifen der Latschen. Sieht irgendwie maritim aus. Vielleicht der neue Fußmodetrend? Wer weiß.

Als die Stracciatellas auftauchen, versuche ich, ihnen unsere Neuheit schmackhaft zu machen. Sie gucken mich so entsetzt an, dass ich es sofort bereue.

Die beiden erzählen mir, dass sie sich vor über sechzig Jahren beim Eisessen kennengelernt haben. Die Eissorte, bei der es gefunkt hat, fängt mit *Straccia* an und hört mit *tella* auf. Süß, oder?

Während sich die beiden über ihre gewohnten Eisbecher beugen, denke ich an Anna und Lukas. Ich frage mich echt, wie die es hinkriegen, sich immer so schnell zu trennen und wieder zu versöhnen. Mir würde so ein ständiges Off und On ziemlich auf den Keks gehen. In Beziehungsdingen bin ich eher der beständige Typ. Phillip zum Glück auch. Wenn das mit uns so weitergeht, sitzen wir auch in sechzig Jahren zusammen unter einem Sonnenschirm und mümmeln total zufrieden vor uns hin.

Ich lächele ganz in Gedanken versunken, da meldet sich mein Handy. Es ist Phillip. Hat er etwa gespürt, dass ich an ihn gedacht hab? Mein Herz macht einen kleinen Freudensprung.

Ich ziehe die Ohrstöpsel aus meinen Lauschern und melde mich.

„Hi!"

„Hi, Süße! Wie geht's dir? Was machst du?"

Wenn ich mich nicht täusche, ist es bei ihm noch ziemlich früh am Morgen. „Hier ist es fünf Uhr nachmittags. Ich arbeite und gucke alten Leutchen beim Eisessen zu. Und du?"

Er lacht leise. Ich liebe dieses Lachen!

„Ich liege noch im Bett“, gibt er zu. „Die Sonne scheint, und ich musste gerade an dich denken. Ich wünschte, du wärst hier, bei mir.“

Mit Phillip in einem Bett liegen und ein bisschen kuscheln? Oh ja, das wünschte ich mir auch!

Er erzählt mir, dass es heute mit seinen Sommerkursen weitergeht und dass er sich für amerikanische Literatur, Geschichte und Raumfahrttechnik eingeschrieben hat. „Nachmittags fahren Jeff und ich an den Strand. Ein bisschen surfen.“

Surfen? Vor meinem geistigen Auge tauchen sofort kalifornische Bikinischönheiten unter Palmen auf.

Blitzschnell ersetze ich sie durch muskulöse kalifornische Beachboys. Ja, so ist es besser.

Wir reden ein bisschen hin und her. Ich erzähle ihm von Anna und Lukas. Wir lachen gleichzeitig.

„Die werden sich nie ändern“, meint Phillip.

Ich gebe ihm Recht.

Komischerweise fragt er noch einmal nach Marks Party.

„Mark hat Besuch, hab ich gehört?“

„Ähm, ja. Ich glaub, sein Cousin ist über die Ferien da“, sage ich stirnrunzelnd.

„Ach so“, sagt Phillip. „Na dann …“

Es hört sich ein bisschen merkwürdig an. Fast wie eine Frage. Weil ich nicht weiß, was ich darauf erwidern soll, schweige ich.

„Lass uns lieber aufhören. Unsere Handyrechnungen explodieren sonst“, sagt Phillip schließlich. „Was machst du heute noch?“

„Nichts“, lüge ich und bereue es sofort. Aber soll ich ihm vielleicht erzählen, dass ich in weniger als einer Stunde mit Finn verabredet bin?

„Du, ich muss Schluss machen“, sage ich schnell. „Ich hab Kundschaft.“

Es ist nicht gelogen. Vom Spielplatz nähern sich tatsächlich drei Knirpse mit Eishunger.

Phillip und ich verabschieden uns voneinander.

Als ich auflege und das Handy in die Potasche meiner Shorts stopfe, hab ich ein komisches Gefühl im Bauch. Keine Ahnung, warum.

KAPITEL 15

Herzklopfen

Um halb sechs befinde ich mich kurz vor einer Panikattacke.

Am liebsten würde ich mir die Schürze vom Leib reißen, sie in eine Ecke pfeffern, mich über den Tresen schwingen und auf Nimmerwiedersehen im Park verschwinden. Ich könnte natürlich auch Bescheid sagen, dass es mir nicht gut geht und dass ich früher nach Hause muss. Frau Krüger hätte bestimmt Verständnis. Aber eine Unwahrheit reicht für heute, denke ich. Schlimm genug, dass ich meinen eigenen Freund angelogen hab.

Wie konnte ich nur so doof sein! Wie konnte ich mich von diesem Typen nur so überrumpeln lassen!

Vor lauter Ärger über mich selbst raufe ich mir die Haare und suche gleichzeitig fieberhaft nach einer Lösung.

Wie komme ich aus dieser Nummer wieder heraus?

Die einzige Möglichkeit, die mir einfällt, ist, Finn sofort klarzumachen, dass aus unserem Date nichts wird, sobald er hier auftaucht.

Sorry, Mister Walnuss, werde ich sagen. Ich hab einen Freund, den ich wie verrückt liebe. Ich hintergehe ihn nicht. Ich fange nichts mit anderen Jungs an. Ich gehe nicht mit ihnen spazieren, nicht ins Kino, nicht sonst wohin. Never ever. Nie-nie-niemals!

Ja, so mach ich das. Genau so. Es geht gar nicht anders.

Ich wüsste sowieso nicht, worüber ich mit Finn sprechen soll. Worüber unterhält man sich mit einem Jungen, den man überhaupt nicht kennt? Übers Wetter? Über die Schule?

Der einzige positive Aspekt ist, dass er ins Kino will. Der Vorteil eines Kinobesuchs ist, dass man da nicht viel miteinander reden muss. Man hockt einfach nebeneinander in der Dunkelheit, greift ab und zu in einen Popcorneimer und starrt ansonsten stumm geradeaus. Hinterher labert man noch ein bisschen über den Film, wie er einem gefallen hat, und dann geht man nach Hause. Und zwar jeder für sich.

Seufzend schnappe ich mir einen Putzlappen und wische den Tresen ab. Als ich wieder aufschaue, ist er da.

Mister Walnuss.

Der Nordseeaugenblick.

Finn aus Freiburg.

„Hallo“, sagt er lächelnd. „Ihr habt ja ’ne neue Sorte!“

„Herzkirsche.“ Ich nicke automatisch. „Kirsch-Joghurt mit Schokoherzen. Willst du mal probieren?“

Ich beiße mir auf die Zunge. Ich kann ihn doch nicht zuerst so freundlich bedienen und in der nächsten Sekunde eiskalt abblitzen lassen, oder? Eiskalt – haha. Passt wie die Faust ins Gefrierfach.

Er merkt offenbar nichts von meinem desolaten Gemütszustand. Ich wusste gar nicht, dass ich so eine gute Schauspielerin bin.

„Aber nur eine Kugel“, sagt er. „Ich steh nicht so auf Kirschjoghurt.“

Ach was … Dass er mehr der Vollmilch-Nuss-Eis-Typ ist, hab ich mir schon fast gedacht.

Ich schöpfe eine kleine Herzkirschkugel in meinen Löffel und versuche dabei möglichst keine Schokoherzchen mit auf die Kelle zu kriegen. Nicht, dass er die kleinen Dinger fehlinterpretiert und für eine Ermunterung in Sachen Liebe hält! Ein paar landen leider trotzdem in der Waffel. Mist.

Als ich ihm das Eis reiche, lächelt er.

„Geht aufs Haus“, sage ich. „Ist eine Probieraktion.“

Aus seinem Lächeln wird ein zufriedenes Grinsen.

Da ich sowieso gleich Feierabend habe, fange ich schon mal an aufzuräumen. Er bleibt am Tresen stehen, schleckt sein Eis und lässt mich nicht aus den Augen.

Ich versuche, die Tatsache zu ignorieren – beziehungsweise seinen Blicken auszuweichen –, aber der Verkaufsraum ist klein und übersichtlich. Ich müsste mich schon hinter der Kühltruhe oder im Lager verstecken, damit mich seine Nordseeaugen nicht mehr verfolgen können.

Wie aus dem Nichts taucht Frau Krüger auf. Sie nickt Finn zu. Mich bedenkt sie mit einem verschwörerischen Augenzwinkern.

„Du kannst ruhig ein bisschen früher gehen, wenn du möchtest“, flötet sie.

„Und die Kasse?“, wende ich ein.

„Übernehme ich. Geh nur und amüsier dich!“

Amüsieren?

Wieso sagt mir in letzter Zeit eigentlich jeder, dass ich mich amüsieren soll? Seh ich etwa so unamüsiert aus?

Ein paar Minuten später finde ich mich neben Mister Walnuss auf dem Parkweg wieder und es tritt genau die Situation ein, die ich mir vorher so schön ausgemalt habe: Ich weiß nicht, worüber ich mit ihm reden soll. Aber zum Glück hat er eine Idee.

„Ich hab vorhin nachgeschaut, was im Kino läuft." Er nennt einen Filmtitel. Genauso gut könnte er mir den Namen des dritten kirgisischen Ministerpräsidenten verraten.

„Sagt mir nichts", murmele ich und schlappe neben ihm her.

Ich spüre seine Nähe ziemlich deutlich. Nicht, dass wir uns berühren oder so. Aber er ist da. Eindeutig. Ich bräuchte nur zu stolpern und würde in seinen Armen liegen. Wie in einem Liebesfilm. Ich achte penibel auf den Weg, auf kleine Steinchen und Unebenheiten, um den größten aller anzunehmenden Unfälle – Stolpern, Auffangen und so weiter – ja nicht eintreten zu lassen.

Wie kommt es eigentlich, dass er so locker ist? Gehen Jungs entspannter mit solchen Verabredungen um als Mädchen? Während ich vor Nervosität kaum weiß, wo ich meine Hände lassen soll, schiebt er sie ganz relaxt in seine Hosentaschen und pfeift zufrieden vor sich hin.

Wir einigen uns darauf, es mit dem Film zu versuchen. Leider bietet Neustadt ja nur dieses eine Zwergenkino und keine vernünftige Alternative.

„Es sei denn, du hättest Lust, mir stattdessen die Stadt zu zeigen." Er guckt mich von der Seite an.

Ich wage einen Blick zurück und lande mitten in der Nordsee. „Ähm, ich eigne mich nicht so gut als Fremdenführerin."

„Okay.“

Das Problem ist, dass es für die Abendvorstellung noch zu früh ist. Irgendwie müssen wir die Zeit überbrücken. Fragt sich nur, wie. Natürlich könnten wir zwanzig Runden um den Park traben. Wir könnten uns auch auf eine Bank setzen. Oder auf die Wiese. Aber der Park ist mir irgendwie heilig. Immer wenn ich hier bin, denke ich an Phillip. Wir haben hier so viel Zeit verbracht! Mich jetzt mit einem anderen Jungen unter einen Baum zu setzen, würde mir falsch vorkommen.

Unerwartet kommt mir der Zufall in Gestalt von Paul zu Hilfe. Er schlingert uns auf seinem verbeulten Rad entgegen und bremst kurz vor unseren Füßen ab. Auf dem Gepäckträger transportiert er nicht wie sonst üblich seine Sporttasche, sondern ein hübsches Mädchen mit kurzen, braunen Haaren. Ich kenne es vom Sehen. Es geht in die Achte und heißt Nicole.

Wir begrüßen uns. Paul wirft mir einen mehr als fragenden Blick zu. Auf seinem T-Shirt steht in blutroten Druckbuchstaben EAT MY SHIRT.

Danke, ich verzichte freiwillig. Textilien stehen nicht auf meinem Speiseplan.

„Finn war zufällig am Pavillon“, sage ich schnell. „Wir wollen vielleicht gleich ins Kino.“ Ich sage absichtlich ‚vielleicht‘, um jeden aufkommenden Verdacht im Keim zu ersticken.

„Cool! Da wollen wir auch gerade hin.“ Nicole klettert von dem Gepäckträger.

Ich schicke ein kurzes Dankesgebet in Richtung meiner persönlichen Schicksalsgöttin. Mit Paul und Nicole ins Kino zu gehen, bedeutet, nicht alleine mit Finn in der Dunkelheit hocken zu müssen. Es sieht nicht mehr wie ein Date aus, sondern wie etwas ganz Normales. Einfach nur ein paar Freunde, die zusammen ins Kino gehen. Vielleicht kann ich es so einrichten, dass ich neben Nicole sitze und Finn neben Paul. Alles wäre ganz harmlos, entspannt und unverfänglich.

„Klasse!", strahle ich. „Dann lasst uns doch alle zusammen gehen!"

Finn und Paul wechseln einen Blick. Sie sehen aus wie zwei junge Hirsche, die ihr Revier abstecken und kurz darüber nachdenken, ob es wohl sehr wehtun wird, wenn sie gleich mit ihren Geweihen zusammenprallen. Sie lassen es bleiben.

Kluge Entscheidung.

„Warum nicht?", meint Finn und nickt.

Täusche ich mich, oder hat er gerade mit den Zähnen geknirscht? Seine Wangenmuskeln sehen jedenfalls ziemlich angespannt aus. Pauls auch. Aber er nickt ebenfalls.

Ich atme auf. Es ist ein ganz normaler Nachmittag. Ich gehe mit ein paar Freunden ins Kino. Es ist eindeutig *kein* Date. Am liebsten würde ich laut jubeln.

Wir schlagen irgendwie die Zeit tot, bis die Kinokasse öffnet. Kaum haben wir uns angestellt, drücke ich Nicole schnell einen Zehner in die Hand und bitte sie, für mich eine Karte mit zu kaufen. „Und eine Cola und eine kleine Tüte Popcorn", füge ich hinzu, dann verschwinde ich auf dem Damenklo, wo ich die Tür hinter mir verrammle und mein Handy aus der Tasche ziehe.

„Ich wollte nur Bescheid sagen, dass ich mit Paul und ein paar anderen ins Kino gehe", sage ich, als meine Mutter sich meldet.

„Kann mich vielleicht nachher jemand abholen? Der Film ist gegen halb zehn zu Ende."

„Hm", macht meine Mutter wenig begeistert.

Ich erinnere sie daran, dass ich abends nicht mehr alleine durch die Stadt laufen soll. Es wirkt sofort.

„Ja, ist gut", seufzt sie. „Ich bin pünktlich da."

„Klasse!", rufe ich. „Danke. Bis dann!"

Kichernd schiebe ich mein Handy zurück. Wenn Mister Walnuss darauf spekuliert, mich nach dem Kino auf die romantische Tour nach Hause zu begleiten, muss ich ihn leider enttäuschen.

Ich stelle mich vor den Spiegel, löse meinen Pferdeschwanz und bürste mir die Haare, während ich überlege, warum ich so gemein zu Finn bin. Denn ein bisschen gemein ist es ja schon, was ich hier abziehe, oder? Zuerst verabrede ich mich mit ihm, und dann mache ich ihm das Leben schwer.

Aber vielleicht will er ja gar nichts von mir, überlege ich, sondern sucht wirklich nur Anschluss und ein bisschen Ablenkung. Vielleicht hat er in Freiburg eine Freundin, die er vermisst. Vielleicht fühlt er sich manchmal genauso einsam wie ich.

Bei dem letzten Gedanken bekomme ich ein schlechtes Gewissen.

Ich bin wirklich gemein. Aber es geht nicht anders.

Finn. Macht. Mich. Nervös.

Und ja, er stellt eine Versuchung dar.

Ich fühle mich zu ihm hingezogen, ob ich will oder nicht. Gedanklich, und auch ein bisschen körperlich. Trotzdem möchte ich, dass er aus meinem Leben verschwindet. Genau deswegen.

So schnell wie möglich. Ohne Aufsehen und vor allem ohne Nebenwirkungen.

Gäbe es in meinem Leben keinen Jungen wie Phillip, den ich mit Haut und Haaren liebe, könnte ich mich vielleicht in Finn verlieben. Er ist nett, attraktiv und bestimmt ein toller Typ. Aber es gibt Phillip. Und deshalb habe ich an Finn kein Interesse. Nicht mal flirthalber. Wirklich nicht. Ich schwör's bei den Barthaaren meines Katers!

Ich nehme mir vor, ab sofort nichts mehr zu tun, was Finn in irgendeiner Weise ermuntern könnte. Außer, ihm sein Eis zu verkaufen, natürlich. Das kann ich schließlich schlecht ablehnen. Aber davon abgesehen: keine Verabredungen mehr, keine tiefen Blicke, kein gar nichts.

Ich werfe Bürste und Zopfgummi in meine Umhängetasche und fühle mich besser. Nicht viel, aber ein bisschen.

Im Kino schaffe ich es dann tatsächlich, mich blitzschnell zwischen Nicole und eine fremde Frau zu quetschen. Sorry, Finn. Er muss ganz außen neben Paul sitzen und sieht gar nicht glücklich aus. Kurz bevor das Licht ausgeht, beugt er sich vor und wirft mir einen Blick zu, der mich kurz aus der Fassung bringt. Ich stopfe mir schnell eine Handvoll Popcorn in den Mund und starre stur geradeaus, während ich versuche, mich auf die Werbung zu konzentrieren. Nur leider habe ich dabei die ganze Zeit diesen Blick vor Augen. Finns Blick. Sogar als die Musik einsetzt und der Film schließlich anfängt, spüre ich ihn noch.

Die Nordsee in Finns Augen sah so aufgewühlt aus, als wäre gerade jemand darin ertrunken.

KAPITEL 16

Regen am Morgen bringt Kummer und Sorgen.
Oder: Ein Kuss mit Folgen
Oder: Bauer in Not

Am nächsten Morgen werde ich von einem merkwürdigen Geräusch geweckt. Es klingt, als würde jemand winzige Kieselsteine gegen mein Fenster werfen.

Ich liege in meinem Bett, lausche mit gespitzten Ohren und angehaltenem Atem und begreife schließlich, dass tatsächlich jemand gegen die Scheibe klopft. Genauer gesagt, nicht jemand, sondern etwas. Regentropfen nämlich – und davon jede Menge, so wie es sich anhört.

„Hey, es regnet, Maui-Waui!", sage ich zu meinem Kater, der sich neben mir streckt und schmatzt und gähnt, alles gleichzeitig.

Ich mache es ihm nach, allerdings in umgekehrter Reihenfolge und nicht gleichzeitig. Anschließend angele ich nach meinem Handy, das auf dem Nachttisch liegt.

Als ich gestern Abend aus dem Kino zurückgekommen bin, habe ich versucht, Phillip zu erreichen, konnte ihn aber weder auf Skype noch auf seinem Handy erwischen. Vielleicht klappt es jetzt. Es ist noch früh, gerade mal halb acht. In Berkeley-Zeit ist es abends halb elf. Da kann ich wohl noch anrufen, ohne ihn aus dem Schlaf zu reißen.

Ich lasse es lange klingeln, aber er geht nicht ran. Irgendwann springt die Mailbox an. Ich sage ihm, dass ich ihn vermisse, und schicke einen Kuss hinterher. „Ruf mich an, wenn du das hier hörst, okay?“, füge ich noch hinzu.

Vielleicht ist er nur unter der Dusche oder sieht fern oder isst spät zu Abend. Was weiß ich.

Ich wühle mich aus dem Bett und tapse barfuß ans Fenster.

Dicke Tropfen prasseln gegen das Glas. Ob es heute den ganzen Tag regnet? Was dann? Ich kann mir nicht vorstellen, dass bei diesem Wetter viele Leute im Park spazieren gehen und sich ein Eis kaufen. Am besten ruf ich nachher Frau Krüger an. Vielleicht bekomme ich heute frei. Oder es heitert noch auf und pünktlich zum Arbeitsbeginn scheint die Sonne. Der Himmel sieht eigentlich nicht direkt unfreundlich aus, und warm ist es auch.

Ich mache das Fenster weit auf und halte meine Hand hinaus. Plötzlich bekomme ich große Lust, schwimmen zu gehen. Warum eigentlich nicht?

Ich laufe nach unten, um zu frühstücken. Meine Eltern wollen gerade aus dem Haus.

„Du bist schon wach?“, wundert sich mein Dad.

„Wieso nicht? Ich war gestern Abend schließlich ziemlich früh im Bett“, erwidere ich grinsend.

Stimmt. Der Abschied von Finn war kurz und schmerzlos. Kaum der Rede wert. Wir konnten uns gerade noch zuwinken, dann ist jeder seines Wegs gegangen. Kein Wunder, meine Mam hat schon auf der anderen Straßenseite gestanden und auf mich gewartet. In diesem speziellen Fall war ich ganz froh darüber.

Zu Hause bin ich gleich ins Bett gekrabbelt und hab nur noch schnell mit den Mädels gechattet, bevor ich in einen traumlosen Tiefschlaf gesunken bin.

Meine Mutter gibt mir einen Kuss. „Mach dir einen schönen Tag!“

„Ihr euch auch.“ Ich hüpfe bis zur Tür hinter ihnen her und winke.

Mau nutzt die Gelegenheit und flutscht ins Freie. Als ihm der Regen in den Nacken fällt, bleibt er wie festgefroren stehen und guckt mich entsetzt an.

Ich muss lachen. „Na, was ist? Rein oder raus?“

Er hebt ein Pfötchen, schüttelt sich geziert und entscheidet sich schließlich für den Rückzug. In der Küche fällt er über seinen Fressnapf her.

Ich nehme meine Lieblingsschüssel, kippe Cornflakes hinein, gieße Milch darüber und esse im Stehen. Mein Handy liegt griffbereit auf dem Tisch. Phillip hat immer noch nicht zurückgerufen. Merkwürdig. Ich unterdrücke den Impuls, es noch einmal zu versuchen. Er wird sich schon melden, sobald er meine Nachricht hört.

Lena, Anna und Dina hab ich gestern im Chat schon auf den neuesten Stand gebracht und ihnen von meinem Kinoabend erzählt – wobei es im Grunde genommen ja nicht wirklich viel zu erzählen gab. Ihre Reaktionen waren entsprechend verhalten. Falls sie tatsächlich geglaubt haben, ich würde ihnen eine heiße Lovestory auf dem Silbertablett präsentieren, haben sie sich gründlich geschnitten. Auf jeden Fall muss ich sie heute nicht mehr anrufen, sondern hab den ganzen Vormittag ganz für mich allein. Es ist ein schönes Gefühl, so ganz frei und ohne Verpflichtungen zu sein.

Eine halbe Stunde später radele ich durch den Sommerregen. Ich habe meine Regenjacke übergezogen, mir die Kapuze übergestülpt und fühle mich ausgesprochen wohl in meiner Haut.

An Finn denke ich nur am Rande. Bei dem schlechten Wetter kann ich mir nicht vorstellen, dass er heute in den Park kommt und sich für zwei Kugeln Walnusseis freiwillig nass regnen lässt. Schließlich sind Jungs außerordentlich sensibel und bestehen überwiegend aus Zucker. Weiß doch jeder.

Der Parkplatz am Waldsee ist menschenleer. Kein Auto weit und breit. Ich hatte es nicht anderes erwartet. Heute gehört der See mir allein!

Ich lehne mein Rad gegen einen Baum und schließe es ab. Dann lüfte ich die Kapuze, schüttele meine Haare aus und nehme das Handtuch vom Gepäckträger, das zusammen mit einem trockenen T-Shirt, meinem Portemonnaie und meinem Handy in einer Plastiktüte steckt. Meinen Bikini hab ich schon drunter.

Der Regen hat ein bisschen nachgelassen. Eigentlich sind es nur noch vereinzelte Tropfen, bei denen ich mir nicht sicher bin, ob sie vom Himmel oder von den Blättern fallen. Um mich herum zwitschern Vögel. Es riecht nach feuchter, schwerer Erde und nassem Holz.

Als ich den kurzen Weg zum Seeufer hinunterlaufe, summe ich vor mich hin. Der See breitet sich vor mir aus, als hätte er auf mich gewartet. Nur auf mich. Was für ein Luxus!

Ich schlüpfe aus meinen Klamotten, hänge sie über einen Ast und gleite ins Wasser. Es ist warm und weich. Wie Seide, so heißt es doch immer so schön. Allerdings hatte ich noch nie echte Seide an meiner Haut. Für mich fühlt es sich eher wie ein weiches Katzenfell an.

Ich lege mich auf den Rücken, schließe die Augen und lasse mich treiben. Im Schilf quakt eine Ente. Ich quake zurück. Eine Weile dümpele ich so vor mich hin, dann drehe ich mich um und fange an zu kraulen.

Armschlag.

Beinschlag.

Das Atmen nicht vergessen.

In meinen Ohren rauscht es. Ich schließe die Augen, spüre mein Herz pochen, fühle, wie das Blut durch meine Adern schießt, und vergesse die Welt um mich herum. Es ist unbeschreiblich.

Luft holen.

Kraulen.

Um mich herum nichts als Wasser.

Leises Gluckern.

Natur, Himmel, Freiheit.

Das ist Glück pur.

Ich fühle mich schwerelos. Fast, als würde ich fliegen. Meine Bewegungen sind fließend, automatisch. Ich konzentriere mich nur auf mich. Nehme nichts anderes mehr wahr.

Weil ich keine Uhr trage, weiß ich nicht, wie lange ich so schwimme.

Irgendwann bin ich außer Atem und werde langsamer. Ich bin einmal zum gegenüberliegenden Seeufer und wieder zurück geschwommen. Nach meinen Berechnungen dürfte ich dafür ungefähr eine halbe Stunde, maximal vierzig Minuten, gebraucht haben. Jedenfalls bei dem Tempo, das ich heute vorgelegt habe.

Ich schwimme ein Stück unter Wasser und komme prustend wieder an die Oberfläche. Als ich mir die Haare aus dem Gesicht streiche, sehe ich jemanden am Ufer stehen. Einen Jungen. Er trägt Jeans, Joggingschuhe und einen hellgrauen Hoodie, hat beide Hände tief in die Taschen geschoben und schaut über den See. Ganz kurz denke ich, es ist Phillip – er hat eine ähnliche Größe und Statur –, aber das ist natürlich Unsinn.

Ein Angler? Nee, Blödsinn. Ich kann weit und breit kein Angelzeug entdecken. Aber was will der Typ dann hier?

Bei dem Gedanken, vielleicht von einem Spanner beim Schwimmen beobachtet worden zu sein, läuft es mir eiskalt den Rücken herunter. Oder ist es nur das Seewasser auf meiner Haut? Keine Ahnung. Auf jeden Fall fühlt es sich plötzlich unangenehm an.

Ich atme tief ein und aus und versuche, meinen Puls zu beruhigen, der vom Schwimmen beschleunigt ist. Der Typ steht ein ganzes Stück von der Stelle entfernt, wo meine Sachen hängen. Und er schaut in eine andere Richtung. Wenn ich von hier bis zum Ufer tauche und es schaffe, lautlos aus dem Wasser zu kommen, könnte ich meine Klamotten schnappen, zu meinem Rad sprinten und mich verdrücken, ohne dass er mich bemerkt.

In Gedanken plane ich jeden einzelnen Schritt. Ich lege keinen gesteigerten Wert darauf, in dieser verlassenen Gegend die Bekanntschaft eines Kapuzenmanns zu machen. Nein, ganz und gar nicht.

Wie bin ich nur auf die bescheuerte Idee gekommen, ausgerechnet heute schwimmen zu gehen! Noch dazu an diesem einsamen See mitten im Wald, fernab jeglicher Zivilisation und zu einer Uhrzeit, zu der normale Menschen entweder schon arbeiten oder noch in den Federn liegen.

Ich schüttele den Kopf. Selbstvorwürfe bringen mich im Moment nicht weiter. Schlimm genug, dass ich sofort an einen geistesgestörten Vergewaltiger denken muss, nur weil ein Typ alleine am See steht. Vielleicht ist er ja total harmlos. Vielleicht ist er nur ein Spaziergänger, der die Enten füttern will.

„Vielleicht aber auch nicht", murmele ich und gluckere lautlos unter.

Als ich wieder auftauche, ist der Typ nicht mehr da. Ich stutze kurz. Doch dann sehe ich ihn plötzlich wieder. Er hat sich auf einen Stein gehockt und die Kapuze abgenommen. Seine Haare sind verwuschelt. Er blinzelt in die Morgensonne und lächelt.

Verdammt noch mal, ich kenne den Typen!

Finn! Was macht der denn hier?

Überraschung, Empörung und Fluchtreflex rauben mir den Atem.

Überrascht bin ich, *weil* er hier ist. Empört, *dass* er hier ist.

Und flüchten möchte ich, weil ich mir gerade erst vorgenommen habe, möglichst keinen Kontakt mehr zu ihm zu haben.

Davon abgesehen verspüre ich keinerlei Lust auf eine „Hallo, was machst du denn hier?"-Unterhaltung.

Es kann kein Zufall sein, dass er hier ist!

Ob er mir gefolgt ist? Aber wie? Er weiß doch gar nicht, wo ich wohne.

Aber Mark weiß es, raunt mir eine Stimme ins Ohr.

Mist, ja. Er musste nur Mark fragen. Oder in Marks Adressbuch blättern. Oder sich bei Marks Eltern erkundigen. Wir leben in einer Kleinstadt. Es ist nicht so schwierig, eine Adresse herauszufinden. Zur Not guckt man einfach ins Telefonbuch, wenn man den Nachnamen kennt.

Finn steht auf und streckt sich. Dann geht er ein paar Schritte und verschwindet aus meinem Blickfeld.

Ich gebe mir keine Mühe mehr, leise aus dem Wasser zu kommen. Im Gegenteil. Wütend patsche ich ans Ufer, rubbele mich mit dem Handtuch notdürftig trocken und schlüpfe in Jeans, T-Shirt und Chucks. Mein Handy schiebe ich in die Hosentasche. Dann raffe ich meine Sachen zusammen, stopfe sie geräuschvoll in die Plastiktüte und trabe den Waldweg entlang, an dessen Ende – Überraschung! – ein zweites Rad genau neben meinem parkt. Es kommt mir bekannt vor. Wenn ich mich nicht sehr täusche, gehört es Mark.

„Guten Morgen!"

Beim Klang seiner Stimme bleibe ich stehen. Ich drehe mich nicht um. Ich bin viel zu sauer. Immerhin hat der Typ mich verfolgt. Wenn er jetzt noch etwas von wegen *So ein Zufall!* faselt, ist es mit meiner Beherrschung vorbei. Dann fliegt er rückwärts über die Böschung und kann ein Morgenbad im See nehmen. Ich schwör's.

„Ich bin hinter dir hergefahren. Entschuldige, ich wollte dich nicht erschrecken. Du haust doch jetzt nicht wegen mir ab, oder?"

Ich drehe mich um und starre ihn an.

„Wie bitte? Du hast mich verfolgt? Bist du ein Stalker oder so was?"

Finn steht vor mir wie ein kleiner Junge. Oder nee, eher wie das personifizierte schlechte Gewissen. Auf jeden Fall guckt er mich ziemlich verunsichert an.

„Nein, natürlich nicht. Es war rein zufällig. Echt wahr. Ich –"

Ich schnappe nach Luft. Was bildet der Typ sich eigentlich ein!

„Zufällig, na klar! Entschuldige, dass ich lache! Ha, ha!"

Ich lache, obwohl mir nicht danach zu Mute ist.

„Warum sollte ich dich anlügen?" Er schiebt seine Augenbrauen zusammen. „Ich konnte nicht mehr schlafen und hatte Lust, ein bisschen durch den Regen zu fahren. An irgendeiner Kreuzung hab ich dich gesehen. Ich hab gerufen, aber du warst so in Gedanken, dass du nicht auf mich geachtet hast. Da bin ich einfach hinter dir her. Blöde Idee, ich weiß. Tut mir leid, wenn ich dir den Morgen versaut hab. Es kommt nicht wieder vor."

Der Waldweg ist an dieser Stelle ziemlich schmal. Finn will sich mit einem Schnauben an mir vorbeischieben und rempelt dabei versehentlich gegen meine Schulter. Es tut nicht weh. Ich bekomme auch keinen Schreck. Trotzdem zucke ich zurück, als hätte ich einen Schlag bekommen.

Er bleibt stehen und fragt ganz ruhig: „Was hast du eigentlich gegen mich?"

In seinen meerfarbenen Augen spiegelt sich der See. Ich muss schlucken, als ich es sehe. Weil ich außer dem See noch etwas anderes darin erkenne. Er sagt die Wahrheit. Und er ist verletzt.

„Ich hab überhaupt nichts gegen dich", entgegne ich leise. „Es ist nur –"

Ich breche ab. Was soll ich ihm sagen?

Dass er mich nervös macht?

Dass ich verstört bin, weil ich mich zu ihm hingezogen fühle?

Dass ich nicht will, dass ich diese Gefühle habe, und mir plötzlich selbst nicht mehr traue?

Verwirrte Gefühle, Hormonchaos, Herzstolpern, das volle Programm … Nicht mit mir, dachte ich immer. Und jetzt?

Ich spüre kaltes Wasser aus meinen Haaren auf mein T-Shirt tropfen. Bestimmt seh ich wie eine ertrunkene Seekuh aus. Ist mir egal.

Wir stehen uns gegenüber. So nah, dass einer von uns nur den ersten Schritt tun muss. Irgendwie machen wir ihn beide gleichzeitig. Es ist wie in einem von diesen bescheuerten amerikanischen Spielfilmen, in denen sich der Junge und das Mädchen zuerst nicht ausstehen können. Irgendwann gucken sie sich an und stellen urplötzlich fest, dass da etwas zwischen ihnen ist.

Und dann?

Dann küssen sie sich.

So wie Finn und ich jetzt.

Ich halte den Atem an.

Es ist wirklich nur ein kleiner, ganz schneller Kuss. Eigentlich nur eine Berührung unserer Lippen. Wie zufällig.

Aber wir wissen beide, dass es nicht zufällig passiert ist.

Meine Lippen brennen, als stünden sie in Flammen.

„Sorry", sagt Finn mit rauer Stimme. Er dreht sich um und stapft davon.

Ich bleibe mitten auf dem Weg stehen und tropfe vor mich hin.

Tropf, tropf, tropf.

Es dauert ein Weilchen, bis ich wieder zu mir komme. Als ich mich endlich aus meiner Schockstarre löse, ist Finn nicht mehr da. Sein Fahrrad ist weg, beziehungsweise Marks.

Irgendwo singt Bosse. Es hört sich total nah an. Wie kann das sein? Ach so, mein Handy …

Irgendjemand versucht mich anzurufen.

Mit zitternden Fingern fummele ich das Telefon aus meiner Hosentasche und melde mich, ohne einen Blick auf das Display zu werfen. Es ist Phillip. Endlich.

Hätte er nicht ein paar Minuten früher anrufen können? Vor dem Kuss? Dann wäre es nicht so weit gekommen, und ich wäre jetzt ein bisschen weniger aufgewühlt. Bestimmt würde ich auch normaler klingen. Mein Sprachzentrum ist ziemlich durcheinander, fürchte ich.

Ich räuspere mich, um es in den Griff zu bekommen.

„Wo bist du?", fragt er.

Der Empfang am See ist beschissen. Nur ein einziger kleiner Balken. Ich gehe hektisch auf und ab und suche nach einer besseren Stelle. Vielleicht will ich mit dem Rumgerenne aber auch nur meine Nerven beruhigen. Keine Ahnung.

„Am See", antworte ich. „Ich bin ein bisschen geschwommen. Es hat geregnet und da hatte ich plötzlich Lust und –"

Ich stoppe meinen Redefluss.

Phillip fragt mich, was los ist.

„Wieso? Was soll los sein?", frage ich zurück.

„Du hast vorhin versucht, mich anzurufen."

„Ach so … ja, klar", haspele ich, weil ich mich kaum daran erinnern kann. Es fühlt sich an, als wäre seitdem eine Ewigkeit vergangen. „Das war nur mal so zwischendurch. Du fehlst mir." Ich beiße mir schnell in den Fingerknöchel. Es tut so weh, dass ich ein Aufstöhnen nur mit Mühe unterdrücken kann.

„Ich hab gerade mit Paul gechattet", sagt Phillip. „Er …"

Mist. Der Empfang wird immer schlechter. Ich kann kaum noch was verstehen. Es rauscht wie verrückt. Oder ist es vielleicht das Rauschen meines eigenen Blutes, das ich höre?

„… von Marks Fete erzählt."

„So? Was denn?", frage ich hektisch und springe auf einen Baumstumpf. Ich stelle mich auf die Zehenspitzen. Vielleicht hilft es ja, wenn ich einen höheren Standpunkt habe.

„… du dich wohl sehr gut amüsiert."

„Amüsiert? Ich?" Da ist es wieder: Mein persönliches Unwort dieses Sommers! „Wieso amüsiert? Wie meint er das?"

Ich blicke über den See. Er ist spiegelglatt. Leichter Dunst liegt über dem Wasser. Kleine Wellen schwappen ans Ufer. Die Regenwolken haben sich verzogen. Die Morgensonne scheint warm und sanft auf meine Haut.

„Getanzt …", schnappe ich auf. „… ziemlich eng", und: „Marks Cousin …"

„Was?", rufe ich in den Hörer. „Sprich mal lauter, bitte! Ich kann dich ganz schlecht verstehen!"

„Schluss machen …", höre ich. „… vielleicht später noch mal." Dann ist die Verbindung tot.

Funkloch, denke ich. Vielleicht ist auch der Handy-Satellit abgestürzt. Oder es gibt gerade einen Sonnensturm.

Jedenfalls hab ich keine Ahnung, was Phillip mir eigentlich sagen wollte.

Ich versuche ihn zurückzurufen.

... not available at the moment, schnarrt eine Stimme, die nicht Phillips ist. *Please try again later.*

Mist.

Ich schalte mein Handy aus und lasse die Hand sinken. In meinem Kopf dreht sich alles. Ich muss mich hinsetzen und meine Gedanken sortieren. Dringend.

Ich hüpfe von dem Baumstumpf herunter, hocke mich auf den Rand und frage mich, wie es angehen kann, dass zwei Jungs mich innerhalb von weniger als zehn Minuten dermaßen aus der Fassung bringen.

Jetzt sind beide weg – *not available at the moment* –, und ich sitze hier mutterseelenallein im Wald und darf die Bruchstücke zusammensetzen. Welche Bruchstücke? Die, in die mein Herz gerade zersprungen ist. Welche sonst.

„Das darf doch echt nicht wahr sein", stöhne ich auf.

An Finns Kuss – beziehungsweise *unseren* Kuss – will ich nicht mehr denken. Zuerst muss ich mich um Phillip kümmern. Was hat er gesagt? Er hat mit Paul gechattet, und der hat ihm irgendetwas von Marks Party erzählt. Was denn wohl?

Ich hätte mich amüsiert.

Und getanzt.

Mit Marks Cousin.

Ich klatsche mir die Hand vor die Stirn. Paul hat Phillip von meinem Engtanz mit Finn erzählt! Na klar! Anders kann es gar nicht sein! Und jetzt ist Phillip sauer und eifersüchtig und macht sich Sorgen. Wahrscheinlich alles zusammen. Weil er so weit weg ist. Und ich bin hier. Und wir können beide nichts tun, um in Ruhe über alles zu reden und die Sache zu klären, weil die Handyverbindung so beschissen ist und tausend Zeitzonen zwischen uns liegen, die ein normales Gespräch unmöglich machen.

„Hilfe!“, jaule ich auf und vergrabe mein Gesicht in den Händen.

Das ist alles Finns Schuld! Oder nein, Paul ist schuld! Wie kommt der überhaupt dazu, Phillip solche Lügenmärchen aufzutischen? Von wegen, ich hätte mich amüsiert! Geht's noch? Ich war auf einer Fete, habe mit meinen Freunden gefeiert und getanzt. Total harmlos. Wieso muss Paul das Ganze so aufbauschen? Wer weiß, was der sonst noch alles erzählt hat!

Ich springe auf, als hätte mich etwas gebissen. Ich muss zu Paul! Ich muss Phillip anrufen! Ich brauche ein stabiles Handynetz! Eine Internetverbindung! Egal, was! Ich muss das klären. Jetzt, sofort. Und Finn will ich nicht mehr wiedersehen. Nie! Mehr!

Wutschnaubend laufe ich zu meinem Fahrrad und schließe es auf. Ich bin so dermaßen geladen, dass ich kaum auf den Weg achte. Als an einer schmalen Stelle ein riesiger Traktor vor mir aufragt, klingele ich wie wild, aber der Fahrer denkt nicht daran, mir Platz zu machen. Im Gegenteil, der Motor des Ungetüms ist aus. Das Monster blockiert den Fahrweg in seiner gesamten Breite.

„Hey, Sie da!“, schimpfe ich, so laut ich kann. „Können Sie nicht woanders parken? Ich hab's echt eilig!“

Der Treckerfahrer öffnet die Kabinentür und schiebt seinen Kopf heraus. Er winkt mir zu.

„Krischan, Mann!“, fluche ich.

Er klettert von seinem Sitz und kommt mir entgegen. Sein

Gesicht und seine Hände sind ölverschmiert. „Sorry", grinst er. „Mir ist die Maschine verreckt."

„Oh nein, so ein Mist! Ich muss da durch! Was machst du überhaupt hier?"

„Die Hydraulik zickt rum. Ich wollte auf dem Weg wenden und zum Hof zurückfahren", erklärt er. „Jetzt steck ich fest."

Erst jetzt sehe ich, dass hinter dem Traktor irgendein überbreites landwirtschaftliches Gerät hängt. Es ist noch breiter als der Weg. Links und rechts davon ragt eine steile Böschung auf. Sie ist mit dornigem Gebüsch bewachsen. Ich müsste schon fliegen können, um das Hindernis zu umgehen, aber das kann ich leider nicht. Ich bin gefangen.

„Mein Vater ist schon unterwegs", versucht Krischan mich zu beruhigen. „Wir müssen nur die Egge hinten abmontieren, dann kann ich auf dem Parkplatz umdrehen und zurück aufs Feld. Der Rest ist ein Klacks. Willst du einen Kaffee? Ein belegtes Brötchen?"

Plötzlich spüre ich, wie hungrig der Frühsport mich gemacht hat. Von dem Stress ganz zu schweigen. Bestimmt bin ich total unterzuckert, oder warum zittern meine Knie so?

Ich lege mein Rad ins Gras und atme tief durch. „Ja, gerne."

Krischan holt eine Thermoskanne aus der Fahrerkabine und eine riesige Brötchentüte, die er mir reicht.

„Such dir eins aus", meint er, während er den Kaffee in zwei Becher plätschern lässt.

Ich nehme mir ein Käsebrötchen und hocke mich zu ihm auf einen Holzstamm, der längs am Wegesrand liegt. Wir stoßen mit unseren Kaffeepötten an.

Ich erzähle ihm, dass ich schwimmen war und gerade auf dem Nachhauseweg bin. Oder besser, war. Meine Lippen brennen immer noch von Finns Kuss. Ich wünschte, ich könnte das Gefühl mit dem heißen, süßen Kaffee fortspülen. Leider funktioniert es nicht.

„Hast du zufällig Handyempfang?", frage ich ihn. „Oder wie hast du deinen Vater angerufen?"

„Ich hab Bordfunk. Warum?"

„Nur so", seufze ich. Ich verspüre keine große Lust, ihn in mein problematisches Liebesleben einzuweihen. Das ist im Moment verworren genug. Außerdem sieht Krischan schon ganz sorgenvoll aus. Auch ohne meine Krise.

„Wo steckt Lena?", erkundige ich mich. „Leistet sie dir heute keine Gesellschaft?"

Jetzt ist es Krischan, der seufzt.

„Ist gerade ein bisschen problematisch", murmelt er und sieht noch müder und sorgenvoller aus.

Oha. Ich stecke meine Nase tief in meinen Kaffeebecher. Sollte der laue Mittsommer nicht eigentlich die ideale Jahreszeit für Verliebte sein? Von wegen! Überall Krisen, Krach und Probleme, wohin ich auch schaue.

„Irgendwie hab ich das Gefühl, sie will mehr von mir, als ich ihr geben kann", sagt Krischan plötzlich, mehr zu sich selbst als zu mir.

Da ich mir nicht sicher bin, ob er eine Antwort oder einen Kommentar von mir erwartet, halte ich lieber meine Klappe. Ich fände es echt krass, mich mit Krischan über Sex zu unterhalten – so gut kennen wir uns schließlich nicht –, aber dass es darum geht, kann ich mir irgendwie schon denken.

Jedenfalls nach dem, was Lena mir neulich erzählt hat.

„Sie ist schon ein tolles Mädchen", fährt er fort.

„Oh ja", bestätige ich.

„Aber sie hat auch ihren eigenen Kopf."

„Mhm", bejahe ich vage und widme mich dem Belag meines Brötchens, indem ich ihn ringsherum abknabbere.

„Hat sie dir nichts gesagt?" Krischan wirft mir einen Blick zu. Ich höre auf zu kauen. „Was denn?"

„Na ja", meint Krischan. „Dass sie und ich … also, dass wir …"

Ich schlucke. „Öhm, nö?"

„Hm", macht der Jungbauer. „Ich dachte, ihr Mädchen sprecht über so was."

Wir schweigen eine Weile vor uns hin. Die Vögel zwitschern, die Hummeln summen. Es könnte sehr idyllisch sein, wenn ich nur nicht so schrecklich nervös und überfordert wäre. „Um zwölf muss ich übrigens bei der Arbeit sein."

„Passt schon." Krischan schickt einen Blick in den Himmel und nickt bedächtig. „Weißt du, Lena ist ja 'ne ganze Ecke jünger als ich", setzt er sein Selbstgespräch fort. „Als Mann hab ich da natürlich eine gewisse Verantwortung. Immerhin ist sie noch minderjährig."

„Aber sie ist 16", werfe ich ein. „Ab 14 dürfen Jugendliche miteinander schlafen, wenn beide wollen, soweit ich weiß. Ähm, ich meine, also … falls es zufällig darum gehen sollte."

Mein Gesicht glüht. Ich spüre, dass ich knallrot geworden bin. Es ist eindeutig etwas anderes, sich mit einer gleichaltrigen Freundin über Sex zu unterhalten als mit einem ziemlich erwachsenen Typen auf einem einsamen Waldweg.

Nicht, dass ich Krischan nicht mag. Ich mag ihn sehr und vertraue ihm total. Er ist lieb und süß und alles. Aber trotzdem würde ich jetzt lieber das Thema wechseln. Noch lieber würde ich mich auf der Stelle in Luft auflösen, um endlich von hier wegzukommen.

„Ich bin neunzehn", erwidert er. „Es geht einfach nicht!"

Weil ich nicht weiß, was ich darauf sagen soll, nicke ich nur.

Krischan steht auf und entfernt sich ein paar Schritte.

„Ich dachte, vielleicht kannst du mal mit Lena reden", sagt er und schüttet seinen Kaffeebecher aus. „Sag ihr, dass ich noch nicht so weit bin. Wir sind erst ein paar Wochen zusammen. Ich will nichts kaputt machen. Ich möchte, dass es länger hält. Ich möchte einfach noch ein bisschen warten. Das heißt nicht, dass ich sie nicht liebe. Im Gegenteil. Sagst du ihr das?"

Er guckt mich an wie ein großer, sehr plüschiger Teddy.

Ich kaue auf meiner Unterlippe.

„Klar", sage ich zögernd. „Ich kann's versuchen. Aber wär's nicht besser, wenn ihr das unter euch klärt?"

„Du hast Recht", brummt er, ein bisschen verlegen.

Als sich von der anderen Seite des Wegs das Geräusch eines rumpelnden Jeeps nähert, stehe ich auf. Ich wische mir die Hände am Hosenboden ab und bedanke mich für den Kaffee.

„Da nicht für", sagt Krischan und zwinkert mir zu.

Er ist wirklich nett, denke ich. Nicht nur nett, sondern auch verantwortungsbewusst. Lena kann echt froh sein, so einen tollen Freund zu haben.

„Sprich mit ihr", sage ich zu ihm.

„Mach ich", verspricht er und nickt.

KAPITEL 17

Ein paar Dinge, auf die ich gut verzichten könnte

Eine Stunde später biege ich in unsere Straße ein. Die Treckerreparatur hat ein bisschen länger gedauert. Als der Weg endlich frei war, hatte ich keine Zeit mehr, mich ausführlich von Krischan und seinem Vater (der übrigens wie eine ältere Ausgabe seines Sohnes aussieht) zu verabschieden. Ich bin nur schnell auf mein Rad gesprungen, habe den beiden gewinkt und bin im Turbogang abgezischt. Der Vormittag ist so gut wie rum. Wenn ich daran denke, was ich noch alles erledigen muss, bis meine Schicht anfängt, wird mir ganz anders.

- » Punkt 1: Phillip anrufen und die Lage klären. DRINGEND!
- » Punkt 2: Duschen, Haare waschen, umziehen.
- » Punkt 3: Paul besuchen. Ebenfalls dringend!

So sieht meine aktuelle To-do-Liste aus – und es ist schon fast elf! Wie soll ich das alles schaffen?

Zusätzlich zu diesen drei Punkten nehme ich mir noch einen vierten vor: Ich muss in Ruhe mit Finn sprechen. Ich muss ihm klarmachen, dass er aufhören soll, sich Hoffnungen zu machen, die ich nicht erfüllen kann. Aber das schaffe ich heute garantiert nicht mehr. Die ersten drei Punkte genügen schon, um mich an den Rand des Wahnsinns zu bringen.

Am liebsten würde ich Frau Krüger anrufen und mich krankmelden, aber das verbietet mir mein Gewissen. Schließlich kann sie nichts dafür, dass mein Privatleben im Moment etwas, nun ja, chaotisch ist.

Ich schiebe gerade mein Rad in die Einfahrt und lehne es an die Wand, als nebenan die Haustür ins Schloss fällt. Paul schlappt in Fußballklamotten den Weg runter und winkt mir zu. Ich lasse mein Rad, wo es ist, und gehe zu ihm. Wie es scheint, muss ich meine Liste von hinten aufrollen und den dritten Punkt vorziehen.

„Moin", sagt er.

„Guten Morgen", knurre ich, meine brodelnden Gefühle nur mühsam im Zaum haltend. „Gut, dass ich dich treffe!"

„Ähm, okay …", sagt er unsicher. „Was gibt's?"

Schlagartig ist sie voll da, meine Wut auf ihn und darüber, was er Phillip erzählt hat. Es fällt mir wirklich schwer, mich zu beherrschen.

„Ich hab gehört, du hast mit Phillip gechattet?" Ich gebe meiner Stimme einen betont freundlichen Klang und bringe sogar ein Lächeln zu Stande, obwohl mein Herz so heftig schlägt, als würde es jede Sekunde aus meiner Brust springen.

Paul nickt harmlos. „Ja, und?", fragt er.

„Kann es sein, dass du dabei über mich gesprochen hast? Über

Marks Party? Und über etwas, das angeblich auf dieser Party passiert sein soll?"

Paul runzelt die Stirn. „Hä? Was soll das Verhör? Hast du ein Problem?"

„Ja, hab ich!", fauche ich. „Du hast Phillip erzählt, dass ich mit Finn getanzt hab. Stimmt's?"

„Kann sein." Paul kratzt sich unschuldig am Kopf.

„Ich wüsste gerne, was du ihm sonst noch alles erzählt hast!", schnauze ich ihn an. „Und vor allen Dingen, warum!"

Paul lacht. Er fängt allen Ernstes an zu lachen.

„Hör auf zu lachen! Das ist nicht witzig!" Ich gebe ihm einen Schubs, so sauer bin ich auf ihn.

Er stolpert einen Schritt zurück, um sich zu fangen, und starrt mich entgeistert an.

Ich starre zurück.

„Wie kommst du dazu, dich in meine Angelegenheiten einzumischen und Lügen über mich zu verbreiten?" Meine Stimme gehorcht mir nicht mehr und klingt mit einem Mal ganz kieksig, woran man unschwer erkennen kann, wie nah mir die Sache geht. Ich bin kurz vorm Losheulen, das spüre ich deutlich, aber ich reiße mich zusammen.

„Phillip ist mein Freund", sagt Paul frostig. „Ich finde, er hat ein Recht darauf, zu erfahren, was hier abgeht, während er nicht da ist."

„Was hier *abgeht*?", wiederhole ich fassungslos. Ich stemme meine Hände in die Hüften. „Was geht denn hier ab, bitte schön?"

„Das weißt du ja wohl selbst am besten!" Er will sich umdrehen.

Ich erwische einen Zipfel seines T-Shirts und halte ihn daran fest.

„Was meinst du damit?", will ich wissen.

„Na, du und dieser … Finn!", zischt er.

„Was?" Ich zucke zusammen und lasse den T-Shirt-Zipfel los.

„Kann doch jeder sehen, dass du mit dem was hast, so wie ihr bei Mark rumgemacht habt!" Pauls Gesicht ist verzerrt.

„Das ist nicht dein Ernst, oder?", frage ich ihn, nur für den Fall, dass ich mich verhört habe.

„Oh, doch!", gibt er zurück.

„DAS hast du Phillip erzählt? Du hast ihm erzählt, ich hätte was mit Finn? Obwohl du genau weißt, dass es nicht wahr ist?"

Ich bin sprachlos, verletzt, entsetzt, empört. Alles zugleich.

Mir schießen Tränen in die Augen. Ich versuche sie wegzublinzeln, aber es gelingt mir nicht.

„Spinnst du total?", würge ich mit letzter Kraft hervor. Dann schluchze ich auf. „Warum machst du das?"

Die Postbotin schiebt ihren Handwagen an uns vorbei. Sie wirft Paul und mir einen neugierigen Blick zu. Ich wende mich schnell um und höre, wie sie die Post in unserem Briefkasten versenkt und dann zügig weitergeht.

Paul sieht mich wütend an.

„Zuerst Marks Fete, dann das Kino", zählt er auf. „Denkst du, ich bin blöd? Und jeden Tag taucht dieser Typ bei dir am Pavillon auf. Natürlich rein zufällig. Sieht doch jeder, dass der in dich verknallt ist!"

Ich wische die Tränen mit dem Handrücken fort und fühle mich, als wäre ich hundert Jahre alt. Mindestens.

„Er ist vielleicht in mich verknallt“, erwidere ich müde, „aber das heißt noch lange nicht, dass ich es auch in ihn bin. Schon mal darüber nachgedacht? Kümmer dich um deinen eigenen Scheiß, Paul! Lass mich einfach in Ruhe! Und überleg dir in Zukunft, was du Phillip erzählst.“

Ich drehe mich um und lasse ihn stehen.

Wie ich den Nachmittag im Pavillon überleben soll, weiß ich nicht. Irgendwie schaffe ich es, pünktlich auf der Matte zu stehen. Frau Krüger merkt natürlich sofort, dass etwas nicht stimmt, weil ich total verheult aussehe. Daran konnte auch die Schnelldusche nichts ändern, die ich mir nach dem Streit mit Paul genehmigt habe. Aber die Chefin lässt mich zufrieden und bohrt nicht weiter nach, was ich ziemlich nett von ihr finde. Immerhin sind mir schon zwei Eiskugeln runtergefallen, und besonders freundlich zu den Kunden bin ich auch nicht.

Zwischendurch versuche ich immer wieder, Phillip anzurufen. Ich mache mir gar nicht erst die Mühe nachzurechnen, wie spät es bei ihm ist. Sein Handy ist aus und er selbst wie zuvor *not available*. Entweder schläft er oder er will nicht mit mir sprechen. Wahrscheinlich beides. Jedenfalls kann ich es kaum erwarten, dass meine Schicht endlich zu Ende ist, obwohl sie gerade erst angefangen hat.

Finn ist bis jetzt nicht aufgetaucht. Ich hoffe, das bleibt auch so. Sonst würde ich garantiert komplett die Fassung verlieren. Schlimm genug, dass ich bei Paul handgreiflich geworden bin. Da muss ich nicht noch Finn im Ententeich versenken. Ist ja eigentlich auch gar nicht meine Art. Aber daran sieht man mal, wie es um mein Seelenheil bestellt ist. Ich fühle mich hilflos wie schon lange nicht mehr. Und es gibt nichts, was ich dagegen tun kann. Außer Phillip davon zu überzeugen, dass Paul Mist geredet hat, natürlich. Aber dazu muss ich Phillip erst mal an die Strippe kriegen. Und dann kann ich nur hoffen, dass er mir mehr glaubt als Paul, diesem Lügner.

Als ich das denke, bekomme ich schlagartig rote Ohren. Der Kuss am See fällt mir ein. Finns Lippen, die auf meinen gelandet sind.

Küssen kann man nicht allein, Conni Klawitter, flüstert mir meine innere Stimme zu. *Dazu gehören immer zwei.*

Ich schnappe mir ein Tuch und versuche mich abzulenken, indem ich die Abdeckung der Kühltruhe auf Hochglanz poliere.

Als hätten sie sich abgesprochen, ruft kurz darauf zuerst Dina und gleich danach Anna an.

Dina will nur hören, wie's mir geht – mies, mies, doppelmies – und ob wir am Wochenende nicht mal wieder alle zusammen ins Freibad wollen.

„Nur wir Mädels", meint sie.

„Klingt gut", erwidere ich. Ich lasse meine Antwort offen und verspreche ihr, in den nächsten Tagen zurückzurufen.

Anna erkundigt sich, ob ich zufällig auch eine Karte von Billi bekommen habe.

„Ja, hab ich", sage ich. Ich erinnere mich daran, dass ich vorhin eine Ansichtskarte mit einer italienischen Altstadt hintendrauf aus dem Briefkasten gezogen habe. „Ich bin noch nicht dazu gekommen, sie zu lesen."

Falls Anna sich wundert, sagt sie es nicht. Nur, dass ich mich komisch anhöre, bemerkt sie. „Ist irgendwas?“

„Ja“, gebe ich unumwunden zu. „Lauter Dinge, auf die ich supergut verzichten könnte.“

Weil gerade keine Kundschaft in Sicht ist, erzähle ich ihr im Schnelldurchlauf, was passiert ist. Schließlich ist sie meine älteste Freundin.

„Ihr habt euch *geküsst*?“, fragt sie. „Echt wahr?“

Ich sehe es direkt vor mir, wie sie nach Luft schnappt.

„Jaa-ha“, bestätige ich leicht genervt.

„Mann, wie konnte das denn passieren?“, ruft sie entsetzt. „Ausgerechnet dir! Wo du und Phillip doch immer DAS Traumpaar wart! Und was machst du jetzt? Hast du's ihm schon gebeichtet?“

„Es war ein Ausrutscher“, beteuere ich. Natürlich bin ich mir bewusst, wie wenig glaubhaft sich das anhören muss für jemanden, der nicht dabei war. „Ein Versehen, ein Unfall, ein –“

„Schon klar“, unterbricht sie mich. „Das würde ich an deiner Stelle auch behaupten. Wollen wir uns treffen?“

Ich schüttele den Kopf. „Vielleicht morgen. Heute muss ich erst mal die Sache mit Phillip wieder ins Lot bringen.“

Sie wünscht mir viel Glück und sagt, dass ich sie jederzeit anrufen kann, wenn irgendwas ist und ich Unterstützung brauche, egal wobei.

„Danke“, murmele ich und lege auf.

Dann ruft Lena an.

Schon wieder Freundinnen-Anruf-Tag, denke ich, als ich mich melde.

Auch sie hört sofort, dass etwas nicht in Ordnung ist. Ich erzähle es ihr.

„Soll ich mir Finn und Paul mal vorknöpfen?", fragt sie. Ihre Stimme klingt irgendwie angriffslustig.

„Nee, lass mal", sage ich schnell. „Das muss ich alleine regeln. Vielleicht krieg ich Paul ja irgendwie dazu, Phillip zu sagen, dass nichts an der Sache dran ist. Anscheinend glaubt Phillip ihm mehr als mir."

„Na ja", meint Lena. „Du musst dich vielleicht auch mal in Phillips Situation versetzen. Wie würdest du an seiner Stelle reagieren, wenn dir jemand erzählt, deine Freundin hätte sich auf einer Party mit einem anderen Typen amüsiert?"

„Sag bitte nicht mehr dieses Wort!", flehe ich sie an. „Ich werde mich nie wieder amüsieren! Ich schwöre!"

Lena lacht.

Ich wechsle das Thema und berichte ihr von meinem Fast-Zusammenstoß mit Krischan. „Dina hat vorgeschlagen, dass wir uns am Wochenende im Freibad treffen. Ohne Jungs. Dann können wir in Ruhe über alles quatschen."

„Gute Idee", sagt Lena sofort. „Bis dahin ist bei dir und Phillip bestimmt auch wieder alles in Butter. Wetten?"

Ich weiß, dass sie mich trösten will.

„Hoffentlich", antworte ich wenig optimistisch.

„Kopf hoch, Süße!", kommt es von ihr zurück. „Falls es nicht klappt, besorgen wir dir im Internet ein Ticket nach San Francisco und du regelst die Sache vor Ort."

Ich muss lachen. „Ja, klar. Meine Eltern wären bestimmt begeistert."

„Bis die merken, dass du weg bist, bist du längst bei Phillip", sagt sie. „Überleg's dir! Wozu verdienst du schließlich den ganzen Schotter?"

„Wenn ich noch länger mit dir telefoniere, verdiene ich heute keinen einzigen Cent", gebe ich seufzend zurück. „Aber dein Vorschlag gefällt mir. Ich werde darüber nachdenken."

„Fein", meint Lena. „Hau rein!"

„Tschüss."

Während ich mein Handy weglege, denke ich tatsächlich darüber nach. Was, wenn ich einfach ein Ticket kaufen und zu Phillip fliegen würde? Meine Eltern würden mir das niemals erlauben, so viel steht fest. Also müsste ich es anders organisieren. Heimlich. Es gibt doch diese Last-Minute-Schalter. Wenn ich nun einfach zum nächsten Flughafen fahre und mir so ein Ticket besorge? Lena hat Recht: Bevor meine Eltern davon Wind bekämen, wäre ich schon in der Luft!

In mir keimt Hoffnung auf. Es fühlt sich an, als würde eine Seifenblase zwischen meinen Ohren schweben.

Mooment, meldet sich plötzlich die Stimme der Vernunft zu Wort. *Du bist immer noch minderjährig. Schon vergessen?*

Mist, ja. Daran hab ich nicht gedacht. Am Last-Minute-Schalter wird man garantiert nach dem Alter gefragt und muss seinen Ausweis oder einen Reisepass vorlegen. Und eine Kreditkarte braucht man bestimmt auch.

Plopp!, macht die Seifenblase und zerplatzt.

Ich stöhne auf.

Zum Glück taucht in diesem Moment die Krokant-Krawatte auf und lenkt mich ein bisschen von meinem Elend ab.

„Drei Kugeln Schoko im Becher“, bestellt er. „Wie immer.“

Lächelnd häufe ich ihm drei wunderschöne Schokokugeln in einen Pappbecher und lasse zwei Löffel Krokant darüberrieseln. Zur Krönung bekommt er noch eine knusprige Waffel obendrauf. „Bitte schön. Guten Appetit!“

„Danke!“, strahlt er und trabt mit seinem Köfferchen in der linken und dem Eisbecher in der rechten Hand davon.

Ich werfe das Geld in die Kasse, greife nach meinem Handy und versuche zum x-ten Mal an diesem Tag, Phillip anzurufen.

Zu meinem Erstaunen geht er nach dem zweiten Klingeln ran. Ich bin so verblüfft, dass ich zuerst nicht weiß, was ich sagen soll.

„Ähm …“, bringe ich schließlich zu Stande. „Ich bin's.“

Ich erzähle ihm von der miesen Verbindung am See und dass ich schon ein paarmal versucht hab, ihn anzurufen.

„Ja, hab ich gesehen.“ Seine Stimme klingt freundlich, aber gleichzeitig ein bisschen reserviert. Oder bilde ich mir das nur ein?

„Ich wollte dir unbedingt sagen, dass das, was Paul dir über die Party erzählt hat –“

Er unterbricht mich. „Sorry, ich bin auf dem Sprung. Können wir heute Abend darüber sprechen?“

Ich nehme das Handy vom Ohr und starre es an, bevor ich es wieder an mein Ohr presse. Versucht er wirklich gerade, mich abzuwimmeln? Ich bin fassungslos.

„Ja, äh … klar“, sage ich.

„Ich hab von eins bis halb drei Mittagspause“, sagt er. „Da kann ich in die Bibliothek gehen. Wir haben WLAN in der Bücherei.“

Ich rechne im Kopf nach, wie spät es dann bei mir ist, und nicke. „Okay. Wollen wir skypen?"

Er ist einverstanden. Wir verabschieden uns. Kein „Ich hab dich lieb" und auch kein Küsschen. Einfach nur „Tschüss" und „Ciao".

Ich brauche ein paar Sekunden, um das zu verarbeiten.

Als ich mich abends bei Skype einlogge, klopft mein Herz wie verrückt. Weil Phillip noch nicht on ist, angele ich Billis Postkarte vom Schreibtisch, wo ich sie Stunden vorher achtlos hingeworfen habe.

Salve mia cara!, hat Billi in ihrer unnachahmlich schrägen Handschrift geschrieben. Darunter zählt sie auf, dass es ihr gut geht, dass in Italien immer noch jeden Tag die Sonne scheint, sie sich überwiegend von *pizza, pasta e amore* ernährt und dass sie, wenn alles läuft wie geplant, schon am nächsten Wochenende wieder zu Hause ist. Anscheinend hat sie ihre Eltern bearbeitet, früher abzureisen, damit sie hier noch etwas von den Ferien hat. Dabei wollten sie ursprünglich erst in der letzten Ferienwoche zurückkommen. Egal, ich freue mich. Billi hat mir echt gefehlt.

Mit einem Blick auf meinen Kalender stelle ich fest, dass von den Ferien tatsächlich nicht mehr viel übrig ist. Schon bald ist nicht nur mein Job Geschichte, die Sommerferien sind es auch.

In den letzten Tagen und Wochen habe ich mehr oder weniger ins Blaue hineingelebt und gar nicht richtig mitbekommen, wie schnell die Zeit vergangen ist. Es plötzlich schwarz auf weiß zu sehen, ist ein bisschen erschreckend. Auf der anderen Seite freut es mich aber auch. Der Job hat Spaß gemacht (und tut es noch). Wenn ich mir allerdings vorstelle, ich müsste für den Rest meines Lebens so weitermachen und jeden Tag arbeiten gehen … Thanks, but no thanks.

Ich glaube, ich hänge lieber noch ein paar Jahre mit meinen Freundinnen und Freunden in der Schule ab und feile ein bisschen an meinem Notendurchschnitt.

Noch einen Vorteil hat es, dass die Ferien bald vorbei sind, fällt mir ein. Und zwar einen ziemlich großen: Mit jedem Tag, der vergeht, rückt das Ende von Phillips Austauschhalbjahr näher. Im Moment kommt es mir zwar noch wie ein riesiger, unüberwindbarer Berg vor, der vor uns aufragt, aber irgendwann haben wir den Gipfel erreicht und machen uns an den Abstieg. Dann ist dieser schreckliche Zeitzonen-Spuk endlich vorbei und wir sehen uns wieder.

Das heißt, wenn Phillip mich überhaupt noch sehen will.

Im Moment bin ich mir da nicht so sicher.

Ich schaue auf den Monitor und seufze. Phillip ist immer noch nicht on. Hoffentlich taucht er überhaupt auf. Nicht, dass er unser Date vergessen hat! Oder, noch schlimmer, dass er nicht mit mir sprechen will!

Bei diesem Gedanken spüre ich sofort einen Stich in der Herzgegend. Aber dann leuchtet neben Phillips Profilbild ein grüner Punkt auf und er meldet sich. Endlich!

Sein Gesicht ist nicht ganz so verpixelt wie beim letzten Mal.

Ich rücke den Monitor gerade und hocke mich auf die Kante meines Schreibtischstuhls.

„Hi“, sagt er.

„Hi“, antworte ich und schlucke die Tränen herunter, die sich in meine Kehle drängen. So ganz will es mir nicht gelingen.

Ich muss mich räuspern.

Phillip rutscht ein bisschen näher an die Kamera.

„Stört es auch niemanden, wenn du dich unterhältst?“, frage ich ihn. „Ich dachte immer, in Bibliotheken muss man still sein.“

Er zeigt auf ein Schild und eine halbhohe Trennwand.

„Ist ein extra Bereich“, sagt er. „Kein Problem. Ich bin allein.“

„Aha.“ Ich nicke. Dann schweigen wir eine Runde. Hinter ihm erkenne ich ein deckenhohes Regal mit Büchern. Links davon ist ein Fenster. Es steht offen und lässt hellen Sonnenschein herein. Dahinter biegt sich eine Palme im Wind, wenn die Pixel mich nicht täuschen.

„Hübsche Bücherei“, bemerke ich. „Bei uns ist es schon dunkel. Und Palmen gibt's hier auch nicht.“

Er lacht. Wie ich dieses Lachen liebe! Trotz der blöden Pixel, trotz unseres Streits und dieser ganzen überflüssigen Zeitzonen.

Ich liebe sein Lachen.

Ich liebe Phillip.

Ich will nicht, dass etwas zwischen uns steht.

Oder jemand.

Ich nehme all meinen Mut zusammen.

„Ich muss dir etwas sagen“, sage ich.

Ich kann sehen, wie sich sein Gesicht verändert. Er zieht die Stirn kraus. Das Lachen macht einem konzentrierten Ausdruck Platz.

„Ja?“, fragt er.

„Was Paul dir erzählt hat, ist nicht wahr.“ Ich wünschte, ich hätte ein Taschentuch in der Nähe. Weil ich keins hab, ziehe ich die Nase hoch und spreche stockend weiter. „Es stimmt, ich hab auf der Party mit Marks Cousin getanzt. Und ja, er kommt fast jeden Tag zum Pavillon und kauft sich bei mir ein Eis. Aber mehr ist da nicht. Echt nicht. Das musst du mir glauben. Bitte! Ich hab nichts mit Finn. Wie soll ich dir das nur beweisen? Es tut so weh, dass du mir nicht vertraust!“

Wir schweigen eine Weile. Ich fürchte fast schon, dass die Verbindung abgebrochen ist, aber Phillip ist noch da. In seinem Gesicht arbeitet es.

Ich bin so aufgewühlt, dass ich mich nicht länger beherrschen kann. Zuerst versuche ich noch, den dicken Kloß, der in meiner Kehle steckt, herunterzuschlucken. Aber es funktioniert nicht. Ich fange an zu heulen.

„Hey“, höre ich Phillip leise sagen. „Bitte nicht weinen. Ich vertrau dir ja.“

„Aber was Paul da behauptet hat –“, setze ich an.

„Was Paul behauptet, ist mir ganz egal“, unterbricht Phillip mich. „Du bist das, was zählt. Nur du.“

„Und du“, füge ich hinzu.

Phillip grinst. „Wir beide. Genau. Wenn du mir sagst, dass da nichts war, glaub ich dir. Ich wär fast verrückt geworden, als Paul es mir erzählt hat. Es passte einfach nicht zu dir. Aber dann dachte ich nur, wie bescheuert ich bin, überhaupt auf so was zu hören. Es ist alles gut, Conni. Wir müssen einfach nur Vertrauen haben, sonst schaffen wir das nicht.“

„Ich wär so gern bei dir“, schniefe ich. Mein Herz tut richtig weh, als ich das sage.

„Und ich bei dir“, antwortet Phillip.

Er ist der Junge, den ich liebe, denke ich. Daran gibt es keinen Zweifel.

Wir schauen uns an. Das heißt, ich schaue in meine Kamera auf dieser Seite des Globus, und er in seine auf der anderen Seite. Dass ein ganzer Ozean zwischen uns liegt, war mir noch nie so bewusst wie gerade jetzt. Ich möchte aufspringen, mich in seine Arme werfen und ihn festhalten. Aber es geht nicht. Wir können uns nur anschauen.

„Hat Paul wirklich gesagt, ich hätte was mit Finn?“, frage ich nach kurzem Schweigen.

„Nicht direkt gesagt“, erwidert Phillip. „Mehr so angedeutet.“

Ich runzele die Stirn und erzähle ihm, dass ich heute um ein Haar auf Paul losgegangen wäre. „Wenn man's genau nimmt, bin ich sogar auf ihn losgegangen“, korrigiere ich mich. „Ich war so wütend auf ihn!“

„Ich weiß“, sagt Phillip. „Er hat mir 'ne SMS geschrieben.“

„Ups“, mache ich. Zum Glück hat Paul kein Handy-Video von unserem Zusammenprall gedreht. Sonst hätte er das garantiert auch gleich verschickt und Phillip hätte mit eigenen Augen sehen können, wie ich ausgeflippt bin.

„Gib Paul nicht die Schuld“, bittet er mich. „Er hat es nicht böse gemeint. Ich glaube, er fühlt sich verpflichtet, ein bisschen auf dich aufzupassen, solange ich nicht da bin.“

„Wie bitte?“ Ich kann nicht glauben, was ich da gerade gehört habe. „Wie kommt er dazu? Hast du ihn etwa darum gebeten?“

„Nein. Natürlich nicht!“ Phillip macht ein Gesicht wie ein zerknirschter Labrador. Ich glaube ihm und entspanne mich wieder.

„Auf mich muss niemand aufpassen“, erkläre ich. „Das kann ich ganz gut allein.“

Phillip lächelt.

„Dieser Finn …“, sagt er dann zögernd. „Bleibt der eigentlich noch länger bei Mark?“

Ich zucke mit den Schultern. „Keine Ahnung“, sage ich ehrlich. „Wieso?“

Phillip lacht ein bisschen verlegen. „Irgendwie wär mir wohler, wenn er sein Eis woanders kaufen würde“, gibt er zu.

„Hey, ich denke, du vertraust mir!“, protestiere ich.

„Tu ich auch.“ Er grinst schief. „Trotzdem …“

Ich rutsche auf meinem Stuhl hin und her. Soll ich Phillip von dem Kuss erzählen? Von diesem bescheuerten, total überflüssigen Aus-Versehen-Ausrutscher-Unfall-Zufallskuss zwischen Finn und mir?

Den ganzen Tag habe ich mich wie eine Schwerverbrecherin gefühlt. Jetzt plötzlich nicht mehr. Wie kann das sein?

Weil der Kuss keinerlei Bedeutung hat. Das weiß ich jetzt.

Er war falsch. Bedeutungslos und falsch.

Leider kann ich ihn nicht ungeschehen machen, sosehr ich es mir auch wünsche. Er ist geschehen. Aber er ändert nichts zwischen Phillip und mir.

Dass sich Finns und meine Lippen für den Bruchteil einer Nanosekunde berührt haben und dass ich bei einem Blick in seine Augen an die Nordsee denken musste, ist total unwichtig.

Wenn ich an Phillips Augen denke, denke ich an Wärme,

Geborgenheit, Liebe, Vertrauen und Trost. Das ist es, was zählt. Nichts anderes.

Irgendwann werde ich ihm von Finn und dem Kuss erzählen, ganz bestimmt. Aber nicht, solange uns Zigtausend Kilometer voneinander trennen.

Zum ersten Mal an diesem Abend kann ich lächeln.

Phillip lächelt zurück.

„Ich will dich sehen", sagt er leise. „Du fehlst mir so sehr, dass es wehtut. Am liebsten würde ich ins nächste Flugzeug steigen und zu dir kommen."

„Du fehlst mir auch, und wie!", antworte ich, immer noch lächelnd. „Ich wünschte, es wäre so einfach."

„Es ist ganz einfach", erwidert Phillip grinsend. „Ich muss nur zum Airport fahren und ein Ticket kaufen. Soll ich?"

„Ja, klar", sage ich zum Spaß. „Worauf wartest du noch? Kauf dir das verdammte Ticket und komm endlich zurück zu mir!"

Er beugt sich so weit nach vorne, dass seine Nase fast den Monitor berührt. Seine Augen leuchten warm, als er sagt, dass er mich über alles liebt.

KAPITEL 18

Wehmut: Ein Gefühl zarter Traurigkeit,
hervorgerufen durch Erinnerung an Vergangenes
(… sagt Wikipedia)

Die nächsten Tage plätschern so dahin. Ich kann es leider nicht anders ausdrücken. Zudem befinden wir uns in der Mitte eines ausgeprägten Regentiefs. Das behauptet jedenfalls der Wettermann im Radio. Er sagt allerdings auch, dass der Sommer nur eine kleine Verschnaufpause einlegt und auf jeden Fall noch einmal zurückkehren wird, nur dann nicht mehr ganz so heiß.

Finde ich vollkommen in Ordnung. Die Hitze in den letzten Wochen war wirklich kaum auszuhalten. Dann lieber ein paar Regenschauer zwischendurch. Die tun auch dem Garten gut. Der ist schon total vertrocknet und sieht wie eine afrikanische Steppe aus – mit Kater Mau als Löwen-Double im Streifenlook.

Der einzige Nachteil der aktuellen Wetterlage ist, dass die Leute bei diesem Wetter kein Eis kaufen. Auf jeden Fall deutlich weniger. Das macht sich nicht nur in meiner Trinkgeldkasse bemerkbar, sondern auch in meiner Stimmung. Es ist nicht besonders lustig, sich in einer Holzhütte im Park die Beine in den Bauch zu stehen und auf Kundschaft zu warten, die nicht kommt, weil die Wege mit Pfützen übersät sind. Nicht mal meine liebsten Stammkunden lassen sich blicken, obwohl ich nach denen sonst die Uhr stellen konnte.

Heute ist auch so ein Tag. Frau Krüger checkt die Vorräte. Ich stehe hinter der Eistheke, blättere in einer Zeitschrift und bin frustriert. Zum Glück ist bald Wochenende. Bis dahin hat der Wetterfrosch eine leichte Wetterbesserung in Aussicht gestellt. Ich drücke sämtliche Daumen, dass er Recht behält. Die Mädels und ich haben uns für Samstag im Freibad verabredet. Schwimmen könnten wir notfalls auch im Regen, aber für alles andere müssten wir auf ein Café ausweichen oder uns bei einer von uns zu Hause treffen. Nichts dagegen einzuwenden, aber eine sonnige Liegewiese im Freibad ist mir eindeutig lieber.

Ich freu mich schon riesig auf unser Mädelstreffen. Früher haben wir viel mehr Zeit zusammen verbracht. Schade, dass das ein bisschen eingeschlafen ist. Meine Mutter hat neulich erst behauptet, das wäre der normale Lauf der Dinge. Andere Klasse, andere Schule, andere Freunde, andere Interessen, andere Wege, die man einschlägt. Aber sie hat auch gesagt, dass echte Freundschaften so etwas überstehen. Die besten halten ein ganzes Leben lang, auch wenn man sich nicht regelmäßig sieht.

Bei dem Gedanken daran, wie Anna, Lena, Dina, Billi und ich in fünfzig Jahren in irgendeinem plüschigen Rentnercafé sitzen, Sahnetorte verputzen und von den guten alten Zeiten schwärmen, muss ich grinsen. Natürlich haben wir dann graue Haare, Falten und alle möglichen Zipperlein – so was gehört schließlich dazu, wenn man mit Stil und Würde altert, finde ich –, aber wir sind immer noch beste Freundinnen und kichern noch genauso albern herum wie jetzt auch.

Was für eine schöne Vorstellung! Ich hoffe, wir kriegen das hin.

Ich lege die Zeitschrift weg und nehme die nächste von dem Stapel. Leider liest die Chefin überwiegend Klatschblätter und Rätselhefte, aber irgendwie muss ich die Stunden ja rumkriegen. Geputzt und aufgeräumt hab ich schon. Alles ist picobello sauber und duftet frühlingsfrisch. Das Buch, das ich gerade lese, liegt zu Hause auf meinem Nachttisch, sonst könnte ich ein bisschen weiterschmökern. Es handelt von einem Mädchen und einem Jungen, die sich in einem Flugzeug kennenlernen und auf ziemlich romantische Weise ineinander verlieben. Bei den Worten *romantisch* und *Flugzeug* denke ich natürlich automatisch an Phillip. Geht gar nicht anders.

Bevor die Gedanken zu intensiv werden und wehtun können, schnappe ich mir einen Kuli und widme mich dem aktuellen Psychotest im *Lilalustigen Käseblatt*.

Die Überschrift leuchtet mir knallrot entgegen:

WIE WICHTIG IST IHNEN TREUE?

Ups, heikle Materie. Aber egal …

Wie bei solchen Tests üblich, gibt es verschiedene Antwortmöglichkeiten.

Welchen Stellenwert hat Treue in Ihrer Beziehung?

a) Ohne Treue läuft gar nichts

b) Ziemlich wichtig

c) Treue? Was ist das?

Ohne zu zögern, kreuze ich Antwort a) an und arbeite mich anschließend durch den restlichen Fragenkatalog. Zum Schluss addiere ich die Punkte. Neunundneunzig von hundert möglichen. Nicht schlecht.

Sie sind immun gegen Seitensprünge und Affären aller Art.

Treue ist für Sie die Grundlage einer festen Beziehung.

Hatte ich etwas anderes erwartet? Nein.

Am liebsten würde ich den Zweizeiler ausschneiden und über mein Bett hängen, so stolz bin ich. Ja, okay, meine Immunität war in diesem Sommer zwischenzeitlich kurz gefährdet. Aber das ist Schnee von gestern. Schließlich hab ich's schwarz auf weiß:

Ich. Bin. Treu.

Noch Fragen?

Ich höre Schritte auf dem Kies. Sollte sich tatsächlich ein einsamer Kunde zu mir verirren?

Ich pflanze ein Lächeln in mein Gesicht und hebe den Kopf.

„Hallo, Conni", sagt Finn.

Scheiße, denke ich und merke, wie zuerst mein Lächeln und kurz darauf mein Herz eine Etage tiefer rutscht.

Seine Augen sehen aus wie die Nordsee nach einem Sturm. Ich kenne das Meer. Ich weiß, wie das Wasser dann aussieht. Aufgewühlt, unruhig und irgendwie erschöpft. Genauso sehen Finns Augen aus.

Ich klappe die Zeitschrift zu. Ein zweisilbiger Frauenname springt mir entgegen und ein todsicheres Rezept für eine Bikini-Diät. Ich drehe das Heft um und zähle bis drei.

„Hallo", sage ich und halte die Luft an.

Finn steht einen halben Meter vor dem Tresen, fast so, als hätte er Angst, eine unsichtbare Linie zu übertreten. Seine Hände stecken tief in den Taschen seiner Jeans. Er mustert die Eiskarte. Dabei bin ich mir ziemlich sicher, dass er die inzwischen längst auswendig kennt.

Ich warte ab. Er anscheinend auch.

Schließlich wird es mir zu blöd.

„Möchtest du ein Eis?", frage ich und greife demonstrativ nach dem Portionierer.

Er zuckt mit den Schultern.

Weil er immer noch nichts sagt, schöpfe ich zuerst eine Kugel Walnuss, dann eine Kugel Banane, stopfe beide nacheinander in ein Waffelhörnchen und reiche es ihm über den Thekentisch.

Ein bisschen unbeholfen zieht er eine Hand aus der Tasche und streckt sie mir entgegen. Es sieht aus, als würde ihm die Bewegung schwerfallen, aber zum Glück schaffen wir die Eisübergabe, ohne dass sich unsere Fingerspitzen berühren. Ich bin ziemlich sicher, einer von uns hätte die Eistüte sonst fallen lassen.

„Geht aufs Haus", sage ich.

Finn nickt. „Danke."

Dann schweigen wir wieder. Es ist ein unbehagliches, verlegenes Schweigen auf beiden Seiten.

Ich wünschte, er würde sich einfach umdrehen und gehen. Warum? Macht er mich etwa doch noch nervös?

Nein, stelle ich fest. Mein Herz schlägt nicht schneller, nur weil er da ist. Meine Augen wollen nicht mehr in seinen Meeraugen versinken.

Ich versuche, die Gefühle, die zwischen meinem Herzen und meinem Gehirn wie Blitze hin und her schießen, zu deuten, und komme zu dem Schluss, dass ich Mitleid empfinde.

Ja, das ist es. Finn tut mir leid. Er hat sich verliebt. Aber er hat sich in das falsche Mädchen verliebt. In ein Mädchen, dessen Herz nicht frei ist. Und er weiß das. Seine Nordseeaugen verraten es mir.

Er sagt immer noch nichts, sondern steht nur in sich selbst versunken da, wobei er nachdenklich einen Punkt neben der Eiskarte fixiert. Langsam, aber sicher fängt sein Eis an zu schmelzen.

Ich versuche es mit einem freundlichen Lächeln und reiche ihm eine Serviette.

Endlich löst er sich aus seiner Starre.

„Ich wollte eigentlich gar kein Eis." Er nimmt die Serviette und grinst ein bisschen schief.

„Sondern?"

„Ich wollte mich von dir verabschieden. Ich fahr morgen wieder nach Hause."

Damit hatte ich jetzt nicht gerechnet.

„Ach …", sage ich. Es klingt wenig geistreich, ich weiß, aber etwas anderes fällt mir nicht ein. Was soll ich auch sagen? In einem amerikanischen Spielfilm würde ich jetzt „Oh, das tut mir leid" hauchen oder vielleicht: „Ich wünsch dir alles Glück der Welt!" Aber dies hier ist kein Film. Und weder das eine noch das andere erscheint mir im Moment besonders passend.

„Tja", sagt Finn, immer noch grinsend. Das Eishörnchen wechselt mitsamt der Serviette von seiner rechten in die linke Hand und wieder zurück. Nach kurzem Nachdenken entschließt er sich, es einmal rundherum abzulecken, was eine durchaus sinnvolle Aktion ist, bevor ihm die Walnuss-Bananeneissuppe noch auf seine Chucks tröpfelt. Er wirkt leicht überfordert.

„Wann fährst du denn?“, frage ich. Ich ziehe vorsichtshalber noch eine zweite Serviette aus dem Spender und halte sie ihm hin.

„Gleich morgen früh. Meine Eltern holen mich ab. Nächste Woche fängt bei uns die Schule wieder an.“

„Echt? Wir haben noch länger Ferien.“ Als ich das sage, fällt mir auf, dass ich überhaupt nichts von ihm weiß. Weder kenne ich seinen Nachnamen noch den Namen seiner Schule. Wann er Geburtstag hat, was für Musik er am liebsten hört, was er in seiner Freizeit macht, ob er eine Freundin hat … Nichts davon weiß ich. Aber vielleicht ist das ganz gut so. Hauptsache, er fragt mich jetzt nicht nach meiner Adresse oder meiner Handynummer. Ich bin mir nicht sicher, ob ich sie ihm geben würde.

Nein, er fragt nicht.

Er zerbröselt ein Stück Eiswaffel und wirft die Krümel auf den Boden, wo ein paar dicke Spatzen hocken und erwartungsvoll gucken. Sie kommen sofort angehüpft und machen sich lautstark schimpfend darüber her.

Finn und ich lachen gleichzeitig. Dann wischt er sich die Finger ab, versenkt die Servietten in einem Papierkorb und streckt mir seine Hand entgegen.

„War schön, dich getroffen zu haben“, sagt er lächelnd und ein bisschen umständlich.

„Gleichfalls.“ Ich nehme seine Hand. Sie fühlt sich warm und fest an. Vertrauensvoll irgendwie.

„Mach's gut", sagen wir gleichzeitig.

Ich werfe einen letzten Blick in seine Nordseeaugen. Das Meer darin ist ein wenig zur Ruhe gekommen, stelle ich fest. Gut so.

Er dreht sich um und geht ohne ein weiteres Wort davon.

Ich schaue ihm hinterher und merke, dass ich lächele. Ich lächele sogar noch, als er um eine Ecke gebogen und aus meinem Sichtfeld verschwunden ist.

Ich fühle mich ein bisschen traurig, stelle ich fest. Nein, traurig ist nicht das passende Wort. Wehmütig trifft es eher. *Wehmut* … Noch so ein schönes, altes Wort, das man nur selten benutzt, obwohl es so viel ausdrückt. Ob es vielleicht so gemeint ist, dass einem etwas wehtut und man gleichzeitig Mut beweist, und das Gefühl, das man dabei verspürt, ist dann Wehmut?

Ich habe keine Ahnung. Aber die Vorstellung, wehmütig zu sein, wenn ich an Finn denke, gefällt mir.

Ich mag ihn, wirklich. Ich bin mir ziemlich sicher, dass ich hin und wieder an ihn denken werde. An ihn, seine Nordseeaugen und an unseren heimlichen Kuss am See.

„Ich wünsch dir Glück", sage ich leise und lege eine Prise Wehmut in meine Stimme. Es fühlt sich gut an, richtig. Vielleicht kann Finn es ja irgendwie hören.

*

An Paul und unseren Streit habe ich in den letzten Tagen keinen Gedanken mehr verschwendet. Kein Wunder bei dem ganzen Trubel. Auf jeden Fall war es mir zu blöd, darüber nachzudenken.

Umso überraschter bin ich, als ich nach dem Job nach Hause komme und Paul an der Straße steht und mir schon von weitem zuwinkt, als hätte er auf mich gewartet. Der Idiot!

Zuerst will ich an ihm vorbeifahren, aber dann bremse ich doch.

„Hi", sagt er und grinst so schief, wie nur Jungs es können.

Ganz besonders Jungs, die ein schlechtes Gewissen haben und nicht wissen, wie und womit sie anfangen sollen.

„Falls du dich bei mir entschuldigen möchtest", sage ich leicht unterkühlt. „Nur zu!"

Er hat wieder eins seiner blöden Sprüche-T-Shirts an. Wo kriegt er die nur immer her?

VEGANES ESSEN IST VOLL LECKER. MAN MUSS NUR HACKFLEISCH UND SAHNE DAZUGEBEN UND DAS GANZE MIT KÄSE ÜBERBACKEN.

Normalerweise würde ich darüber lachen. Jetzt grinse ich nur.

Paul guckt mich verdattert an.

„Ähm, ja, also …", stottert er drauflos.

Ich lehne mich auf meinen Fahrradlenker und genieße es, ihm dabei zuzusehen, wie er sich windet.

Geschätzte zwei Minuten später bringt er tatsächlich so etwas wie eine halbwegs passable Entschuldigung zu Stande.

„Sorry", sagt er. „Ich hab voll Scheiße gebaut."

„Volltreffer!", antworte ich trocken. „Ja, aber wieso?"

Wenn er jetzt mit den Schultern zuckt und „Keine Ahnung, echt" brummelt, schubs ich ihn noch mal. Ich schwör's.

„Keine Ahnung", sagt er und zuckt mit den Schultern. „Echt."

„Mann, Paul! Das ist keine Begründung!", schnaube ich. „Du musst dir doch irgendwas dabei gedacht haben!"

Hilfe, denke ich im selben Augenblick. Ich höre mich an wie meine eigenen Eltern, wenn Jakob oder ich was ausgefressen haben! Dabei hab ich doch gerade erst vor kurzem einen Artikel in einer Zeitschrift gelesen, nach dem die Gehirne pubertierender Jugendlicher vorübergehend außer Betrieb sind. Irgendwie gehen da wohl zwischendurch immer mal ziemlich wichtige Verbindungen verloren.

Nicht alles, was wir in unserem Alter tun, ist also vernünftig zu begründen. Der Autor des Artikels ging sogar so weit, zu behaupten, dass Pubertierende phasenweise nicht voll zurechnungsfähig sind.

„Schon gut", sage ich freundlich. „Du hast bestimmt nicht darüber nachgedacht, stimmt's? Macht nichts. Passiert mir auch manchmal."

„Hä?", macht Paul.

Seinem Gesicht nach zu urteilen, ist soeben eine Synapse in seinem Teenie-Gehirn verrutscht und hat vorübergehend den Kontakt zum Großhirn verloren.

„Vergiss es einfach. Es ist okay." Ich tätschele seinen Unterarm. „Tu mir nur einen einzigen Gefallen."

Paul nickt sofort.

„Mach. So. Etwas. Nie. Nie. Wieder." Ich bohre bei jedem einzelnen Wort meinen Zeigefinger in seinen Brustmuskel.

Er zuckt zusammen. Paul, nicht der Muskel.

Zufrieden mit mir, dem Tag und dem ganzen Rest, schwinge ich mich auf meinen Fahrradsattel und rolle die letzten paar Meter bis zu unserem Grundstück.

Paul bleibt stehen, wo er ist. Offensichtlich ist er schwer damit beschäftigt, das, was ich ihm gesagt habe, zu sortieren.

„Ciao, Paulchen!“, rufe ich ihm zu.

„Wie? Was? Öhm, ja … Tschüss.“ Er winkt mir zu, dann verschwindet er in seiner Einfahrt.

Ich nehme die Eingangsstufen zu unserem Haus mit einem Satz und stürme hinein, die Treppe hoch und in mein Zimmer.

Ich kann es kaum erwarten, Phillip anzurufen.

Ich fühle mich so gut, dass ich es unbedingt mit ihm teilen möchte. Über alle Zeitzonen hinweg. Ganz egal, wie früh oder spät es in Berkeley gerade ist.

KAPITEL 19

Wie man einen heißen Sommer überlebt, wenn der Freund weit weg ist?

1. Eiswürfel lutschen
2. Mit den allerbesten Freundinnen abhängen
3. Schwimmen gehen
4. Sich einen coolen Job besorgen
5. Attraktiven Jungs aus dem Weg gehen
6. Nicht verlieben!!!

Am Samstag weckt mich ein Sonnenstrahl. Niemand wirft Kieselsteinchen gegen mein Fenster. Nicht der Regen, nicht sonst wer. Der Wetterbericht hat Recht behalten. Der Sommer ist noch einmal zurückgekehrt. Draußen zwitschern die Vögel wie verrückt, als würden sie sich genauso darüber freuen wie ich.

Irgendwo brummt ein Rasenmäher. In meinem Zimmer duftet es nach Blumen und frisch gemähtem Gras.

Plötzlich überkommt mich so ein intensives Sommer-Sonne-Gute-Laune-Gefühl, dass ich lauter schnurre als mein Kater – und das will was heißen.

Ich kann es kaum erwarten, aus dem Bett zu kommen, zu frühstücken und endlich ins Freibad aufzubrechen. Ich wirbele durchs

Haus und erledige alles im Schnelldurchlauf, als meine Mutter mir plötzlich den Weg versperrt. Sie hält etwas in ihrer Hand.

„Ist was?“, frage ich.

„Vergiss den hier nicht“, erwidert sie. Ihre Augenbrauen bilden zwei spitze Dreiecke, was unter Umständen ganz witzig aussehen könnte. Im Moment möchte ich aber lieber nicht darüber lachen.

„Was ist das?“

„Das wollte ich dich gerade fragen.“

Das, was sie in der Hand hält, ist mein neuer Bikini. Ich hatte ihn schon überall gesucht.

Mein Vater kommt aus der Küche. Er hat die Morgenzeitung unter dem Arm und schlappt an uns vorbei ins Wohnzimmer.

„Morgen, Paps!“, rufe ich hinter ihm her.

Er antwortet mit einem gutmütigen Brummen.

„Du hast ihn auf der Leine hängen lassen“, raunt meine Mutter mir zu. „Der ist ganz schön sexy.“

„Wer? Papa?“

Meine Mutter kichert. Sie kichert!

„Ja, der auch“, lacht sie. „Ich meinte allerdings deinen neuen Bikini. Sehr schick!“

Hat sie mir gerade zugezwinkert? Ich fass es nicht!

„Ich kann ihn dir gerne mal leihen“, biete ich an.

Sie lehnt dankend ab, wirft den Bikini in meinen Rucksack und zieht den Reißverschluss zu. „Mach dir einen schönen Tag“, sagt sie lächelnd. „Und grüß die Mädchen von mir.“

Ich gebe ihr einen Kuss und verspreche es.

Dann bin ich draußen. Mitsamt meinem Sommer-Sonne-Gute-Laune-Gefühl.

Die Postbotin kommt mir entgegen und drückt mir lächelnd eine Postkarte in die Hand. Die Golden Gate Bridge im Morgendunst. Ich drehe die Karte um und lese, was Phillip geschrieben hat:

I miss you a little.
A little too much,
a little too often
and a little more each day.
P.

Ich breite die Arme aus, atme tief ein und drehe mich im Kreis, bis mir schwindlig ist. Es ist ein Gefühl, als würde ich die ganze Welt umarmen. Dabei möchte ich eigentlich nur einen umarmen: Phillip.

Weil das leider nicht geht, mache ich schnell ein Foto von mir – lachend, mit Kussmund, der Postkarte und total verwuschelten Haaren – und schicke es ihm per MMS.

Im Freibad ist es zum Glück noch nicht so voll. Ich treffe mich mit Anna, Dina und Lena am Eingang. Und mit Billi.

Ja, sie ist wieder da. Braun gebrannt und quietschfidel wie eine kleine Haselmaus.

Wir begrüßen uns überschwänglich.

„Du hast mir so, so gefehlt!“, sage ich zu ihr, als ich sie umarme. Ich kann nicht verhindern, dass es vorwurfsvoll klingt.

„Du mir auch“, erwidert sie. „Ihr alle habt mir schrecklich gefehlt! Wie waren eure Ferien? Hab ich irgendwas verpasst?“

„Nö“, meint Lena. „Die Einzige, die was verpasst hat, bin ich. Ich hatte immer noch keinen Sex.“

Billi prustet. „So genau wollte ich es eigentlich nicht wissen.“

Ich gebe Lena einen Knuff. Sie kichert.

Wir bezahlen am Kassenhäuschen und schlendern über die Liegewiese, schwer bepackt mit Taschen, Decken, Kühltüten und allem möglichen Krempel. Schließlich haben wir vor, den ganzen Tag hier zu verbringen.

„Anna hat neulich mal wieder mit Lukas Schluss gemacht“, verrät Dina und fängt sich auf der Stelle einen strengen Blick von Anna ein.

„Stimmt ja gar nicht!“, protestiert sie. „Es war ein Versehen. Das zählt nicht!“

„Also alles wie immer“, grinst Billi. Sie steuert auf ein hübsches freies Fleckchen unter zwei Birken zu.

Wir lassen unsere Sachen ins Gras fallen, breiten die Strandmatten aus und setzen uns darauf. Natürlich hab ich mein froschgrünes Lieblingsbadetuch dabei. Eigentlich gehört es Phillip. Er hat es mir geliehen, solange er weg ist. Es war schon ein paarmal in der Waschmaschine, aber irgendwie bilde ich mir ein, dass es trotzdem noch ein bisschen nach ihm duftet.

„Was ist eigentlich aus deinem Verdacht geworden?“, frage ich Anna. „War da wirklich was zwischen Luki und seiner Ex?“

Sie schüttelt den Kopf. „Fabienne hat einen festen Freund. Ich hab sie vor ein paar Tagen zusammen in der Stadt gesehen. Ich glaub nicht, dass da Gefahr besteht. Außerdem hat Lukas mir geschworen, dass er mir treu ist. Nächste Woche wollen wir Freundschaftsringe kaufen. Cool, was?“

„Freundschaftsringe? Echt?“ Ich seufze. „Dann ist ja wirklich wieder alles in Butter. Lädst du uns zu eurer Verlobung ein?“

„Wir können Blümchen streuen“, schlägt Lena vor.

„Und ein Lied singen“, meint Dina.

„Ihr seid echt doof!“, grinst Anna.

„Gut möglich“, nickt Billi. „Trotzdem jede Wette, dass du die Erste von uns bist, die heiratet.“

„Na und? Ich hab nun mal eine romantische Ader“, erwidert Anna. „Ich steh dazu!“

Ich fasse mir an den Hals und berühre das Kettchen, das Phillip mir zum Geburtstag geschenkt hat. Ich trage es ständig. Es ist nur eine schlichte silberne Kette mit einem kleinen Sternanhänger. Trotzdem bedeutet sie mir unheimlich viel. Ich kann verstehen, dass Anna sich nach irgendeinem Symbol sehnt, obwohl ich Freundschaftsringe nicht so gerne mag. Eine Garantie für ewige Liebe sind sie schon mal gar nicht, das ist klar. Aber wenn's Anna und Luki Spaß macht … Warum nicht.

Während die anderen aus ihren Shorts und T-Shirts schlüpfen, zappele ich ein bisschen herum. Zu blöd, dass ich meinen Bikini nicht vorher untergezogen hab. Jetzt muss ich mich – begleitet von den Kommentaren meiner besten Freundinnen – total verrenken, bis ich es schaffe, mich aus- und den Bikini anzuziehen, ohne eine heiße Peepshow zu veranstalten. In Sichtweite von uns liegen ein paar Jungs, die nur darauf warten. Aber das Vergnügen gönne ich ihnen nicht!

„Cooles Teil“, meint Billi und mustert meinen neuen Bikini.

Ich erzähle ihr von meinem Job als Eisverkäuferin. Immerhin haben wir uns wochenlang nicht gesehen und außer ein paar

SMSen und kurzen Postkartengrüßen weder gemailt noch ausführlich geschrieben. Als ich sie auf den neuesten Stand gebracht habe, nickt sie beeindruckt.

„Und sonst so?", fragt sie mich. „Wie geht's dir ohne Phillip? Ist es sehr schwer?"

Ich zögere mit meiner Antwort.

„Ja, ziemlich", gebe ich schließlich zu. „Er fehlt mir total. Aber wir schaffen das. Das weiß ich jetzt. Davon abgesehen war es ein ganz normaler Sommer. Total langweilig und fast ganz ohne Jungs. Du hast echt nichts verpasst."

Sie gibt sich mit der Antwort zufrieden.

Ich lege mich zurück, schließe die Augen und lächele. Was wirklich alles in diesem Sommer passiert ist, werde ich Billi irgendwann später ausführlich berichten, in einer ruhigen Minute.

Ich muss auch noch mit Lena reden, fällt mir ein. Ich bin gespannt, was sie zu dem sagt, was Krischan mir erzählt hat. Ob sie inzwischen einen Weg gefunden haben? Lena wirkt eigentlich ganz zufrieden auf mich.

Manche Dinge erledigen sich tatsächlich von allein, siehe Anna und Luki. Im Moment bin ich zu faul zum Sprechen. Ich will einfach nur den Tag genießen. Noch eine Woche arbeiten, dann fängt die Schule wieder an. Unglaublich. Ich mag noch gar nicht daran denken!

Ich drehe mich auf den Bauch, stopfe mir die iPod-Stöpsel in die Ohren und drehe die Lautstärke auf. Pohlmann singt. *Train yourself to let go of everything you fear to lose …*

Ich summe leise mit.

Die Sonne ist warm. Ein leichter Windhauch streicht über meine Haut. Es fühlt sich an, als würde eine Hand mich streicheln.

Wir verbringen den ganzen langen Sommertag im Freibad, dösen in der Sonne, unterhalten uns, lachen, schwimmen, essen Eis. Es ist herrlich. Als Lena meint, dass dies vielleicht der letzte richtig schöne Tag des Sommers ist, werden wir ein bisschen wehmütig.

Wie war das noch?

Wehmut ist ein Gefühl zarter Traurigkeit, hervorgerufen durch Erinnerung an Vergangenes …

Hm, ja, da ist was dran. Zarte Traurigkeit, wenn man sich an etwas erinnert. Oder an jemanden …

Ganz kurz denke ich an Finn. Was er wohl gerade macht? Ich hoffe, er hat Spaß. Vielleicht hat er mich auch längst vergessen. Wer weiß.

Phillip hat mich nicht vergessen. Da bin ich mir sicher. Fünf Wochen sind vergangen, seit wir uns das letzte Mal gesehen und berührt haben. Mehr als ein Monat. Der Rest kommt mir vor wie ein Klacks. Nein, das stimmt natürlich nicht. Aber ich hoffe, dass die erste Zeit die schwerste war. Ab jetzt will ich nicht mehr wehmütig sein, beschließe ich. Ich will mein Leben nicht damit vertrödeln, mich an Vergangenes zu erinnern. Ab sofort will ich nach vorne blicken und mich auf das konzentrieren, was vor mir liegt. Ich will mich freuen und ein bisschen glücklich sein. Nicht mehr, aber auch nicht weniger. Ich glaube, das ist nicht zu viel verlangt, oder?

Weiß zufällig jemand, was das Gegenteil von Wehmut ist?

Fröhlichkeit?

Heiterkeit?

Unbeschwertheit vielleicht?

Ich habe keine Ahnung, aber es muss auf jeden Fall etwas Positives sein. Das Leben ist nämlich viel zu schön, um wehmütig zu sein, das hat mir dieser Sommer eindeutig bewiesen.

Am späten Nachmittag packen wir unsere Sachen zusammen und verabschieden uns voneinander.

Dina hat einen leichten Sonnenbrand auf der Nase.

Anna jammert, dass ihre Haare von dem Chlorwasser strohig geworden sind.

Billi will mich Montag am Pavillon besuchen und Frau Krügers Herzkirscheis probieren.

Lena flüstert mir ins Ohr, dass sie mich anrufen will.

Ich grinse, winke, lache, nicke, alles gleichzeitig, und gehe dann alleine zu den Fahrradständern.

Auf dem Parkplatz müht sich eine junge Mutter damit ab, einen zusammengeklappten Buggy in ein viel zu kleines Auto zu bugsieren. Ich eile ihr schnell zu Hilfe. Sie bedankt sich überschwänglich. Ein paar Jungs in Jakobs Alter hauen sich gegenseitig ihre nassen Badehosen um die Ohren, während sie auf den Bus warten. Ich grinse ihnen zu, schwinge mich auf mein Rad und lasse es langsam über den staubigen Asphalt rollen.

Auf dem Heimweg fahre ich durch den Park. Trotz des schönen Wetters wirkt der Pavillon verlassen. Jemand hat die Sonnenschirme zugeklappt und die Stühle zusammengeschoben. Keine lärmenden Kinder, die für ein Eis anstehen, keine Stammkunden, kein Mister Walnuss.

In einer Woche sind die Sommerferien zu Ende. Mein Vater hat sein Versprechen gehalten und gönnt sich tatsächlich ein paar freie Tage. Am letzten Ferienwochenende fahren wir ans Meer. Ich freue mich darauf.

Ich schließe kurz die Augen und bilde mir ein, den Herbst zu riechen. Fangen die Blätter an den Bäumen nicht schon an, ihre Farbe zu wechseln?

Auf dem höchsten Punkt der Brücke halte ich an. Ein Entenpaar zieht seine Kreise auf dem Teich und unterhält sich leise quakend. Ich winke dem Enterich zu. Als es über mir brummt, lege ich den Kopf in den Nacken und schaue in den Himmel. Ganz weit oben fliegt ein Flugzeug. Es zieht einen Kondensstreifen hinter sich her und ist kaum zu erkennen, so winzig ist es, dass es fast wie ein Spielzeug aussieht.

Für einen Augenblick, nicht länger als ein Wimpernschlag, spiegelt sich die Sonne in seinen Scheiben und blendet mich. Natürlich muss ich dabei gleich wieder an Phillip denken und daran, dass meine Eltern mir niemals erlauben werden, zu ihm zu fliegen.

Wie können sie nur so hartherzig sein? Ich glaube, ich sollte sie noch ein bisschen bearbeiten. Vielleicht an unserem gemeinsamen Wochenende am Meer, wenn sie so richtig schön entspannt und gut drauf sind. Wenn Phillip schon nicht zu mir kommen kann, muss ich den Spieß eben umdrehen und ihn überraschen. So richtig hollywoodmäßig. Selbst ist die Frau, wie Lena gerne sagt. Jawoll.

Ich hebe ein kleines Blatt auf und drehe es in meiner Hand hin und her. Dann halte ich es über das Brückengeländer und lasse es fallen. Das Blatt trudelt durch die Luft, bis es auf der Wasseroberfläche landet. Es sieht aus, als würde ein zerknittertes Feenfloß auf den Wellen dümpeln.

Lächelnd schaue ich zu, wie das Entenpärchen seinen Kurs ändert und das Floß misstrauisch beäugt. Das Männchen pickt an einer Ecke herum und stellt fest, dass Blätter nicht essbar sind.

Als ich den Kopf wieder hebe, ist das Flugzeug verschwunden.

„Nehm ich halt das nächste", sage ich zu den Enten. „Drückt mir die Daumen, dass ich meine Eltern rumkriege! Ich muss zu Phillip. Unbedingt! Das versteht ihr doch, oder?"

„Quak!", macht der Enterich. Es klingt sehr energisch.

Ich muss lachen. Haben Enten überhaupt Daumen? Egal. Hauptsache, sie bringen mir Glück!

Ich atme aus und schließe die Augen. Mit klopfendem Herzen und immer noch lächelnd. Glücklich und kein bisschen wehmütig. Die Zukunft breitet sich wie ein gedeckter Tisch vor mir aus. Ich muss nur zugreifen. Mich trauen. Aber ich schaff das. Alles. Schließlich hab ich in diesem Sommer gezeigt, was in mir steckt.

Der Rest ist ein Klacks.

Oder etwa nicht?

Band 4 der Bestseller-Reihe Conni 15!

Dagmar Hoßfeld
Conni 15, Band 4: Mein Freund, der Eiffelturm und ich
288 Seiten
Klappenbroschur
ISBN 978-3-551-26004-8

Phillip ist zurück - und mit ihm der Alltag. Alles fühlt sich ganz normal an, fast ein bisschen langweilig. Nicht nur deshalb freut sich Conni über ein unglaubliches Angebot: Phillips Vater muss beruflich in die Normandie reisen. Phillip wird mitfahren und möchte unbedingt, dass Conni ihn begleitet. Endlich spürt sie das Kribbeln wieder, das sie so vermisst hat!
Dass sie schließlich mitten in Paris landen wird und dass dort ein großes Abenteuer auf sie wartet, kann Conni noch nicht ahnen.

CARLSEN

www.carlsen.de